하필
코로나 시대에
어쩌다 고3

가장 특별한 수험생활을 한
고3 아이들과 선생님 이야기

하필
코로나 시대에
어쩌다 고3

펴 낸 날 2022년 10월 28일

지 은 이 김태광
펴 낸 이 이기성
편집팀장 이윤숙
기획편집 이지희, 윤가영, 서해주
표지디자인 이지희
책임마케팅 강보현, 김성욱
펴 낸 곳 도서출판 생각나눔
출판등록 제 2018-000288호
주   소 서울 잔다리로7안길 22, 태성빌딩 3층
전   화 02-325-5100
팩   스 02-325-5101
홈페이지 www.생각나눔.kr
이 메 일 bookmain@think-book.com

하필
코로나 시대에
어쩌다 고3

가장 특별한 수험생활을 한

고3 아이들과 선생님 이야기

김태광 지음

생각나눔

　　코로나 19의 위력 앞에 속수무책 수세에 몰려야 했습니다. 아이들과 저는 시시때때로 변하는 질병 상황과 방역 대책의 홍수 속에서 꽉 잡은 방향키를 놓지 않으려 부단히 노력해야 했습니다. 아무리 어려운 상황이 닥쳐도 그 현실 속에서 미래를 개척해내야만 하는 대한민국의 평범한 수험생 아이들에게 별다른 선택의 여지가 있을 리 없었습니다. '희망', '목표', '입시'와 같이 중요하긴 한데, 답답한 말들을 껴안고 묵묵하게 견디며 자기 몫의 삶을 채워나갔습니다.

　입시의 과정은 오직 SKY와 인서울이란 맹목적 목표만을 위한 단호한 마침표가 아니라 삶을 살아가고 있는 현재에 대한 뜨거운 느낌표와 진지한 모색을 통한 성찰의 물음표가 함께여야 할 것입니다. 그래야만 운명을 쥐고 흔들 수 있는 절대 신권을 가진 듯한 점수의 압박으로부터, 현대판 계급과 신분의 다른 이름으로 왜곡된 소위 대학 간판으로부터 자신을 지켜낼 수 있을 뿐만 아니라 나를 넘어 세상 속으로 나아갈 진짜 준비를 할 수 있기 때문입니다. 대체 가능하지 않고, 비교 불가능한 우리 삶의 가치는 제아무리 고3 수험생이라 해도 달라질 수 없는 법입니다. 오히려 삶의 중요한 변화와 선택 앞에 서있는 고3이기 때문에 더욱 사는 것처럼 사는 것이 중요합니다.

어수선하고, 다급한 팬데믹 상황 속에 어쩌다 고3이 되어버린 아이들! 느닷없이 맞닥뜨린 질병 사회 한복판에서 더 많은 느낌표와 물음표를 가질 수 있지 않을까 생각했습니다. 하지만 돌아보니 수시로 끊겨야 했던 등교, 해본 적 없는 온라인 비대면 수업, 일상화된 거리 두기, 자신과 주변의 감염. 그 속에서 아이들은 그저 제 한 몸 지켜내고, 하루하루 닥친 자기 역할을 해내는 일만으로도 허덕거렸습니다. 우리 사회 누구나 그러했듯 아이들 역시 흔들리는 자기 삶의 진지를 사수하기 위해 아등바등 숨을 몰아쉬어야만 했던 지난 시간들이었습니다.

다행히 모두 무사하게 잘 지나왔습니다. 코로나 시대 고3 열아홉으로 살아낸 아이들의 가슴에 어떤 느낌표와 물음표가 남았는지는 모릅니다. 여전히 코로나 유행이 한창인 가운데 곧 학교 밖 세상으로 나가게 될 아이들의 내일이 어떠할지 가늠하는 것 역시 제 능력 밖의 일입니다.

다만, 기대합니다. 힘든 한 해를 올곧게 견딘 만큼 아이들의 내적 맷집이 더욱 세졌기를. 삶을 지켜낸 특별한 경험 위에 젊은 청춘의 희망과 사랑, 땀과 열정을 심은 뒤 삶의 느낌표와 물음표를 주렁주렁 매달 수 있기를. 그래서 어쩔 수 없이 유보 시킨 희망의 가치만큼 더 푸르게 빛나는 이십 대 청춘의 삶을 살아내기를.

책에 실은 글들은 코로나 팬데믹으로 인해 사회와 학교 현장 혼란이 극심했던 2020년 한 해 동안 고3 학급 아이들에게 쓴 종례통신 중 '태광샘 생각' 꼭지를 모은 것입니다. 의욕과 걱정이 과해 교실에서 차고 넘치게 뱉은 말들이 많아 걱정입니다. 지혜로운 독자들의 혜량을 바랄 뿐입니다.

항상 곁에서 지혜로 응답해 주는 아내와 부족함 없이 절대적 사랑을 퍼부어주는 연, 진, 율. 그리고 멀리 목포와 파주에 계시는 부모님께 감사드립니다.

현장에서 고군분투하는 우리 시대 모든 선생님들과 배우고 익히는 삶의 길을 운명처럼 걸어가고 있는 아이들 모두에게 애정 어린 응원을 전합니다.

2022년 10월

김태광

차례

여는 글
ΙΙΙΙΙΙΙΙΙΙΙΙΙΙΙΙ

✎ 1장 **어쩌다 고3**

2장 그래도 열아홉

✎ 3장 빛나라 청춘

부록

1장

어쩌다 고3

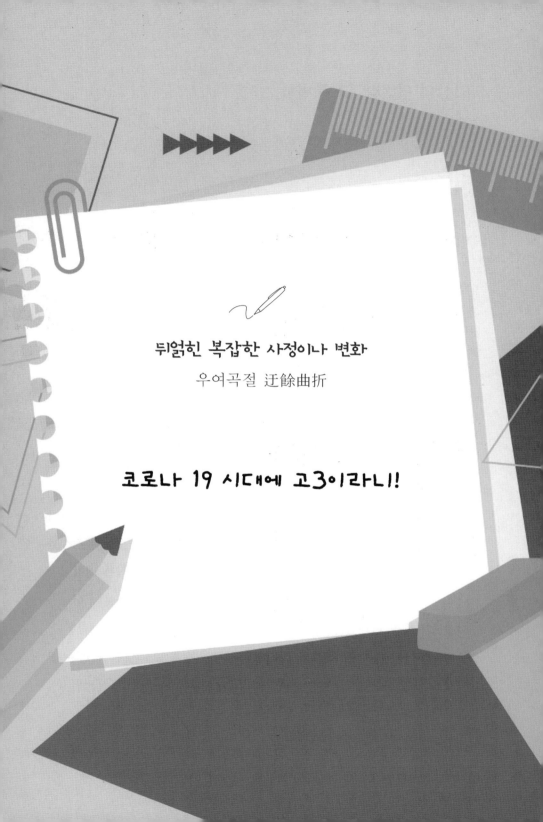

뒤얽힌 복잡한 사정이나 변화

우여곡절 迂餘曲折

코로나 19 시대에 고3이라니!

일상의 평범함, 그 특별함

코로나 19로 인해 한 달이 넘게 연기된 개학! 결국, 4월 9일 목요일 온라인 개학을 하게 되었습니다. 온라인상에서 첫 만남을 가질 수밖에 없는 열악한 상황이지만, 여러분들과의 직접적 만남을 더 이상 미룰 수 없다고 생각해 오늘부터는 미리 소수 대면 상담을 시작했습니다. '경ㅇ', '동ㅇ이', '승ㅇ이' 여러분들 이름을 실제로 불러보고, 비록 마스크를 쓴 채이지만, 서로 눈빛을 나누며 얼굴을 바라볼 수 있다는 것이 이렇게 새삼스러운 일인 줄 이전엔 미처 몰랐습니다. 선생님이 학생을 만나고, 학생이 선생님을 만나 배움을 이야기하고, 꿈을 나누는 평범한 학교의 일상이 얼마나 소중한 것인가를 새겨봅니다.

학교에 못 나오기 때문에 잘 몰랐을 소소한 학교 일들 몇 가지 공유합니다. 우리 반 교실이 상담 대기 교실로 지정돼서 지난 주말 방역 및 청소를 했습니다. 오늘 우리 반 출석부가 나왔고, 출석부에 학급 열쇠를 매달았습니다. 학교 외벽 공사 중 앞부분 공사는 거의 완료됐습니다. 덕분에 학교가 이전보다 훨씬 환해졌습니다. 매년 봄, 학교에 봄이 찾아왔음을 알렸던 꽃 중 목련은 벌써 색이 바랬고, 벚꽃이 환하게 만개했습니다. 활짝 핀 벚꽃 아래서 함께 사진 한 장 남길 수 없어 안타까웠습니다. 선생님들은 4월 9일 온라인 개학을 준비하고, 온라인 시스템을 점검하고 있습니다.

열거하고 보니 우리가 학교에 나왔더라면 아무런 의미도 없이 그저 스쳐 지나버렸을지도 모를 일상입니다. 평소와 달라졌기 때문에, 결핍되었기 때문에 그 아무것도 아닌 일이 특별한 무엇이 되어버렸습니다. 매일 사회적 거리 두기를 강조할 수밖에 없고, 해외로 눈을 돌리면 참혹하기 짝이 없는 상황의 연속인 재난 영화 속 일상을 살아가고 있긴 하지만, 그래도 살아 숨 쉬는 오늘, 우리의 일상은 너무나 소중합니다. 일상에서 내가 겪는 작은 일들 하나하나가 나의 오늘과 미래를 만들어가는 주춧돌입니다. 이는 코로나 19 시대라 해서 달라지는 것이 아닙니다.

그 어느 해 고3보다 어렵게 시작하였지만, 외부의 충격과 시련 속에 더 강하게 단련되는 우리가 되었으면 합니다. 무른 무쇠가 강철이 되기 위해서는 단련과 담금질을 견뎌내야 합니다. 견딤은 버팀이고, 버팀은 맞섬입니다. 버팀과 맞섬으로 주먹 꽉 쥔 고3! 우리는 코로나 시대 고3입니다.

분명해졌니?

　　　　　　　어제에 이어 오늘도 대면 상담을 했습니다. 아마 다음 주 화요일까지는 계속 상담을 할 것 같습니다. 오늘 상담하러 온 친구들에게 마지막으로 던진 질문이 있었습니다. 앞으로 상담하러 올 친구들에게도 같은 질문을 할 것입니다.

　"어때? 좀 분명해졌니?"

　요즘처럼 복잡한 입시 전형 상황에서는 자칫 자신이 어떤 목표를 가지고, 어떤 공부를 해야 하며, 공부 외에 어떤 무엇을 더 해야 하는지 깜깜해질 수 있습니다. 무식하면 용감하다고 그냥 무작정 열심히만 하자고 생각하는 것은 참 순진하긴 하지만, 영리한 효율일 순 없습니다.

　요즘의 입시는 개인 맞춤형 전략이 중요합니다. 수시와 정시 중 나는 어디에 더 방점을 둘 것인가? 수시면 종합과 교과 중 어느 쪽이 나에게 유리한가? 공부를 할 때 어느 과목에 더 방점을 둘 것인가? 종합을 준비해야 한다면 어떤 활동을 하는 것이 보다 나를 잘 보여줄 수 있는가? 이외에도 입시 성공을 위한 자기만의 물음에 대해 스스로 그 답을 정리할 수 있어야 합니다. 자신이 무엇을 해야 하는지도 모르는 채 한 우물만 파거나 이곳저곳 기웃거리며 이 우물, 저 우물 많은 우물을 파보는 일은 자칫 자신을 막다른 골목으로 몰아넣거나 헛심만 쓰고 물 한 방울 얻지 못하는 결과를 가져올 수 있습니다.

자신의 입시 전략을 고민하는 데 도움이 될 만한 정보를 얻을 수 있는 경로는 많습니다. 여러 입시 관련 기관의 인터넷 사이트, 대학별 입학처 사이트, 입시 관련 인터넷 카페나 블로그, 학교 및 학원 선생님의 조언, 입시 경험이 있는 선배나 친척들과의 대화 등. 정보가 없어 대학을 못 가진 않습니다. 중요한 것은 여러 정보 중 신뢰할 만한 정보를 얻고, 자기 스스로 그것을 검증한 후 자기가 걸어갈 길을 명확히 하는 것입니다. 백 명이 백 마디를 하고, 천 명이 천 마디를 해도 그 말들이 나에게 소용없는 것이라면 아무런 의미가 없습니다.

오늘 선생님이 해준 많은 이야기와 서로 나눈 대화에 대해 스스로 검증해 볼 필요가 있습니다. 복수의 수단을 활용해 교차 점검을 하고, 선생님의 말이 신뢰할 만하다는 확신이 서면 선생님이 던진 큰 틀 내에서 자신이 할 수 있는 구체적인 학습 계획과 이상적인 실천 계획을 세워야 합니다.

이미 입시의 수레바퀴는 굴러가기 시작했고, 이제 슬슬 가속도를 붙여야 할 때입니다. 코로나 19로 인해 많은 일정이 뒤로 밀리게 되었지만, 이런 가운데서도 자기 계획과 중심을 잘 잡은 사람은 더 멀리 나아갈 수 있습니다. 구체적이지 않고, 안일한 계획 속에 살고 있는 사람과 더 크게 그 격차를 벌려 낼 기회일 수도 있습니다. 분명하고 뚜렷한 자기 계획 속에 하루하루 앞으로 나아가는 고3, 우리가 되자고요.

두려운 희망, 겁 없는 희망

　　　　고3이라 더욱 어울리는 말들이 있습니다. '미래, 목표, 진로…' 이와 같은 말들은 모두 자신의 희망과 열망을 실현하는 것과 관련이 있습니다. 고3은 스스로 희망을 현실로 만들기 위해 하루하루 분투하는 삶을 살아가는 사람입니다.

　그런데 달콤한 미래를 꿈꾸게 만드는 '희망'이란 말을 부여잡고 때때로 흔들립니다. '두려운 희망'과 '겁 없는 희망' 사이에서 어느 때는 두렵고, 어느 때는 용감한 그런 마음의 줄타기가 이어집니다.

　'진짜로 내 목표를 이룰 수 있을까?', '지금 하고 있는 방법대로 하는 것이 맞는 걸까?', '나만 더 뒤처지고 있는 건 아닐까?' 이런 생각들은 나의 희망을 두렵게 만듭니다. 인간이 가진 두려움의 감정이 더욱 안전한 인간 삶을 가능하게 만들었다는 어느 책의 내용이 떠오릅니다. 두려움은 나의 오늘을 점검하게 만든다는 점에서 일면 유익한 점이 없지 않다고 할 수 있습니다. 그렇지만 고3에게 느껴지는 두려움이란 유익한 측면보다 부정적 측면이 더 많습니다. 불필요한 감정의 소모를 일으키고, 아까운 시간을 낭비하게 만들며, 효과가 채 나타나기도 전에 계획을 수정하게 하고, 자기 자신을 의심하게 하며, 자신감을 떨어뜨리기 때문입니다.

　그래서 지금 고3에게 필요한 건 '겁 없음'입니다. 내가 가는 길이 곧 나의 역사이고, 그 역사가 나의 미래를 열어줄 것이라는 확신, 지금까지는 부족했을지 모르지만, 지금부터는 가족, 친구, 선생님 앞에 여봐란듯이 살 수 있다는 생각, 무엇보다 희망을 향해 어려움을 견뎌 나가는 나에 대한 열렬한 박수. 입시를 마무리하는 그 시점까지 쫄지 말고, 겁 없이 나아갔으면 합니다. 겁 없이 산 한 시기를 지나고 나면 자신감 있게 세상을 향해 나아가는 자신을 마주 볼 수 있을 것입니다. 여러분들의 겁 없는 수험 생활을 응원합니다.

봄꽃 단상

　　어제 난생처음 주문한 꽃 택배를 집에서 받았습니다. 소담스럽게 핀 어여쁜 수국을 유리병 가득 꽂아놓고 보니 집 안 분위기가 환해지는 게 기분을 달뜨게 하고, 마음을 여유롭게 하는 맛이 있었습니다. 갑자기 웬 꽃이냐고요? 요즘 코로나 19로 인해 사람들의 사회적 이동이 없어지면서 경제적 어려움에 빠진 산업 분야가 많이 생겼다는 건 알고 있죠? 그중 화훼 농가 역시 크고 작은 각종 행사 수요가 없어져 국내 판로뿐만 아니라 세계 시장 진출 또한 어려워지는 바람에 극심한 어려움에 빠지게 되었답니다. 그래서 농가와 지자체가 함께 힘을 합쳐 질 좋은 꽃을 저렴한 가격에 개별 가정으로 보내주는 사업을 시작했고, 그 소식을 들은 많은 시민이 농가를 돕기 위해 호응하였습니다. 어려움에 빠진 농가도 돕고, 평소 접하기 어려웠던 예쁜 꽃도 받아볼 수 있으니 그야말로 일석이조로 좋은 일이 아닐 수 없습니다.

　　아침 등굣길에 보니 여기저기 핀 봄꽃이 한창이었습니다. 보라색 라일락, 연분홍색 복숭아꽃, '꽃비'란 말이 딱 어울리게 분분히 지기 시작한 벚꽃, 진빨강 철쭉, 가지마다 소담스럽게 매달린 하얀 조팝꽃, 아담하게 핀 이름 모를 들꽃들. 그 꽃들을 찬찬히 보다가 문득 궁금해졌습니다. 꽃의 그 무엇이 우리의 눈과 마음을 이토록 잡아끄는 걸까? 아마도 인간이 만들어내기 어려운 천연의 색깔, 넘쳐 흘러 마음에 담기조차 버거운 싱그러움, '나 여기 이렇게 멋지게 살아 있어!' 하고 외치는 것 같은 생명력, 지고지순함과 요염함 사이의 경계를 무너뜨린 이중적 매력, 영원히 화려하지 않고 지고 마는 희소성. 그런 면들이 우리의 눈과 마음을 사로잡는 게 아닐까 싶었습니다.

우리도 꽃과 같다면 얼마나 좋을까요? 굳이 꾸며 애쓰지 않아도 슬며시 배어나는 자기만의 아름다운 색깔과 주위에 있는 다른 사람의 마음을 동하게 할 만큼의 매력을 가질 수 있다면 얼마나 좋은 일이겠습니까? 아직은 꽃 피기 전 겨울나무처럼 앙상한 모습을 한 채 자기 안의 생명을 키우고, 어떤 모습으로 피어날지 모를 매력을 만드는 일에 온 힘을 다하고 있지만, 언젠가는 넘치는 생명으로, 온 세상을 향해 자기 존재를 뿜어낼 날이 있겠지요.

너는 꽃이고, 나도 꽃이야. 우리 모두 꽃이야. 예전 언젠가도, 지금 이 순간도, 미래 어느 날도 나는 너의 꽃이고, 너는 나의 꽃이야. 우리는 우리를 향한 꽃이야.

머리로만 말고, 마음으로 고3 하기

        코로나 19 이후 평범한 일상에 대한 감사함을 느끼는 사람들이 많습니다. 여러분의 오늘 하루도 평범했나요? 평범함이 곧 특별함인 오늘 하루에 감사의 인사를 전합니다. 특히, 고3이라는 예사롭지 않은 때를 감당해내며 더욱 특별한 삶을 만들어가고 있는 여러분의 하루에 큰 박수를 보내고 싶습니다.

    요즘 여러분들과 첫 상담을 하며 느낀 것 중 하나가 아직 주저하고 있는 사람들이 많다는 겁니다. 무슨 말이냐고요? 머리로는 고3이 된 현실 속 자신을 인식하고 있으면서 아직 마음으로는 고3이 된 자신을 진정성 있게 받아들이지 못하는 사람들이 있다는 것입니다. 그런 사람들의 모습은 계획과 실천을 과감하게 밀고 나가지 못하고, 생활 속에서 바꿔야 할 바람직하지 못한 습관인 잠, 게임, 스마트폰 등의 유혹을 이겨내지 못하는 모습으로 나타나고 있습니다.

    오늘 여러분에게 필요한 것 중 하나는 긍정이고, 하나는 반성입니다. 고3의 특별한 삶을 기꺼이 받아들일 수 있다는 자기 긍정과 현실 속에서 고3답게 살지 못하고 있는 자신을 순간순간 돌아볼 수 있는 반성 말입니다. 그 두 가지 기둥을 세운 후 일상 속 습관의 변화라는 장막을 둘러쳐야 합니다. 그다음 그 장막 속에 자신을 위치시킨 후 막아내야 할 바람이 더 있습니다. 그것은 게으름과 자기 타협입니다. 계획한 대로 전진하는 것을 좀 먹는 게으름과 '이쯤 하면 되었겠지.' 하는 자기 타협은 고3 생활 내내 몰아닥칠 바람입니다. 그 바람이 아직 튼튼한 기둥과 장막을 치지 못한 채 4월을 살아가고 있는 여러분들을 한순간에 날려버릴 수 있음을 경계해야 합니다.

고3이 우리 삶에서 의미 있을 수 있는 건 어쩌면 대학 진학, 입시 성공, 목표 달성 등의 현실적 이유보다는 자신을 이겨내는 마음을 단단하게 하는 데 있는지도 모릅니다. 그리고 그 일의 성패가 자기 삶 전반의 태도와 방향에 영향을 미쳐 삶을 다른 곳으로 이끌어가는 요인이 되는 것 같기도 합니다.

오늘 하루 나에게 불어온 바람이 얼마 뒤 내 몸 전체를 뒤흔드는 태풍으로 돌아오기 전에 기둥도 고쳐 세우고, 튼튼한 장막도 새로 둘러치는 용기와 지혜를 가져야겠습니다.

새잎이 돋는다

　　오늘 아침 출근길에 보니 그야말로 화창한 봄 날씨에 마음마저 두둥실 산뜻해지는 것 같았습니다. 길을 가다 잠깐 걸음을 멈추고 막 돋아나기 시작한 새잎들을 한번 살펴보세요. 반질반질하게 돋아난 연초록 새이파리들이 마치 갓 세수를 마치고 웃고 있는 어린아이 얼굴처럼 싱그럽고, 귀엽기만 합니다. 모진 바람과 추위를 견디며 스스로 지켜낸 생명이 겨우내 얼었다 풀린 대지를 열고 튀어 오르는 모습이 경이로운 때입니다.

　　아직은 연약해 보이지만, 오늘의 작은 이파리들은 저마다 자기 몫을 다해 성장해낼 것이고, 생명을 지탱하는 힘의 원천이 되어 한 나무를 키워낼 것입니다. 과정에서 때로는 시련도 찾아들 것입니다. 잎이 찢길 만큼의 거센 바람, 온몸을 두드리는 세찬 비, 모든 걸 태워버릴 듯한 폭염…. 예고 없이 엄습해 오는 그 어떤 것도 막을 수 있는 쉬운 방법은 없기에 마냥 버틴 채 이를 앙다물고 지나가길 바라고, 견디며 단단해질 수밖에 도리가 없을 것입니다.

　　삶을 살아가다 보면 이처럼 어쩔 도리 없이 마냥 버텨내야 할 때가 있습니다. 어쩌면 올해 여러분이 감당해야 할 입시가 바로 누가 대신해줄 수 없이 오직 자기 힘만으로 견디며 밀고 나가야 하는 외로운 싸움인지도 모르겠습니다. 주변에서 부모님, 선생님, 친구들이 많은 도움을 주겠지만,

어두운 밤 공부하는 책상 앞에서 때때로 혼자임을 확인해야 할 때, 단단한 마음으로 자기 위치를 지켜내야겠습니다. 그러다 보면 연약한 이파리가 우람한 나무를 키워내듯 나 자신 또한 성장할 것이고, 그 성장은 내 마음의 아량을 넓히고, 내 삶의 시련에 맞서 더 나은 삶으로의 전이를 가능케 할 것입니다.

늦가을 나무가 그 열매를 맺고, 잎을 떨구듯 여러분들도 분명 자기 열매를 맺고, 홀가분한 나목으로 서게 될 날이 올 것입니다. 그때까지 때때로 함께 견디며 단단해질 수 있었으면 좋겠습니다. 저 자신에게 하는 말이기도 합니다.

생애 첫 투표

　　　　　　고대 그리스의 철학자 플라톤은 아래와 같은 말을 남겼습니다.

"정치에 참여하기를 거부함으로써 받는 벌 중의 하나는 자신보다 못한 사람의 지배를 받는 것이다."

"정치를 외면한 가장 큰 대가는 가장 저질스러운 인간들에게 지배당한다는 것이다."

그리고 19세기 초·중반 프랑스의 정치 철학자 알렉시스 드 토크빌은 이런 말도 했습니다.

"모든 국민은 자신들의 수준에 맞는 정부를 가진다."

멋진 명언이라고요? 바로 내일 국회의원 선거와 관련된 이야기를 하기 위해 거창하게 밑자락을 깔아보았습니다.

오늘 확인해 보니 우리 반에서 열두 명 친구들이 내일 생애 최초로 투표에 참여하는 영광을 얻게 되었더군요. 축하합니다! 대한민국의 자랑스러운 주권자로서 자신의 권리를 당당하게 행사할 수 있게 된 것을 말이죠. 이번에 국회의원 선거 투표를 하게 된 열두 명뿐만 아니라 우리 반 모두가 내년부터는 투표로써 정치권력을 만들어내기도, 견제하기도 할 수 있을 것입니다.

우리는 이번 세계적 코로나 유행 사태를 경험하며 나라를 이끄는 정치 지도자와 국가 운영 정책이 얼마나 중요한지 새삼 깨달았습니다. 국가적 위기 앞에서 정치 지도자가 어떤 기조의 결정을 내리고, 어떤 정책을 펴며 그간 국가 시스템을 어떻게 만들어왔는지에 따라 국민의 생명과 안전이 180도 달라질 수 있음을 목도하고 있습니다. 선진국이라 믿었던 미국, 유럽 등의 서방과 일본 같은 나라가 얼마나 무기력하게 허우적거리고 있는지를 매일 같이 확인하고 있습니다.

나와 우리의 더 진일보한 미래를 위해 자신이 생각하는 올바른 후보자에게 투표함으로써 국민의 권한을 위임시켜주는 행위는 자기 스스로 국가의 주권자임을 확인하는 행위입니다. 우리는 그 정치 참여 행위를 통해 '자신의 수준'에 맞는 대표자를 가질 수 있으며, '저질스러운 인간'이 아닌 공동체의 모범이 될 만한 헌신적 지도자를 가질 수 있습니다.

올바른 지도자를 나의 대표로 가려 뽑기 위해선 두 가지가 필요한 것 같습니다. 하나는 이도 저도 다 싫다는 정치 혐오로부터 시선을 거두는 것입니다. 정치 혐오는 곧 정치 무관심으로 이어지고, 그러면 결국 내가 원하지 않는 정치 지도자를 얻게 되며, 그 피해는 고스란히 나와 우리가 감당해야 할 뿐 누구도 대신해주지 않기 때문입니다.

또 하나는 과연 어떤 사람이 우리 공동체의 대표로 적합한지를 매의 눈으로 날카롭게 판단하는 것입니다. 자기 나름의 사회경제적, 도덕적, 정치적 기준을 세우고 그 사람이 과연 그 기준에 얼마나 적합한지를 가려내기 위해서는 평소 정치, 사회, 경제에 관심을 가져야 할 필요가 있습니다. 쏟아지는 뉴스에 관한 관심을 넘어 그 이면의 진실까지 가려볼 수 있다면 금상첨화입니다.

고 노무현 대통령의 묘역에는 "민주주의 최후의 보루는 깨어있는 시민의 조직된 힘입니다."라는 대통령의 말이 새겨져 있습니다. 오늘 우리가 누리고 있는 자유와 민주주의는 해방 이후 수많은 사람의 희생 속에 어렵게 일궈 낸 결과물입니다. 우리가 당연하게 누리고 있는 자유와 권리에는 선배들의 피가 섞여있고, 누군가의 뜨거운 땀과 눈물이 서려있습니다. 이제는 여러분의 차례입니다. 깨어있는 시민의 한 사람으로서 당당하고, 즐거운 마음으로 투표할 때 우리 공동체가 디디고 서야 할 민주주의의 토대를 더 굳건하게 만들 수 있습니다.

건강한 민주주의를 위한 소중한 권리 행사! 여러분의 생애 첫 투표를 축하합니다.

어느덧, 6년

거친 봄바람으로 기억되는 오늘, 오늘은 세월호 6주기입니다. 어느덧 6년이라는 긴 시간이 흘렀네요. 동시대를 살아가고 있는 수많은 시민의 마음에 아픈 상처를 남긴 그 참혹한 사건은 세월이 흘렀어도 여전히 건드리면 다시 덧나는 현재의 아픔입니다.

사고 이후 처참한 모습으로 인양된 세월호, 현재는 전라남도 저 끝에 있는 소도시 목포의 한 신항만에 거치돼 있습니다. 목포 신항은 저와도 아주 깊은 인연이 있는 곳입니다. 그곳은 제가 나고 자라 어릴 적 꿈을 키우고, 산과 들, 바다로 쏘다니며 유년기를 보냈던 고향인 섬, 허사도(許沙島)의 일부 지역을 수출 목적의 국가 항만으로 개발한 곳입니다.

고향에 계신 부모님을 뵈러 갈 때면 목포 북항에서 허사도를 거쳐 영암을 잇는 다리인 목포대교를 건너 세월호를 거치해 놓은 목포 신항에 일부러 찾아가곤 합니다. 대교 상단부에서 하단부로 내려갈 때 멀리 아스라이 세월호가 보이는데 가까이 갈수록 처참하게 녹슬어버린 배의 선체가 또렷이 나타납니다. 일반인이 접근할 수 있는 가장 가까운 곳까지 걸어가 보면 많은 사람이 적어놓은 추모와 다짐, 기억, 그리움의 리본이 셀 수도 없을 만큼 바람에 나부끼고 있습니다.

아픈 마음을 여미고 가만히 세월호를 들여다보면서 너무나 비현실적 모습에 말문이 막히고, 마음이 먹먹해질 수밖에 없었습니다. 한마디 말없이 온몸으로 그날의 거대한 아픔을 웅변하고 있는 세월호를 보면서 저 역시 다른 많은 시민과 마찬가지로 이유 없이 스러져 간 아이들과 선생님들을 추모하고, 주어진 삶의 무게를 새긴 채 발길을 돌려야 했습니다.

아직도 유가족을 비롯한 많은 시민은 세월호 사건의 진실이 명명백백하게 밝혀지길 바라고 있습니다. 그날 왜 아이들이 그곳에서 구조의 손길을 받지 못한 채 차디찬 어두운 물속으로 가라앉을 수밖에 없었는지, 그 책임이 누구에게 있었는지 밝히기 위해 목소리를 내고 있습니다. 6년이 흐른 2020년 오늘도 여전히 중요한 건 진실의 규명인 것입니다. 그건 누구의 잘잘못을 가려내자는 차원이 아니라 올바른 진실을 바탕으로 우리 사회 곳곳의 문제를 바로 잡기 위해, 더 안전한 국가를 만들기 위해, 더는 어처구니없는 슬픔을 만들어내지 않기 위해 필요한 일입니다.

돌아보면 세월호 이후 시간 동안 많은 것이 바뀌었습니다. 크게는 정치권력이 바뀌었고, 좀 작게는 학교 안전 대책 등 여러 사회 안전 제도들이 바뀌었습니다. 그래서 어쩌면 오늘을 살고 있는 우리들은 별이 되어버린 아이들에 대한 빚을 진 채 살고 있는지 모르겠습니다. 비록 그 빚을 갚을 대상이 세상에 없지만, 진실 규명에 제 목소리를 보태는 것이 이미 별이 된 아이들과 사람들, 그리고 남아 견디고 있는 사람들에게 마음의 빚을 더는 일일 것 같습니다. 더불어 더 나은 우리 공동체를 위해 자신에게 주어진 고3의 하루를 보다 의미 있게 살고자 하는 마음을 갖는 것 역시 세월호를 기억하는 일이 될 수 있을 것 같습니다.

내년 오늘엔 진실 규명 싸움에 지칠 대로 지쳐버린 유가족들의 모습을 보지 않았으면 합니다. 명명백백히 그날의 진실이 드러나 함께 아픔을 어루만

질 수 있길 소망합니다. 진실은 결코 침몰할 수 없습니다.

어둠은 빛을 이길 수 없다.

거짓은 참을 이길 수 없다.

진실은 침몰하지 않는다.

우리는 포기하지 않는다.[1]

– 노래 「진실은 침몰하지 않는다」

1) 윤민석 작사·작곡, 「진실은 침몰하지 않는다」, 2016.

봄비 내리네

   오랜만에 비가 내리고 있습니다. 마침 이번 주 일요일이 봄비가 내려 모든 곡식을 기름지게 한다는 절기인 '곡우(穀雨)'[2]인데, 딱 알맞게 내려주는 반가운 봄비인 것 같습니다. 아마도 이번 비가 지나고 나면 들에 자라는 농작물을 비롯해 온 초목들이 물과 대지의 힘을 받아 더욱 쑥쑥 커나가지 않을까 싶습니다.

  오늘처럼 비가 오는 날 문득 떠오르는 기억 중 하나는 초등학교 다니던 시절, 그 어느 날의 일입니다. 그날도 지금처럼 봄비가 종일 추적거렸고, 처마 밑으로 연신 떨어지는 낙숫물 소리를 들으며 학교 숙제를 하고 있었습니다. 아무도 없는 집에서 혼자 빗소리를 듣고 있는 일은 그야말로 심심하고, 따분하기 짝이 없는 일이었습니다. 학교만 다녀오면 가방 던져놓고 한창 산과 들, 바다로 나돌며 놀기 좋아하던 때라 비가 오는 날씨가 맘에 들 리 없었죠. 나만 그런 게 아니었던지 때마침 친한 친구 몇이 함께 놀자고 뛰어왔고, 생각할 것도 없이 친구들을 따라 동네로 나갔습니다. 온 동네 사방팔방을 돌아다니며 물장난을 치던 우리는 거추장스러워진 우산마저 내던진 채 흠뻑 봄비를 맞았습니다. 동네 어른들의 걱정스러운 지청구도 들은 체 만 체 이리저리 떼거리로 몰려다니며 신나게 놀았습니다. 생각해보면 그날처럼 많은 비를 온몸으로 맞

---

2) 24절기 중 여섯 번째 절기.

았던 적이 또 있었나 싶습니다. 덕분에 나중에 집에 돌아가 어머니께 크게 한 소리를 듣기는 했지만, 그래도 잊을 수 없는 비 오는 날의 추억으로 지금까지 기억에 남아있습니다.

그날 비가 내리지 않았다면, 그리고 함께한 친구들이 없었다면 아마 그만 큼 재미있지는 않았겠지요. 특별한 날, 특별한 사람들이 함께 있었기 때문에 특별히 의미 있는 날이 될 수 있었던 겁니다. 돌이켜보면 여러분도 분명 자기 삶의 한 장면 장면 속에 특별한 사람들이 있지 않나요? 그런 사람들과의 관계가 곧 나의 과거이고, 현재이며 미래일 것입니다.

『감옥으로부터의 사색』, 『나무야 나무야』와 같이 깊은 울림이 있는 글을 쓰신 고 신영복 교수님께서는 "돕는다는 것은 우산을 들어주는 것이 아니라 함께 비를 맞으며 함께 걸어가는 공감과 연대의 확인이라 생각됩니다."[3] 말씀하셨습니다. 몇 해 전 이 말에 담긴 따뜻함이 좋아 반 티셔츠에도 '함께 맞는 비'를 새겨넣었던 기억이 납니다. 올 한 해 동안 고3을 같이 지내게 된 친구들을 비롯해 학교라는 공간에서 만나는 여러 선생님과 함께 기꺼이 비를 맞아보면 어떨까요? 비를 맞는 사람에게 자신의 우산을 씌워 줄 수도 있겠지만, 함께 비를 맞고 서있어 줄 수 있다면 먼저 비를 맞고 있던 친구가 얼마나 든든하겠습니까? 아마 빗속을 걸어갈 용기와 힘을 얻을 수 있을 겁니다. 그리고 언젠가 그 친구는 자신의 고3 시절을 추억하며 함께 비를 맞아준 사람들이 있어 그래도 견딜 만했고, 보람이 있었다고 말할 것입니다.

봄비가 내리는 날, 주저리주저리 읊었습니다.

---

3) 신영복, 『감옥으로부터의 사색』, 햇빛출판사, 1993. 157쪽.

지지 않는 자신과의 투쟁을 위해

　　코로나 19로 인해 오늘부터는 초등학교 1학년까지도 온라인 수업을 하게 되었습니다. 혹자는 미래형 교육이 앞당겨졌다며 의미를 부여하는 사람도 있지만, 갑자기 툭 던져진 새로운 환경의 변화 앞에 학생, 학부모, 교사, 교육 당국 모두 불편함이 있는 게 사실입니다. 이번 주로 3주차인데 여러분들은 잘 진행하고 있나요? 오늘도 여러 교과 담당 선생님들께 우리 반 학생 미수강 관련 메시지를 받고, 그 내용을 문자로 이 사람 저 사람에게 전한 것으로 봐선 아주 완벽하게 잘 진행되고 있다고 볼 수 없을 듯합니다.

　지난 3월부터 시작해 5월 초까지만 따져도 벌써 두 달 동안 학교에 나오지 못한 채 가정학습을 하고 있습니다. 조금 더 길게 잡으면 겨울방학을 시작한 1월부터 넉 달 동안 자기주도학습을 하고 있는 것이죠. 정말 긴 시간입니다. 언론이 보도하고 있는 것처럼 5월 초 등교 개학을 하고 나면 지난 넉 달 동안 쌓은 개인 역량의 차가 크게 드러나지 않을까 걱정이 됩니다. 학습적인 부분뿐만 아니라 학생부 종합전형 대비 비교과 활동에서도 꾸준히 준비하고 실천한 사람과 그렇지 않은 사람의 격차가 수습하지 못할 만큼 벌어져 있지 않을는지…. 하나하나 길을 밟아 나간 사람의 넉 달과 그렇지 못한 사람의 넉 달이 얼마나 넓고 멀지 우려가 되는 게 사실입니다.

지금처럼 학교에 와서 친구들과 함께 공부하지 못하고, 선생님들께 직접적 도움을 받는 것이 제약되는 상황에서는 무엇보다 나 자신의 의지가 중요합니다. 일어나서 잠들 때까지 자신에게 주어진 벅찬 24시간을 계획적으로 조직하고, 실천하는 생활을 하기 위해 필수적인 요소는 자기 의지입니다. 자기 의지의 중요함이야 사실 학교에 나올 때도 마찬가지이긴 하지만, 지금처럼 학교에 나오지 못할 때는 그날그날 시간 운영의 성패뿐 아니라 나아가 입시 전체의 성패를 좌우할 핵심이라 보아도 과언이 아닐 것입니다.

　물론 한결같은 마음으로 자기 의지를 세우고, 실천하는 삶을 산다는 것이 말처럼 쉬운 일은 아닙니다. 어쩌면 매 순간 자신과 타협하려는 자아와 맞붙는 처절한 투쟁일 수도 있습니다. 그때마다 흔들리는 자신에게 힘을 불어넣어줄 그 무엇이 있다면 얼마나 좋겠습니까? 저마다 생각의 차는 있겠지만, 저는 그 무엇이 '즐거운 자기 긍정', '뚜렷한 목표 의식', '사명감 있는 내 존재에 대한 인식'이라고 생각합니다.

　자기 자신에 대해 즐거운 마음으로 긍정할 수 있다면 부정적이고, 불확실하게 자신을 생각하는 것보다 더 효율성 있고, 높은 성취도를 보일 수 있습니다. 매사 부정적이고, 불안한 모습으로 자신을 대하는 사람이 어떤 창조적 결과물을 낼 것이라 보기는 어렵습니다. 반대로 긍정적이고, 자신감 있는 모습으로 자신을 대한다면 비록 좌충우돌하는 어려움이 있더라도 끊임없이 앞을 향해 나아갈 수 있을 것입니다. 나의 현재와 자기 존재에 대해 스스로 웃으며 바라볼 수 있길 바랍니다. 여러분들은 실제 꽤 괜찮은 사람입니다.

　아직 그 결과를 예측할 수 없어 흐릿하기만 한 대학 입시, 그 흐릿한 입시를 내 눈앞에 분명하게 펼쳐 보일 필요가 있습니다. 보이지 않으면 더 두렵지만, 내 눈앞에 실제 펼쳐 보이면 무엇을 해야 하는지가 더욱 확실해집니다. 단기적으로 이루어야 하는 학습 목표, 비교과 활동 목표를 쪼개고, 장기적으로 이루어야 할 목표를 구체적인 언어나 수치로 분명히 제시해야 합니다. 생각만 하는 것과 직접 써서 내 눈앞에 펼쳐 보이는 것 중 무엇이 더 도움되겠습니까?

지금은 비록 작은 시련에도 쉽게 흔들리는 들꽃 같은 존재일 수 있지만, 여러분들 한 명 한 명은 머지않은 가까운 장래에 우리 사회 곳곳에서 자기 몫을 다하며 우리 사회를 이끌어갈 현재이자 미래입니다. 나 한 사람의 존재로 인해 가까이는 내 가족들이, 멀게는 우리 공동체가 더 행복한 삶을 살아갈 수 있습니다. 46억 년 지구 역사에서 오직 하나뿐인 자신입니다. 따라서 여러분들 존재 한 명 한 명의 무게는 46억 년 지구의 역사와 같습니다. 세상을 향한 자기 사명감을 가질 때 오늘 자기 삶의 의미가 더 또렷해질 수 있을 것입니다.

오늘도 말이 길었군요. 학교에서 얼굴을 마주하고 생활하면 수시로 이 말 저 말 할 수 있어 좋을 텐데 괜히 말이 길어지고 말았습니다. 그저 긴 말 가운데 여운으로 되새김할 말이 하나라도 있었길 바랄 뿐입니다.

오늘의 행복 만들기

　　　　　와! 오늘은 바람이 엄청 부는 날이네요. 일기예보를 보니 오늘부터 사흘 정도는 기온이 예년보다 낮고, 바람도 많이 불 거라고 합니다. 급작스러운 날씨 변화에 몸 상하지 않도록 유의해야겠습니다. 코로나로 예민해진 사회적 상황이라 괜히 기침하고, 열이라도 나게 되면 이래저래 눈치도 보이고, 더 마음이 위축될 수 있습니다.

　연세대학교 김주환 교수님의 책 『회복 탄력성』에서 '행복'에 대해 다음과 같이 정리한 내용을 인상적으로 보았습니다.

　"행복은 능력이다. 행복은 긍정적 정서를 통해 자신을 자기가 원하는 방향으로 이끌어 갈 수 있는 능력이며, 또한 타인에게 행복을 나눠줌으로써 원만한 인간관계와 성공적인 삶을 일구어내는 능력이다."[4]

　그리고 교수님은 행복의 기본 수준을 높이기 위해 자신의 약점보다 강점을 찾아야 한다고 서술했습니다.

　사람들에게 어떻게 살고 싶냐고 물어보면 거의 대개는 행복하게 살고 싶다는 답을 합니다. 아마 이는 여러분도 마찬가지일 것입니다. 행복이라는 대전제 아래 이런저런 곁가지가 있을 수는 있지만, 대개는 행복한 삶을 자기 삶의 주된 목적으로 삼는 경우가 많습니다.

---

4) 김주환, 『회복 탄력성』, 위즈덤하우스, 2015. 220쪽.

그런데 말이죠. 행복이 굳이 미래형이어야 할까요? 행복이 굳이 언젠가 이루어야 할 목적이어야 할까요? 그럼 행복은 우리 삶의 수단인 걸까요? 그것보다는 지금 당장 현실의 삶이 행복하면 더 행복하지 않을까요? 지금 당장 나의 삶을 행복하다고 느낀다면 지금도 미래도 모두 더 행복할 수 있지 않을까요? 이야기하려는 핵심은 미래를 위한 행복의 유예가 아니라 지금 당장 행복한 현실을 만드는 것이 중요하다는 것입니다.

불확실만 미래, 합격할지 떨어질지 모르는 대학 입시, 한다고는 하는데 느는지 안 느는지 확인하기 어려운 실력, 해도 해도 끝이 없는 것만 같은 공부…. 행복할 수 없다고요? 물론 여러분들의 상황이 특수한 건 맞습니다. 그렇다고 하루하루를 무거운 마음으로, 오직 미래를 위해 오늘을 저당 잡힌 채 살아가는 건 분명 불행한 일인 것 같습니다. 그렇다고 그냥 내가 좋아하는 일만 하며 내일이나 미래 따위는 개나 줘버리라고 호기롭게 외치며 살면 될까요? 그럼 행복할까요? 그렇게 살다 보면 매일 잠들 때마다 밀려오는 후회 속에 몸부림칠 수밖에 없을 것입니다. 그리고 결국 멀고 먼 길을 돌아 다시 원점에 서있는 자신을 발견하게 되겠죠.

대체 어떻게 해야 할까요? 제 생각엔 일상 속 자신의 모습과 삶에 대해 긍정적으로 바라보는 연습을 하면 좋을 것 같습니다. 자신이 이룬 크고 작은 성취나 소소한 긍정적 행동에 대해 칭찬하고, 그 속에서 자기 만족감을 느낄 수 있다면 그것이 곧 행복일 수 있다 생각합니다. 예를 들면 아침 일찍 일어난 자신을, 화장실에서 거울을 보며 웃음 짓는 자신을, 부모님께 싫은 소리 하지 않는 자신을, 친구의 고민을 들어준 자신을, 수학 문제 한 문제를 끙끙거리며 결국 해결해낸 자신을, 혼자 밥을 차려 먹은 자신을, 온라인 수업을 완강한 자신을, 선생님의 공지 사항을 충실하게 읽은 자신을 칭찬하는 겁니다. 생각해 보면 얼마든지 다른 선택을 할 수도 있었지만, 나은 오늘을 위해 올바른 선택을 한 자신은 칭찬받아 마땅합니다. 그리고 마지막으로 잠들기 전 오늘 하루를 살며 칭찬할 만한 일을 한 나 자신이 얼마나 행복한 사람인가 생각하고, 감사한 사람들을 떠올린다면 행복감으로 충만한 채 하루를 마감할 수 있을 것입니다.

하루하루 행복한 삶을 살기 위해 작은 노력을 기울인다면 김주환 교수님의 말처럼 행복의 힘이 자신을 원하는 방향으로 이끌어 갈 수 있을 것이고, 마침내 성공적인 삶을 일궈낼 수 있지 않을까요?

행복은 큰 것에 있지 않으니 오늘! 당장! 라잇 나우! 행복해지자고요.

후회(後悔)
– 이전의 잘못을 깨우치고 뉘우침

　　　　　이가 좋지 않아 몇 달 동안 받아온 치과 치료를 오늘로 마쳤습니다. 평소 이 관리를 잘했으면 좋았을 텐데 꼭 일이 터지고 나서야 후회하는 어리석은 일의 반복입니다.

　학교생활뿐만 아니라 일상을 살아가다 보면 크고 작게 후회할 일이 생깁니다. 후회는 이전의 잘못을 뉘우치는 일이죠. 따라서 잘못이 없다면 후회하는 일이 생길 수 없습니다. 하지만 잘못을 하지 않고 사는 사람이 어디 있겠습니까? 경우에 따라 작은 잘못을 하거나 조금 큰 잘못을 하며 사는 사람으로 나뉘는 것이죠. 그리고 여러 번 잘못된 일을 반복하는 사람이 있는 반면에 제대로 뉘우치고 다시 같은 잘못을 하지 않는 차이만 있는 것이겠죠.

　여러분은 어떻습니까? 아무래도 작은 잘못을 여러 번 반복하는 경우가 많지 않나요? 저는 그런 경우입니다. '아이들이 저지른 실수에 대해 화내지 말아야지', '얌체같이 운전하는 사람에게 성질 내지 말아야지', '야외 운동 꾸준하게 잘해야지', '술은 기분 좋을 정도로 조금만 마셔야지', '부정적인 나쁜 말을 하지 말아야지.' 떠오르는 요즘의 잘못과 후회들입니다. 만약 이런 후회를 하지 않을 수만 있다면 좀 더 괜찮은 사람이 될 텐데 말이죠.

후회를 할 때 중요한 것 하나는 '진심'인 것 같습니다. 진심으로 잘못을 뉘우쳐서 작은 잘못을 더 큰 잘못으로 비화시키지 않도록 하고, 자기 마음에 너무 넓은 얼룩을 남기지 말아야 합니다. 또 나아가 자신과 가까운 가족, 친구를 비롯해 함께 살아가는 다른 사람들에게 크고 작은 상처를 주지 말아야 합니다. 진심을 다해 후회하면 잘못의 크기와 강도, 그 부정적 영향의 범위를 줄일 수 있지 않을까요?

또 하나 중요한 건 '긴장'인 것 같습니다. 이때, 긴장의 강도가 스스로를 옥죄일 만큼 커버리면 스트레스가 되기 때문에 곤란합니다. 잘못을 하기 직전에 '아! 또 이러네. 멈춰야지.' 하며 바로 알아차릴 정도의 긴장이면 됩니다. 우리는 성인군자가 아니기 때문에 긴장 없이 너무 마음을 풀어버리면 실수를 하게 마련입니다. 자신을 관리할 수 있는 마음의 호루라기가 있다면 필요할 때마다 자신을 단속할 수 있을 것입니다. '태광아! 멈춰! 삑~!' 하고 말이죠.

여러분들은 오늘 어떤 후회할 일을 했나요? 늦기 전에 진심으로 뉘우치고, 조금의 긴장을 더한다면 그 잘못을 발판 삼아 좀 더 괜찮은 인간이 될 수 있지 않을까요?

지금의 '국뽕'을 넘어

어제부터는 초겨울 날씨처럼 기온이 뚝 떨어진 데다 바람까지 오지게 불어서 제법 춥게 느껴졌습니다. 심지어 한낮에 잠깐 눈까지 내렸는데, 다들 놓치지 않고 신기한 구경 잘했나요? 비록 아주 잠깐이긴 했지만, 지난 겨우내 내리지 않던 눈을 4월 말에 보다니 희한하고, 흥미로운 일입니다.

최근 이상 저온 현상으로 인해 과수 농가의 피해가 심각하다는 뉴스를 보았습니다. 흐드러지게 핀 배꽃과 사과꽃, 감꽃 등이 냉해를 입어 고사하고, 수정 불량으로 이어져 가을 소출을 기대하기가 어려워졌다는 보도를 보며 마음이 좋지 않았습니다. 가뜩이나 코로나 19 때문에 유통 상황도 좋지 않고, 일할 사람 구하기도 쉽지 않은 때에 자꾸 엎친 데 덮친 상황의 연속이라 그냥 이렇게 책상 앞에 앉아 얼마나 힘들까 생각하는 것조차 면구스러울 따름입니다. 코로나 19도, 이상 저온도 인간이 어떻게 해보기 어려운 거대한 자연적 재해라 어려움을 겪는 사람들의 시름이 점점 깊고 넓어져만 갑니다. 하루빨리 이 모든 상황이 정리돼 평온하고, 평범한 일상을 되찾을 수 있다면 얼마나 좋을까요?

최근 해·내외 언론들이 우리나라 국민들의 빛나는 시민의식에 대한 칭찬을 쏟아내고 있습니다. 그러한 보도를 보며 국민의 한 명으로서 자랑스

러움을 느낍니다. 우리는 우리가 알고 있었던 것보다 훨씬 건강한 시민의
식을 가지고 있었음을 돌아볼 수 있었습니다.

하지만 그럼에도 불구하고 여전히 우리 앞에 놓인 엄중한 과제는 크다
생각합니다. 그 과제는 사회적 약자에 대한, 내 이웃과 공동체에 대한, 서
로의 존재에 대한 배려, 공감, 연대를 일상화하는 것입니다. 복잡하고 다
원화된 사회 환경과 경쟁이 만연된 사회, 소득의 양극화가 심각한 환경에
서 살아가는 우리는 누구나 자신의 의지와 달리 언제든 '을(乙)'이 될 수
있습니다. 태어나서 죽을 때까지 100세를 살아야 할 수도 있는 시대에 평
생 '갑(甲)'으로만 살 수 있을 거라 생각하는 것이 더 비현실적인 일인지도
모릅니다. 내가 '을(乙)'이 되어 어렵고, 서럽고, 상처받는 상황이 되었을
때 아무도 손을 내밀어주지도 않고, 내 주변에 다시 올라탈 수 있는 사다
리가 없다면 인간적인 삶을 지속하기 쉽지 않을 수도 있습니다.

이번 코로나 19 이후 우리나라의 국제적 위상과 지위가 이전과 달라질
거라고들 합니다. 각국의 주요국 정상들이 앞다퉈 우리나라 대통령에게
전화를 걸어 도움을 요청하는 이런 상황은 우리 역사 수천 년 이래 볼 수
없었던 역사적 변화를 상징하는지도 모르겠습니다. 낯설게 느껴지는 이런
상황을 보며 속된 말로 '국뽕[5]'이 차오른다고 하는 사람들이 많습니다.

하지만 지금의 '국뽕'은 사태가 진정된 후 일순간 사라지고 말 물거품일지도
모를 일입니다. 변화된 국가적 위상을 탄탄하게 뒷받침하기 위해서 세계가
부러워할 만큼 건강하고, 강력하며, 성숙한 시민의식을 지속적으로 보여주어
야 하지 않을까요? 또한, 공감과 연대의 정신에 입각해 사회 전 부문에서 법
적, 제도적, 정책적 변화를 가져와야 하지 않을까요?

---

5) 국가에 대한 자부심을 속되게 표현한 말.

언젠가 시간이 좀 흐른 뒤 세계가 우리를 이렇게 기억해 줬으면 좋겠습니다. 위기를 극적인 기회로 반전시킨 지혜로움을 가진 사람들로, 민주 시민사회의 모범으로 확실하게 일어선 시민들로, 현대 민주공화국에서 전에 없던 새로운 시민의식을 보여준 국민들로.

워킹쓰루 학력평가

     코로나 19로 인해 연기된 3월 학력평가를 거의 두 달이나 지난 오늘에서야, 그것도 문제지만 배부하는 방식으로 치르게 되었습니다. 학교에서 학생들과 만난 시간이 짧지 않은데 워킹쓰루(Walking thru) 방식으로 문제지만 나눠주는 경우는 또 처음입니다. 사회적 거리 두기, 언택트[6] 시대, 코로나 블루[7], 온라인 개학, 워킹쓰루, 재난지원금 등 코로나 19 유행 이후 처음 접하는 말과 처음 겪는 일들이 참 많아졌습니다.

    고3에게 일반적으로 3월 학력평가는 현실 진단의 1차 기준이 되는 시험이라 그 의미가 남다를 수밖에 없습니다. 하지만 올해 시험의 경우 각 가정에서 자율적으로 시험을 치르게 돼 완벽하게 그 의미를 살리는 것이 좀 어려운 것 같긴 합니다. 그래도 충실하게 풀어본다면 수능의 최근 경향성을 확인할 수 있고, 가채점 결과를 바탕으로 상대적 자기 위치를 가늠해 볼 수도 있을 것입니다. 비록 워킹쓰루 학력평가라는 전대미문의 시험 아닌 시험이 되고 말았지만, 그런 몇 가지 면만으로도 올해 3월 학력평가 역시 풀어

---

6) '언택트(Untact)'란 '콘택트(contact: 접촉하다)'라는 말에 부정의 의미를 가진 영문 접두사 '언(un-)'을 합성한 말로, 사람과의 접촉 없이 온라인 상에서 물건을 구매하는 등의 새로운 소비 경향을 의미한다.

7) '코로나 19'와 '우울감(blue)'을 합쳐 만든 신조어로, 코로나 19 확산으로 일상 사회 활동과 대면 접촉이 제한되는 등 삶의 변화가 생기면서 닥친 우울감이나 무기력증을 의미한다.

야 할 의미가 적지 않습니다. 혹시라도 아직 풀지 않고, 가방 속이나 책상 속에 고이 모셔둔 채 홍어 삭히듯 하고 있는 사람이 있다면 주말 안에 꼭 풀어보길 바랍니다.

지난해 12월 기말고사 이후 만 4개월이 지났습니다. 결코 짧지 않은 그 시간 동안 여러분들의 실력은 어느 정도 향상되었을까요? 입시 지도를 해야 하는 선생님 역시 여러분만큼이나 몹시 궁금합니다. 여러분 각자는 이번 학력평가 결과를 바탕으로 5월 12일과 6월 18일에 있을 다음 학력평가와 교육과정평가원 수능 모의고사의 목표를 설정해야 합니다. 과목별로 부족한 학습 내용이 무엇인지 파악하고, 향상시킬 수 있는 학습 계획을 수립한 후 공격적인 학습을 해야 합니다.

이제 시작입니다. 앞으로 여러분들이 넘어야 할 중요한 시험들이 첩첩 연봉처럼 남아있습니다. 5월 학력평가, 중간고사, 6월 평가원 모의고사, 기말고사, 9월 평가원 모의고사, 10월 학력평가, 대망의 대학수학능력시험까지. 어느 것도 만만하지는 않겠지만, 하나하나 넘어가다 보면 낙엽 지는 가을과 눈 내리는 겨울이 올 것이고, 그러고 나면 각자 가야 할 길이 분명해져 있을 것입니다.

혼자 가는 길이면 외롭고, 힘들 수 있지만, 함께하는 사람들이 있기 때문에 덜 쓸쓸하고, 조금 덜 고달플 수 있을 겁니다. 가야 할 남은 길이 힘들지 않을 거라고 말하지 않겠습니다. 여러분 역시 어차피 힘들 걸 알고 시작한 길, 신발 끈 꽉 묶고 함께 가보자고요. 아직은 멀어 보일지 모르지만, 분명히 그 끝은 있을 테고 그때가 되면 또다시 시작할 새로운 인생길 앞에서 마음껏 홀가분해질 수 있을 테니까.

오늘의 나와 내일의 나

　　"오늘의 나와 내일의 나만을 비교하자. 나아감이란 내가 남보다 앞서가는 것이 아니고, 현재의 내가 과거의 나보다 앞서 나가는 데 있는 거니까. 모르는 건 물어보면 되고 실수하면 다시는 같은 실수를 하지 않도록 하면 되는 거야."[8]

　월드비전 긴급구호팀장을 지내고, 현재는 월드비전 세계시민학교 교장을 하고 계시는 한비야 님의 말입니다. 긴급구호를 위해 처음으로 파견된 낯설고 긴장된 아프가니스탄 현장에서 각오를 다지며 한 생각입니다.

　자기 목표를 이루기 위해 매일 고생하고 있는 여러분들에게 이 말이 갖는 의미가 남다를 수 있을 것 같아 가져와 보았습니다. '나아감'의 기준이 무엇이어야 하는지, 어떤 마음가짐으로 입시의 전 과정을 준비해야 하는지 새삼 울림을 주는 말입니다.

　여러분들은 저마다 각기 다른 상황 속에서 자신만의 입시를 준비하고 있습니다. 성적이라는 절대적 기준에서 볼 때는 누군가 좀 더 앞서 있는 사람도 있고, 그 반대로 좀 더 뒤처져 있는 사람도 있습니다. 하지만 각자의 상대적인 상황을 기준으로 한다면 누구 한 사람 스스로 만족스럽다 말하긴 어려울 듯합니다. 다들 저마다 부족하다고 생각하겠지요? 지나치게 자신의

---

8) 한비야, 『지도 밖으로 행군하라』, 푸른숲, 2005. 21쪽.

상황을 비관적으로 볼 필요는 없지만, 어쩌면 봄 한철도 다 보내지 못한 이른 시점에 스스로 멀었다 여기는 것이 응당 적절해 보이기도 합니다. 아직 해야 할 공부와 활동이 많이 남았고, 목표까지 남은 기간도 만만치 않습니다. 그 시간 동안 언제든 예기치 않은 변수는 생길 수 있고, 그에 따라 부침과 등락을 거듭하게 될지도 모를 일입니다. 이 때문에 나의 현재를 미완이라 여기는 것이 합리적이라 할 수밖에요.

그렇다 해도 지금 당장의 부족함을 채우기 위해 사뭇 대단한 싸움을 해야겠다 비장해질 필요는 없을 것 같습니다. 운동을 할 때도 지나치게 몸에 힘이 들어가면 오히려 제 실력을 발휘하지 못하듯, 공부와 수험 생활에서도 가볍게 힘을 뺄 필요가 있습니다. 한비야 님의 말처럼 어제의 나보다 더 나은 오늘을 만들기 위해 한발 한발 전진하면 그뿐입니다. 절대적인 기준에서 이미 저만치 앞서 있는 누군가와 거대한 일전을 치르려 하기보다는 자신의 오늘에 대해 성찰하며, 한 번 저지른 같은 실수를 반복하지 않기 위해 노력하는 것이 훨씬 현실적입니다.

오늘의 지리한 땅 다짐의 시간 없이 튼튼한 내일의 성채를 쌓아 올릴 수는 없는 일입니다. 미래를 위해 오늘을 무한정 희생하라는 말은 아닙니다. 오늘 주어진 현실에 충실하자는 이야기입니다. 결국, 오늘 하루를 어떻게 보냈느냐가 오늘의 결과와 내일의 모습을 좌우하는 핵심입니다. 오늘 밤, 잠들기 전 곰곰이 생각해 보자고요. 어제보다 나은 오늘을 보냈는지, 오늘 주어진 현실에 부끄럽지 않게 살았는지. 만약 부끄러운 마음이 든다면 이불 킥 한번 날리고 다시 으쌰으쌰 시작하는 겁니다.

등교 개학 준비

　　어제에 이어 오늘도 몇몇 우리 반 친구들과 전화 상담을 했습니다. 실제 눈으로 보지는 못했지만, 수화기 너머 전해오는 목소리만으로도 여러분들의 생활을 능히 짐작할 수 있었습니다. 자신감 넘치는 목소리로 응답하는 "여보세요!"와 이제 갓 일어난 것이 분명한 저음의 목소리로 응답하는 "여보세요!", 질문에 대해 자신이 한 학습과 활동을 적극적으로 말하는 사람과 무슨 말을 해야 할지 몰라 당황스러워하는 사람, 앞으로 진행될 일정에 대해 스스로 꿰고 있는 사람과 전혀 모르고 있는 사람. 누가 더 조직적인 생활과 학습을 하고 있는지, 누가 더 자기 목표를 향해 착실히 준비하고 있는지 길게 말하지 않아도 알 수 있었습니다. 아직까지 전화도 받지 않고, 전화하라 남긴 문자에 아무 응답이 없는 친구들도 있으니 어쨌든 통화가 된 친구들은 그래도 무사 생존 여부만큼은 잘 확인했습니다. 아직 연락 안 된 친구들도 살아는 있는 거겠죠? 곧 얼굴 볼 사인데 빨리 응답해 주길 바랍니다.

　이제 곧 등교 개학을 할 거라고 합니다. 정부 발표대로라면 5월 초 안에 교육부를 통해 등교 개학 일시가 공지될 것 같습니다. 등교 개학 이후 이르면 일주일, 넉넉잡아도 이 주일 안에는 3학년 중간고사를 치르지 않을까 싶습니다. 현 계획대로면 5월 26일부터 29일까지 중간고사 기간이기 때문에 개학 이후 그제서야 중간고사를 준비하는 건 물리적으로 어려움이 있습니다. 그래서 지금부터는 본격적으로 중간고사 준비를 시작해야 합니다. 그럼, 무엇부터 해야 할까요? 시험 공부 계획을 짜고, 온라인 수업 내용에 대한 반복 학습과 심화 학습을 어떻게 할 것인지 자기 계획과 목표를 촘촘하게 시각화시키는 일부터 해야 합니다. 시험 계획을 떡하니 붙여놓으라는 말입니다.

이번 중간고사는 우리 반 학생 중 최소 2/3 이상의 입시 결과를 좌우하는 결정적인 1차 관문입니다. 이 관문을 잘 통과하지 못한다면 다음 관문인 기말고사가 두 배는 더 부담스러워질 수밖에 없습니다. 누구에게는 기회의 열린 문이 될 수도 있고, 누구에게는 안타깝게 닫혀버린 후회의 문이 될 수도 있습니다. 아직은 아무도 그 결과를 알 수 없고, 모든 건 내가 얼마나 하느냐에 달려있어 다행입니다.

4월 초 상담에서 학생부 종합전형으로 승부를 걸어야 하는 다수의 친구에게 비교과 활동 계획을 수립하고 각자 할 수 있는 효율적 개인 활동을 해야 한다고 했습니다. 그런데 3~4주가 지난 지금까지도 아무런 활동을 하고 있지 않거나 하더라도 질적, 양적으로 부족한 활동만을 하고 있는 경우가 있었습니다. 잘 모르겠으면 물어보아야 합니다. 이미 대학에 간 선배나 친척들에게 조언을 구하고, 함께 입시를 준비하는 친구들과 상의도 하고, 학교나 학원 선생님들께 궁금한 것을 물어보며 도움을 청해야 합니다. 지금 활동하지 않으면 그만큼 활동할 수 있는 시간이 줄어들 수밖에 없습니다. 벌써 한 달이 지나갔으니 이제 석 달 남짓 남았습니다. 흐르는 시간이 무한정 여러분 편이 아님을 알았으면 합니다. 다행히도 아직까지는 가능성의 시간이 내 앞에 남아있습니다.

오늘 상담하며 한 친구에게 이런 말을 했습니다.

"지금부터 공부하고 활동한 속도 그대로 등교 개학을 한 후 좀 더 탄력받아 앞으로 나아가야 해!"

또렷하지 않은 의식과 불규칙한 생활, 구체적이지 않은 계획과 어리바리한 자세로는 속도를 붙일 수 없을 테고, 등교 개학을 한들 탄력을 받을 리도 없지 않을까요? 자신을 돌아보고, 계획해야 할 때입니다.

4월 같은 5월이 온다

        혹시 감자나 콩, 무, 고추 같은 작물을 심어본 사람 있나요? 여러분들은 서울에서 나고 자란 사람들이라 한 번도 그런 작물을 심고, 길러본 적이 없을 수도 있을 것 같긴 합니다. 요새 가까운 근교의 농가 밭이나 도시 텃밭에 나가보면 한창 감자 새순이 올라오고 있는 걸 볼 수 있습니다. 감자나 콩, 무 등의 새순이 거친 흙을 뚫고 올라오는 모습을 보면 여려만 보이는 새순이 어떤 힘이 있어 자기 몸의 몇십 배는 될 흙의 무게를 밀어 올리는지 신기할 따름입니다. 애초 씨앗 속에 그런 생명의 경이와 힘이 내재돼 있는 것이었을까요? 5월이 되면 본격적으로 기온이 오른다고 합니다. 갓 하늘을 머리에 인 새순이 하루하루 작물의 태를 갖춰갈 것입니다. 그리곤 흙 속에 단단히 뿌리를 박은 채 튼실한 열매를 맺어내기 위한 본격적인 여정에 오르겠지요. 때로는 거친 비바람에 몸을 떨고, 작렬하는 뙤약볕에 고개를 숙일 때도 있겠지만, 결국엔 원래 자신보다 몇 배, 몇십 배의 보람 있는 결실을 맺어내고야 말 것입니다.

    이제 5월입니다. 예년이었다면 지금쯤 중간고사를 마치고, 조금은 홀가분한 마음으로 연휴를 맞고 있었겠지요? 아마 여러분이나 저, 부모님 모두 마음의 여유를 다시 찾는 시기였을 겁니다. 하지만 올해는 코로나 사태로 인해 이제야 등교 개학이 가시권에 들어왔고, 개학과 동시에 사실상 첫 모의고사와 곧이어 중간고사를 보게 되었습니다. 따라서 올해 5월은 과거 4월과 같은 달이 될 것 같습니다. 어쩔 수 없이 밀려오는 설렘과 긴장 속에 충분히 준비된 개학을 맞이할 수 있었으면 하는 바람입니다.

내일은 석가탄신일 휴일이고 이후 노동절, 어린이날, 어버이날 등이 이어집니다. 잠깐 한눈팔다 보면 급작스러운 개학과 모의고사, 중간고사 같은 일정에 이리저리 밀려다닐 테고, 그 와중에 새로운 친구와 학교에 대한 적응, 코로나로 인한 학교 환경 변화 때문에 정신없는 5월이 될 수도 있습니다. 그럼에도 저는 여러분이 가진 잠재력과 가능성을 믿습니다. 중력과 압력을 뚫고 기어이 일어나고야 마는 새순과 같은 힘을 가진 청춘이기 때문입니다. 지레 겁먹고 포기하거나 자신에 대한 믿음만 잃지 않는다면 우리 함께 서로 격려하며 5월 한 달, 보란 듯 성장할 수 있을 것입니다. 저도 여러분들 옆에서 여러분들의 소중한 잠재력과 가능성을 틔우게 하고, 자라게 할 수 있도록 매일 물도 주고, 열심히 잡초도 뽑아내도록 하겠습니다.

따끈따끈하게 예열하기

　　지난 5월 4일 교육 당국에서 질병관리본부와 협의하여 등교 개학일을 확정 발표했습니다. 우리 고3은 5월 13일 수요일에 등교하게 되었습니다. 드디어 등교입니다. 직접 학교에 나오는 것이 이렇게 어려운 일이었다니 저마다 느끼는 감회가 새로울 것 같습니다. 여러분도 그렇겠지만, 저 역시 여러분들의 등교를 차분하게 준비하려 합니다.

　오늘 전화 상담을 하며 몇몇 친구들에게 말했습니다. 등교 개학이라고 해서 특별히 어떤 각오를 다지기보다는 열심히 하고 있는 상태 그대로 자연스러운 등교 개학이 되었으면 좋겠다고. 실제로는 등교 개학이라고 하는 중요한 환경의 변화가 생긴 게 분명하지만, 마음으로는 이미 그 환경 변화에 대한 예열을 끝마친 상태였으면 하는 바람의 요청이었습니다.

　개학하자마자 다음 날 사실상 첫 번째 전국연합학력평가를 치러야 하고, 그 후 2주 뒤에 중간고사를 치러야 하기 때문에 개학을 한 뒤 무언가를 더 하겠다고 생각하면 이미 너무 늦습니다. 입시 전략상 이번 중간고사가 수능만큼 중요한 사람들이 많습니다. 하지 말라고 해도 열심히 할 수밖에 없는 고3들이기 때문에 치열한 경쟁을 펼칠 것으로 예상합니다. 다져야 할 각오가 있다면 지금 다지고, 수립해야 할 계획이 있다면 지금 수립하고, 해야 할 공부는 지금 바로 해야 합니다. 그렇게 해도 만만치 않은 고3 중간고사가 될 것이 분명하기 때문입니다.

　그동안 등교를 하지 않아 잘 모를 학교 소식 몇 가지 전합니다. 야심 차게 추진한 본관 전·후면 외관 공사는 아직 조금 덜 끝났지만, 등교 후 분명한 변화를 확인할 수 있을 것입니다. 실내 소강당 마루 등 내부 수리와 인테리어 공사는 모두 마쳤고, 학습 카페 공사도 마무리되었습니다. 해촌관에서 신관 방향으로 이어지는 산책로 데크 공사가 깔끔하게 마무리돼 잠깐 머리를 식힐 수 있는 새로운 산책 명소가 될 듯합니다. 우리가 주로 생활할 교실과 복도 등은 장기간 진행된 실내외 공사 때문에 아직 깨끗하지 않은 상태입니다. 등교 전에 모든 공사를 다 마무리하기는 다소 어려울 수 있지만, 공부하는 데 큰 지장은 없을 것입니다. 실내 정비는 방역 차원에서라도 여러분들이 등교하기 전에 마무리하지 않을까 싶습니다. 일부러 그런 건 아니었겠지만, 등교 개학이 차일피일 늦어지는 바람에 이런저런 교육 환경 개선 공사를 차분하게 진행할 수 있었던 것 같습니다. 덕분에 여러분들이 좀 더 깨끗한 환경에서 학교생활의 마지막 해를 보내고, 보다 알차게 고3 입시를 준비할 수 있을 것 같습니다.

　고3을 비롯해 2학년, 1학년의 순차 등교 개학일이 모두 확정되었기 때문에 여러 학사 일정도 조만간 확정 발표할 것입니다. 중요 일정 계획이 나오는 대로 여러분들에게도 알려드리도록 하겠습니다. 이번에는 더 이상 일정이 늦춰지진 않을 것 같으니 충분히 예열하고 5월 13일에 만나자고요.

　📖 이태원 클럽에서 시작된 코로나 2차 대확산으로 등교는 다시 연기되었다. 이후 학력평가, 중간고사 일정, 학생부 종합 대비 활동 등 해야 할 입시 준비 일정을 더는 미룰 수 없었던 고3은 마침내 5월 20일 첫 등교를 하였다.

새로운 학교 풍경을 보게 될 거야

　　여러분들의 본격 등교를 앞두고 오늘 오전에 3학년 담임 선생님들이 모여 장시간 회의를 했습니다. 기본 방역, 등교 시간 이동 동선 관리, 수업 시간 조정과 수업 방법, 쉬는 시간 관리, 점심시간 관리, 체육 시간 운영 등에 대한 다양한 논의가 있었습니다. 회의에서 어떤 결정을 하기보다는 있을 수 있는 상황과 대안을 논의했고, 이후 그 내용을 바탕으로 학교 내 의사 결정 단위에서 이런저런 결정을 할 것입니다.

　오늘 세부적으로 결정된 것은 없지만, 앞으로는 코로나 이전과 다른 생소한 학교 풍경이 펼쳐질 것을 확인할 수 있었습니다. 매일 아침 등교를 할 때 기계식 발열 체크를 할 것이고, 교실 내 책상은 충분히 간격을 두고 혼자 앉게 되며, 교실 내 창문은 개방한 채 수업을 하게 될 것입니다. 수업 시간 중에도 마스크를 써야 하며, 쉬는 시간에 수시로 손을 씻어야 하고, 점심 급식 시간에는 외따로 앉아 식사를 하게 될 것입니다. 3개 학년 모두 등교를 하면 급식 총시간이 길어지기 때문에 단축 수업을 하게 될 것이고, 축구 등 활동적인 체육 수업은 어려울 것입니다. 식사 시간 외 남게 되는 점심시간 동안 자율 학습을 할 사람 말고는 실내 출입도 가급적 하지 못하게 될 것 같습니다. 쉬는 시간과 점심시간 등에도 선생님들의 지도를 받느라 조금 불편한 상황이 생길 수도 있습니다. 1학기 동안엔 본 수업 외 방과 후

학교는 실시하지 않을 계획입니다. 고3이 전체 학생 중 가장 빨리 등교를 하게 된 만큼 선제적이고, 시범적인 방역 안전 조치를 강력하게 시행할 예정입니다.

이전과 달리 학교생활 중 여러 불편한 점이 생길 수 있다는 사실을 미리 알고 등교해야 할 필요가 있습니다. 아마 지난 11년 동안 경험하거나 보지 못했던 새로운 학교 모습, 교실 모습에 적잖이 당황스러울지도 모릅니다. 나와 우리, 나아가 가족과 전체 사회 구성원들의 안전과 건강을 위한 불편함이고, 당혹스러움이기 때문에 함께 참고, 적응할 수 있겠죠?

등교 개학에 대한 기대도 크지만, 한편으론 걱정 또한 큰 것이 사실입니다. 가까스로 다잡은 코로나 확산세가 학교를 중심으로 다시 퍼져나가는 건 아닌지, 학생들에 의해 가족들이 감염되는 상황이 발생하는 건 아닌지, 학교 내 집단 발생이 현실화하는 건 아닌지 이런저런 우려가 있습니다. 등교 개학을 해야 하는 지금, 사회 방역의 무게 중심이 학교로 옮겨질 수밖에 없는 상황입니다. 지난 몇 달간 온 국민이 힘을 합쳐 코로나 극복을 위해 노력했듯 지금부터는 학교의 핵심 구성원인 우리가 힘과 지혜를 모아야 합니다. 지금까지 코로나 확산을 막은 영웅은 정부, 병원, 공적 기관, 시설 등에서 애쓴 많은 이들뿐만 아니라 함께 노력한 모든 시민 한 사람, 한 사람이 모두 영웅입니다. 아직도 재난 극복을 위한 우리 사회의 노력은 현재 진행형이고, 지금은 그 바통을 학교가 이어받아야 할 때입니다. 공부와 입시는 물론 언젠가 시간이 흐른 뒤 코로나에 맞서 제 역할을 다한 우리 자신의 모습 또한 자랑스럽게 기억할 수 있었으면 좋겠습니다.

빈 교실 청소

　　오늘 우리 반 교실을 반짝반짝하게 청소했습니다. 이전에 상담 학생 대기반으로 지정돼 이미 한번 방역 청소가 된 상태이긴 했지만, 한참 시간이 지나서 그런지 많이 지저분했습니다. 자욱하게 먼지가 내려앉은 교실을 구석구석 쓸고, 대걸레 자루에 잔뜩 힘을 줘 묵은 때를 벗겼습니다. 군대 신병 시절 이후 오늘처럼 빡세게 청소해 본 적이 없었던 것 같네요. 여러분들이 앉아 공부할 책걸상도 사이 간격을 띄워 6열 배열을 하고, 손걸레로 닦았습니다. 칠판도 초록초록 하게 닦아놓고, 칠판 걸레도 깨끗이 빨아놓았습니다. 거의 5개월이나 사람 손이 가지 않은 채 비어있던 교실이어서 손 갈 곳이 제법 많았습니다. 오랜만에 등교하고, 처음 새 교실에 들어와 좀 어색하게 느껴지더라도 선생님이 여러분들 생각하며 열심히 청소한 교실이니 기분 좋게 들어와 앉았으면 하는 바람입니다.

　　학교 교실 중 운동장 쪽 교실이 아니면 아무래도 그늘이 져 좀 우중충할 수 있는데, 우리 반 교실은 햇볕이 짱짱하게 드는 게 비타민 D 걱정은 안 해도 될 것 같습니다. 오히려 KF 94 마스크를 쓰고 청소해 보니 여러분들이 생활하며 많이 덥다 할 수 있겠단 생각이 들었습니다.

　　오늘 우리 반 교실을 청소하며 처음 배정받은 담임 반 교실임에도 금방 정이 가는 게 '여기가 이제 내 교실, 우리 교실이구나!' 싶었습니다. 여러분들도 다음 주 수요일에 등교하게 되면 새로운 교실 공간에 얼른 정을 붙일 수 있길 바랍니다.

학교에 다닐 땐 집만큼, 때로는 그보다 더 학교와 교실 공간이 중요하게 여겨지기도 하지요. 이미 한참 지난 옛날이지만, 선생님이 고등학교에 다닐 때도 그랬습니다. 지금과 달리 아침 7시 20분부터 밤 11시까지 학교에 붙잡혀 있었으니(그땐 자율을 가장한 타율로 붙잡혀 있었습니다.) 일상의 중심이 학교일 수밖에 없었고, 그래서 그런지 학교나 교실의 작은 변화에도 참 민감했었습니다. 찜통 교실에 선풍기 두 대가 추가로 설치되었을 때 얼마나 기분 좋고 시원하던지, 학교 운동장에 새 농구 골대가 더 설치되었을 땐 또 얼마나 신나던지, 지금은 박물관에나 가야 볼 수 있는 정사각형의 네모 각진 투박한 텔레비전이 교실에 설치되었을 땐 얼마나 신기했는지…. 지금 생각하면 소박하지만, 중요한 삶의 환경 변화들이었습니다.

코로나로 인해 여러분들의 경우 좋든 싫든 학교와 교실이라는 중요한 자기 삶의 공간과 차단된 채 생활한 지 꽤 오래되었습니다. 그렇기 때문에 등교해서 만나게 될 학교와 교실이 조금 낯설게 느껴질는지도 모르겠습니다. 하지만 교실에서 함께 수업 듣고, 웃고, 떠들고 하다 보면 금방 적응하게 되겠지요. 어찌 됐든 학교와 교실의 주인공은 여러분입니다. 여러분들이 없다면 학교와 교실이 다 무슨 의미가 있겠습니까? 얼른 여러분들이 학교와 교실의 주인으로 생기와 활력을 불어넣어 주었으면 좋겠습니다.

여러분들을 기다리며 다음 주 월요일에도 한 번 더 열심히 청소해놓도록 하겠습니다. 여러분들을 기다리는 학교의 하루가 또 이렇게 갑니다.

클럽발 코로나 확산, 고3 중간고사

지난 주말 이후 상황이 또 급변했네요. 이태원 클럽발 코로나 확산으로 인한 영향과 긴장감이 시시각각 높아지고 있습니다. 당장 우리 고3들이 수요일에 등교할 계획이었는데, 서울시 교육청과 경기도 교육청에서는 다시 등교 연기 입장을 밝히고 있습니다. 최종 등교 여부는 정부 차원에서 내일 발표할 거라고 하니 일단 기다려봐야겠습니다.

오늘도 학교에서는 수요일 등교 개학을 전제로 이런저런 준비를 했습니다. 3학년 담임 선생님들의 회의를 통해 막바지 등교 준비 및 점검 사항 등을 확인하였고, 각 교실 상태를 확인했습니다. 이전과 달리 교실 내 공간을 충분히 확보하기 위해 사물함과 청소도구함 등을 복도로 이동했습니다. 우리 반은 3학년 중 가장 인원이 많은 반이어서 그런지 사물함을 뺐음에도 자리 간격이 좀 좁은 감이 있긴 했습니다. 최대한 공간을 잘 활용해서 서로 간의 거리를 유지하기 위해 노력해야 할 것 같습니다.

오늘로 중간고사까지 17일 남았습니다. 지난 4월 말 여러분들과 전화를 하며 중간고사가 한 달 남았기 때문에 시험 준비 계획을 수립해야 한다고 했었는데 시간이 참 빠른 것 같습니다. 각오를 다잡는 차원에서 이번 중간고사의 의미를 다시 한 번 새겨봅시다.

이번 중간고사는 여러분들 학창 시절 전체를 통틀어 마지막 남은 두 번의 시험(내신 성적 반영이 되는 시험) 중 한 번이며, 그 어느 시험보다 내신 실질 반영 비율이 높은 시험입니다. 대학마다 내신 반영 방법이 다르긴 해도 여하튼 3학년 1학기 내신은 전체 내신의 1/3 이상을 차지합니다. 이번 시험 결과에 따라 입시의 관문을 확 열어젖힐 수 있는 사람도 있을 테고, 그와 반대로 학교 내신 성적 향상이 어려워져 입시의 핵심 카드를 놓쳐버릴 사람도 생길 것입니다.

지난 3월부터 지금까지 학교를 못 나오는 상황이었기 때문에 누가 스스로 생활을 잘 조직하였는지, 누가 자신만의 학습 내공을 잘 쌓았는지 그 결과를 가시적으로 보여줄 수 있는 시금석이 이번 중간고사입니다. 아마도 예상컨대 어느 시험보다 많은 출렁거림이 있는 시험이 되지 않을까 싶습니다. 영리하고 공격적인 태도로 오히려 학교를 나오지 못하는 이때가 기회라 여긴 사람은 스스로 놀라운 결과를 만들어 낼 수도 있을 것입니다. 팔은 안으로 굽는다고 3학년 전체 학생 중 우리 반 친구들이 좀 더 괄목할 만한 모습을 보여주었으면 하는 바람이 큽니다.

그간 여러분 선배들의 모습을 비추어 볼 때 입시는 그 과정과 결과의 일치 측면에서 생각보다 매우 정직한 모습을 보여왔습니다. 웬만해선 요행이 통하지 않고, 실천 없이 말만으로 무언가를 이룬다는 건 말 그대로 속 빈 강정이며, 헛된 망상일 뿐이었습니다. 따라서 여러분들도 내가 땀 흘려 노력한 만큼 정직한 결과를 얻을 수 있을 거란 믿음을 가졌으면 합니다. 우직한 한 시간, 한 시간이 쌓이고 쌓여 다져진 단단한 실력이 될 때 자신의 목표에 한 걸음 한 걸음 가까워질 수 있을 것입니다.

아직도 느슨하게 마음을 먹고 있는 사람이 있다면 좀 더 긴장의 끈을 조였으면 합니다.

좀 더 인간다운 공동체를 위해
– 한 아파트 경비원의 죽음을 애도하며

얼마 전 우리 지역과 가까운 강북구 우이동의 모 아파트 경비원께서 안타깝게 생을 마감했습니다. 그 아파트 거주민 중 한 사람이 가한 비인간적인 폭언과 폭력을 견디지 못해 삶의 자락을 놓아버린 서글픈 사건이었습니다. 그 일 이후 함께 생활한 많은 주민이 슬픔과 애도를 나타내고 있고, 언론을 통해 소식을 접한 수많은 시민이 슬픔을 넘어 분노를 표현하고 있습니다.

이 일이 더 서글프기 짝이 없는 건 우리 사회에서 이와 같은 일이 이번이 처음이 아니고, 그리 낯선 일이 아니라는 사실입니다. 자신보다 지위가 낮다고, 힘이 약하다고 해 마음껏 휘두르는 유무형의 폭력 때문에 몸과 마음의 상처를 받는 사회적 약자들이 얼마나 많습니까? 가끔 언론에 보도되는 사건들을 빙산의 일각이라 본다면 그런 비인간적이고, 천박한 모습의 폭력이 우리 사회 전반에 걸쳐 얼마나 비일비재 저질러지고 있는지 상상이 가지 않습니다. 삶을 살아가며 서글프고 서럽고 절망적인 상황 속 주인공이 내가 되지 않는 것이 그저 운이 좋은 것인지, 그렇게 생각해야 하는 것이 최선인 건지 마음이 무거울 따름입니다.

우리 인류가 성인으로 추앙하고 있는 분 중 한 분인 공자는 평생 실천해야 할 바가 무엇이냐는 제자의 질문에 대해 자기가 원하지 않는 것을 남에게 하지 않는 것이라 단도직입적으로 말씀하셨습니다. 그리고 예수는 굶주리는 이들, 목말라하는 이들, 헐벗은 이들과 같이 가장 작은 이들 가운데 한 사람에게 해준 것이 나에게 해준 것과 같다고 말씀하셨습니다. 두 성인의 말씀에 비추어보면 사회적 약자라는 이유로 업신여기고, 심지어 아무렇지 않게 폭력을 가하는 태도는 '비인간', '악' 그 자체입니다. 힘이 세다고, 돈이 많다고, 명예가 높다고 인간이 인간을 무시하는 건 윤리적으로도, 인간적으로도, 도의적으로도, 법적으로도 용인될 수 없습니다.

그럼에도 불구하고 스스로 유구하고 찬란한 전통문화를 가졌다고 자부하고, 세계에 자랑할만한 민주주의 체제를 이루었다고 여기는 21세기 대한민국 사회에서 비상식적인 갑질을 일삼는 사람들이 끊이지 않는 건 왜일까요? 여러 이유가 있을 수 있겠지만, 잘못된 사회적 유산의 청산을 제대로 하지 못한 것도 한 요인인 것 같습니다. 지난 고도성장기 우리 사회는 과정보다는 결과를 앞세운 외형적 성장에 매달렸고, 그 과정에서 비록 어느 정도 경제적 성장은 이루었으나 모든 사람의 인간적 삶과 정의로운 삶에 대한 보장까지는 나아가지 못하였습니다. 그 결과 큰 힘을 가진 사람은 그보다 작은 힘을 가진 사람을, 작은 힘을 가진 사람은 한 줌의 힘만을 가진 사람을, 한 줌의 힘을 가진 사람은 힘을 가지지 못한 사람을 무시하고, 그런 사람 위에 군림하려는 천박한 의식을 내면화한 사람이 많아진 게 아닌가 싶습니다.

사실 누구도 대놓고 '나 잘났다', '난 나 이외의 사람을 무시해도 돼', '나를 위해서라면 무슨 일이든 해도 괜찮아.'라고 말하는 사람은 없지 않을까요? 그런데 어떤 순간 갑자기 자기 내면에 있는 악한 모습이 전면에 드러나 자기도 인지하지 못하는 찰나 괴물로 변해버리는 사람들이 있는 것이겠죠. 그래서 생각과 연습, 습관이 중요합니다. 너와 내가 모두 같은 한 인간이라는 생각을 하고, 우리 모두는 함께 살아가는 사람들이며, 내가 그렇듯 남도 누군가의 아들이고, 아버지이며, 어머니이고, 형제라는 사실을 기억해야 합니다. 그리고 이와 같은 생각을 수시로 떠올리고, 말과 행동으로 연습하며, 그런 말과 행동이 습관이 되고, 내면이 되도록 노력해야 합니다.

진리와 진실과 정의를 배우는 우리가 좀 더 노력했으면 합니다. 군림하려고도 군림 당하지도 않기 위해, 좀 더 인간답고 인간을 위한 우리의 공동체를 위해 보다 적극적인 노력이 필요한 때입니다. 다른 누가 아닌 나 자신과 나의 친구와 나의 부모님과 나의 이웃들을 위해서. 사회적 약자로 살아갈지 모를 우리의 미래를 위해서.

관계의 타성에 대한 반성

얼마 전에 읽은 전승환 님의 글에서 저를 반성하게 만든 글귀가 있어 메모해 놓았던 걸 다시 펼쳐보았습니다.

"다른 사람에게 최선을 다하라고, 힘내라고 말할 때는 손도 함께 건네야 합니다. 넘어져 있다면 일으켜 세우고, 지쳐있다면 짐을 나눠 들면서 함께 힘내자고 해야 하죠."[9]

저는 직업상 학교에서 만나는 여러 학생을 비롯해 이미 학교를 거쳐 나간 졸업생들과 이야기를 나눌 기회가 많습니다. 그때마다 거의 예외 없이 최선을 다해 살아야 한다는 당위적 이야기를 하고는 했습니다. 그런데 글을 보는 순간 마음이 뜨끔해졌습니다. 말 그대로 마땅히 해야 할 일이라고 여긴 '당위(當爲)'이기 때문에 사실 큰 고민 없이 '타성(惰性)'에 젖어 최선을 다하라 이야기한 것은 아닌가 부끄러웠기 때문입니다. 작가는 말합니다. 말만을 앞세우는 것이 아니라 내가 너와 함께하겠다는 진심이 담긴 적극적인 실천 행동의 의미로 손도 함께 건네라고. 절망과 실의에 빠진 채 허우적거리는 사람에게 다가가 직접 그의 어깨를 잡아 일으켜 세우고, 자신의 힘과 지혜를 들여 힘겨워하는 사람의 짐을 나눠 들라고 말이죠. 그리고 너와 내가 한마음, 한뜻으로 힘내자고 말해야 한다고 합니다.

---

9) 전승환, 『내가 원하는 것을 나도 모를 때』, 다산북스, 2020. 54쪽.

여러 학생과 대화를 할 때 저 스스로 가장 경계해야 할 지점은 타성이었습니다. 타성이란 오랫동안 변화나 새로움을 꾀하지 않아 나태하게 굳어져 버린 습성을 말합니다. 여러분들의 처지를 깊이 이해하기 위한 노력을 소홀히 한 채 그럴듯한 명분과 권위를 가진 당위만을 앞세우거나, 진심을 다해 왜 넘어진 그 자리에서 다시 일어나야 하며 앞으로 나아가야 하는지를 설득하지 않은 건 아닌지 돌아봅니다. 사실상 강요에 가까운 공허하기 짝이 없는 말을 던진 채 정작 마음의 일치를 향한 노력엔 소홀했던 건 아닌지 반성해 봅니다. 한 해, 한 해 저를 거쳐 간 학생들이 늘어날수록 학교생활에 대한 연륜과 여유는 쌓였으나 초심과 진심, 긴장의 색이 바랜 건 아닌지도 생각해 봅니다. 마침내 다 없어져 이도 저도 아닌 백지가 되기 전에 가슴에 쿵 하는 울림을 얻었으니 얼마나 다행인지 모르겠습니다. 저 역시 저도 모르는 사이에 넘어져 멈춰버린 그 자리에서 다시 일어나야겠습니다.

"서로 배려할 때, 우리는 비로소 아름다운 사랑을 할 수 있습니다. 또한, 그런 사랑을 할 수 있을 때야 한 사람의 인간으로 보다 성장할 수 있죠. 이처럼 사랑은 관계의 수평을 찾는 일입니다."[10]

여러분이 그렇듯 저 역시 부족함이 많은 사람입니다. 저와 여러분이 서로 이해하고, 우주의 인연으로 만난 같은 반 친구들끼리 서로 배려하다 보면 우리는 함께 성장할 수 있을 것입니다. 그 성장의 과정에서 우리 반 이름으로 묶인 누구 한 사람도 외따로 떨어지지 않았으면 합니다. 누구보다 제가 먼저 살피며 나아가야 함을 잘 알고 있습니다. 당장 이번 등교 개학과 그 이후 있을 중간고사를 여러분과 제가 함께 배려하고 성장하는 시기로 만들어 갈 수 있길 바랍니다. 함께할 테니 여러분도 저와 함께, 친구들과 함께

---

10) 같은 책. 222쪽.

손을 굳게 잡아주십시오.

쓰다 보니 오늘 좀 달달했네요. 언제 시간이 나면 전승환 님의 책 『내가 원하는 것을 나도 모를 때』를 일독해 보길 권합니다. 가볍게 읽히면서도 저마다 나름의 울림을 얻을 수 있을 거예요. 더해 주변 사람과의 관계도 좀 더 달달해질 수 있을 겁니다.

아름다운 사람

　　　　　작년 132억에 낙찰되어 우리나라 미술 역사를 새롭게 쓴 '우주'라는 추상화를 남긴 김환기 화백은 생전에 쓴 글에서 "미술가는 아름다운 것을 만들어 내기 전에 아름다운 것을 알아내야 한다."[11] 라고 말했습니다. 그래서 저도 곰곰이 생각해 보았습니다. 그럼, 내가 바라는 아름다운 이의 아름다움을 채우는 요소는 무엇일까?

　　첫째, 선한 의지를 가진 실력입니다. 아무리 공부 실력이 뛰어나고, 온갖 교내외 활동을 많이 해도 그 실력과 활동이 선한 의지와 목적을 가진 것이 아니라면 그건 학교와 남을 속이는 꼴과 같습니다. 더 나아가 먼 훗날 자신이 쌓은 그 실력과 그 실력을 통해 얻은 결과를 자신만의 욕심을 위해, 혹은 부정한 목적을 위해 사용한다면 그건 심각한 사회적 해악이 될 수 있습니다. 그래서 늘 선한 의지를 마음 깊이 새긴 채 공부도 하고, 활동도 해야 할 필요가 있습니다. 사람이 곧 자원이라는 기치로 수십 년간 경쟁 교육에 힘써 온 대한민국에 공부 실력이 뛰어난 사람은 차고 넘칩니다. 중요한 건 그 사람이 어떤 의지를 가진 실력을 갖추었는가가 아닐까요?

　　둘째, 자신을 사랑하는 만큼 남도 사랑하는 것입니다. 이 말 속에는 일단 기본적으로 자신을 사랑해야 한다는 대전제가 깔려있습니다. 자신을 사랑

---

11) 김환기, 『어디서 무엇이 되어 다시 만나랴』, 환기재단, 2016. 125쪽.

할 수 없는 사람은 사랑하는 법을 모르기 때문에 누구도 사랑할 수 없을 겁니다. 설령 사랑한다 하더라도 제대로 된 깊은 사랑을 하기는 쉽지 않겠지요. 자신을 아끼고, 귀하게 생각하는 만큼 남도 아끼고, 귀하게 여긴다면 그것이 넓은 사랑의 실천일 것입니다. 자신을 둘러싼 가깝고, 먼 사람들의 삶에 관심을 갖는 것으로부터 넓은 사랑의 실천이 시작될 수 있습니다. 특히, 자신보다 못한 약자들의 삶에 마음 아파하고, 관심과 손길을 내밀 수 있는 공감과 사회적 연대 의식을 가졌으면 좋겠습니다.

셋째, 변화하는 미래를 주도하는 것입니다. 인류가 세상에 출현한 이래 지금처럼 인간 주도의 세계 변화가 가속화된 때가 없었습니다. 변화 발전하는 시대의 흐름을 잠깐이라도 놓치면 금세 저만치 뒤처지기 일쑤입니다. 심지어 변화 자체를 두려워하거나 변화에 적응하는 것을 무서워하는 사람도 있습니다. 세상을 살아가는 삶의 태도야 각자가 선택할 자유이지만, 그래서는 세상 변화의 선두 그룹에 서긴 어려울 것입니다. 변화하는 미래의 파도에 과감하게 올라타고 더 먼 미래를 조망할 수 있는 사람이 우리에겐 필요합니다. 저는 그런 사람이 개척자형 리더(Frontier Leader)라고 생각합니다. 스스로 그런 리더가 되기 위해 변화하는 시대의 흐름에 민감하게 반응할 때 장차 미래를 주도하는 힘을 갖게 될 것입니다.

이외에도 국제적 소통 능력, 넓은 대인 관계, 공동체를 향한 헌신과 봉사, 품격 있는 언어와 에티켓 등도 아름다운 사람이 갖추어야 할 면모일 것 같습니다. 여러분들은 어떻게 생각하나요? 어떤 사람을 보면 아름다운 느낌이 드나요? 그리고 나는 그 아름다운 모습에서 얼마나 가깝고, 먼가요? 공부하다 여백의 시간이 생기면 한번 생각해 봄직한 주제인 것 같습니다.

어느덧 여름, 늦은 만큼 더 많이 환영해

한 주 더 등교가 미뤄지고, 이번 주 수요일에 확정 등교를 하게 됐습니다. 등교를 준비할 시간이 충분해서인진 몰라도 이전 주보다 덤덤한 마음으로 등교를 준비하고 있습니다. 여러분도 그런가요? 너무 오랜만의 등교라 살짝 어색함은 있겠지만, 그래도 걱정보다는 반가움과 설렘, 의지가 앞선 등교가 되었으면 합니다.

지난 금요일 학교 정문에 인상적인 플래카드가 한 장 붙었습니다.

'어느덧 여름, 늦은 만큼 더 많이 환영해'[12]

오랜만에 여러분들을 맞이하는 선생님들의 따뜻한 마음을 담은 환영 플래카드입니다. 내용처럼 3, 4월 봄을 지나 이제는 반팔 옷이 더 어울리는 초여름의 길목입니다. 참 많이 늦었죠? 우리는 그간 가르치고, 배우는 일이 당연한 일상인 줄 알았는데 알고 보니 특별한 일일 수도 있음을 깨달았습니다. 변화된 상황에서 소중한 일상을 지키기 위한 특별한 개학인 만큼 학교에서의 하루하루가 좀 더 보람 있었으면 좋겠습니다.

---

12) 예상보다 훨씬 늦어진 등교 개학에 각급 학교에서는 학생들을 기다리는 마음과 환영하는 마음을 담아 다양한 문구의 플래카드를 내걸었다. 플래카드 문구 속에 따뜻함과 애틋함이 담겨있다. '너희가 와서 학교는 봄', '꽃이 예쁜들 너희보다 예쁠까?', '어서 와! 얘들아. 보고 싶었어!', '향기롭고 따뜻해서 봄이 온 줄 알았는데 네가 온 거였구나!', '너희의 걸음이 꽃이다', '어서 와! 5월 개학은 처음이지?', '너희들이 있어야 학교란다! 보고 싶었다. 얘들아!'

개학을 하고 나면 첫날은 이런저런 생활 교육 때문에 정신없이 하루가 지날 것 같고, 다음 날은 전국 모의고사입니다. 그리고 또 며칠 있다 다음 주 목요일부터는 중간고사를 치릅니다. 아마 개학 적응과 동시에 시험까지 치러내야 해 이전에 경험한 바 없는 강행군이 될 것 같습니다. 선생님도 여러분들의 빠른 적응과 안정감 있는 학교생활, 집중력 있는 학습을 위해 많은 신경을 쓰고, 이래저래 폭풍 잔소리를 하게 될지도 모릅니다.

얼마 전 모 고등학교를 방문한 대통령께서 언급했듯 지금부터는 학교가 방역의 최전선인 것이 사실입니다. 지금과 같은 상황에서 공부와 입시도 중요하지만, 무엇보다 중요한 건 여러분들의 건강입니다. 자기 건강을 잘 챙기면서 학교생활까지 멋지게 해내는 여러분들의 모습을 응원하겠습니다.

꿈이 있는 사람으로 희망을

"꿈이란 참으로 이상한 것이다. 실현하기에 불가능해 보일지라도 그것을 마음에 간직하고 있으면 은연중에 꿈을 이루어보려고 하는 힘이 생기거나 또 그런 꿈을 가지고 있다는 사실만으로도 삶이 가치 있어 보이기도 한다."[13]

11년 동안 학교생활을 하며 꿈에 대한 질문을 참 많이도 받았을 겁니다. 모두 다 그렇진 않겠지만, 어릴 때보다 지금이 그 물음에 답하기 더 어려운 사람들이 많지 않을까요? 한 해, 한 해 살아가는 동안 보고 배우는 것이 많아지고, 느끼는 것도 많아지며 몸과 마음 역시 성장하기 마련이지만, 이상하게도 우리 마음속 꿈은 작아지다 못해 쪼그라들어 버리는 경우가 많은 게 현실입니다. 더 안 좋은 경우는 자신의 꿈을 아예 잃고 말거나, 더 이상 자기 꿈에 대한 진지한 생각을 하지 않는 사람도 생긴다는 것입니다.

위에서 히로나카 헤이스케 씨가 이야기했듯 꿈은 설령 그것이 뜬구름 잡는 이상에 가깝다 할지라도 그 존재만으로도 삶의 중요한 원동력이 될 수 있습니다. 꿈이나 목표가 있을 때 오늘을 살아갈 힘도 생기고, 하루하루를 긍정적인 마음으로 채워갈 수도 있습니다. 그렇지 않다면 무언가 의미 있는

---

13) 히로나카 헤이스케, 방승양 역, 『학문의 즐거움』, 김영사, 2011. 16쪽.

지향을 향해 굳이 자신의 에너지를 써야 할 이유가 있을까요? 굳이 힘든 현실을 인내하거나 극복해야 할 이유도 없고, 될 대로 되라는 식으로 살아가도 그만이고 말 겁니다.

그래서 히로나카 헤이스케 씨가 이야기한 것처럼 꿈이 있는 사람, 그 꿈을 소중히 가꾸고 있는 사람을 보면 그 사람 자체가 대단해 보이기도 합니다. 비록 남이 볼 때 그 꿈이 소박해 보일지라도 없는 것보다야 훨씬 낫습니다. 꿈을 향해 진지한 자세로 노력하는 모습을 보면 그 사람의 삶 자체가 아름다워 보이고, 가치 있게 느껴집니다. 그건 여러분도 예외이지 않습니다. 학교생활을 하며 자신의 꿈을 이루기 위해 공부를 하고, 활동을 하고, 때로는 공부와 거리가 있을지라도 자신만의 특별한 활동을 하는 사람들을 보면 삶의 생기와 아름다움을 느낍니다.

꿈은 사전적 의미상 희망이란 낱말과 비슷한 말이면서 동시에 헛된 생각이란 의미도 갖고 있는 중의적인 말입니다. 꿈이 헛된 생각에 그치지 않으려면 결국 노력이 중요합니다. 그리고 그 노력은 먼 훗날, 또는 어느 미래에 할 수 있는 것이 아니고 지금 당장 해야 하는 것입니다. 자신의 꿈이 있다면 오늘 당장 무언가를 하십시오. 무언가를 하면 최소한 아무것도 하지 않고 있는 사람보다는 단 반 발짝만큼이라도 앞서갈 수 있습니다. 더욱 중요한 건 무언가를 해본 경험 그 자체입니다. 하지 않았다면 결코 얻을 수 없는 개인적 경험은 생각의 폭을 확장시키고, 행동반경을 넓힘으로써 더 먼 세계를 꿈꾸게 합니다. 무언가를 했기 때문에 얻을 수 있는 선순환의 보람입니다.

우여곡절 끝에 이제 등교 개학입니다. 힘들게 진짜 링 위에 올라선 만큼 열아홉, 고3으로서 자신의 꿈을 매섭게 바라보며, 그 꿈을 향해 힘찬 펀치를 날리는 사람들이 되었으면 좋겠습니다. 저는 그런 여러분을 위해 목청 높여 응원하고, 옆에서 함께 땀 흘리도록 하겠습니다. 우리는 현실을 희망으로 만들어 갈 수 있는 사람입니다. 같이 갑시다.

2장

그래도 열아홉

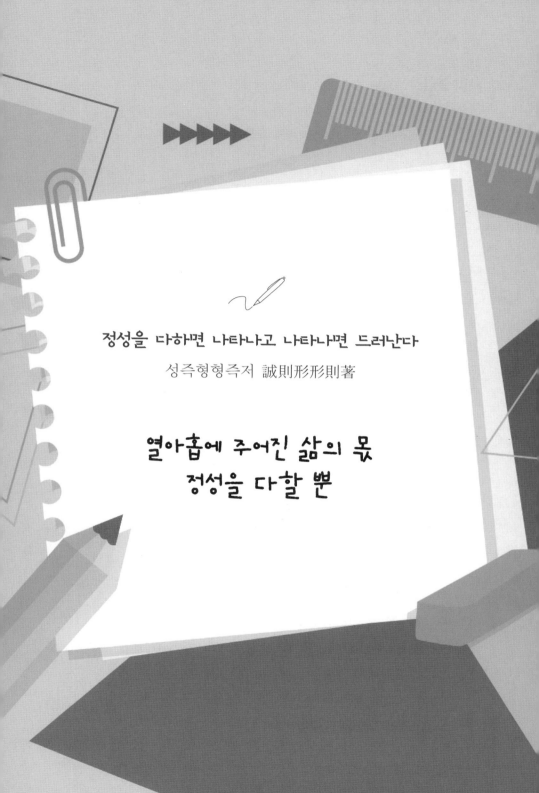

정성을 다하면 나타나고 나타나면 드러난다

성즉형형즉저 誠則形形則著

열아홉에 주어진 삶의 몫
정성을 다할 뿐

첫걸음

        등교를 했습니다. 너무 일찍 온 나머지 개방 시간이 안 돼 굳게 닫혀있는 교문 밖에서 서성거렸던 사람도 있었을 테고, 긴 발열 체크 대기 줄에 서있는 것이 어색한 사람도 있었을 겁니다. 한편으로는 오랜만에 만난 친구들과 선생님들, 낯선 듯 익숙한 학교 모습과 교실 모습에 기쁜 마음도 들었을 겁니다. 반별로 시차를 두고 먹느라 번거롭고 불편한 감이 있었지만, 간만에 먹은 점심급식도 그럭저럭 괜찮았죠? 비록 늦었지만, 이제야 내가 있을 자리에 제대로 와있는 것 같지 않았나요?

  드디어 진짜 등교 개학을 했네요. 앞으로 코로나 상황이 어떻게 전개될지는 알 수 없습니다. 일단 우리는 주어진 조건 가운데 최선을 다하면 될 것 같습니다. 내가 어느 대학에 원서를 넣을 것인지 결정하기까지 짧게는 90일, 길게 잡아도 120여 일 남았습니다. 정말 짧은 시간이죠? 그 시간 동안 해야 할 많은 일과 거쳐야 할 많은 시험을 생각하면 더욱 그렇습니다. 그래도 자신을 위해 중요한 무언가를 이루어내지 못할 만큼 부족한 시간은 아닙니다. 전국 모든 고3이 동일한 조건임을 생각하면 시간이 없어 무언가를 하기 힘들다고 이야기하는 건 치기 어린 푸념일 뿐입니다. 출발 신호는 울렸고, 지금부터는 진짜 신발 끈 바짝 조이고 뛰어나가야 합니다.

  하지만 단번에 이룰 수 있다고 자신하거나 성급하게 달려들 필요는 없습니다. 자신이 원하는 목표가 아무리 원대하고, 의미 있다 하더라도 그 목표에 도달하기 위한 한 걸음 한 걸음이 중요합니다. 가야 할 정방향으로 내디딘 한 걸음의 반복 가운데 점점 속도를 올려붙이는 전략이 필요합니다. 5월 20일이 지나가고 있습니다. 오늘 우리는 첫 한 걸음을 내디딘 것입니다. 이렇게 하루 한 걸음을 의미 있게 내딛어가다 보면 그 시간과 궤적이 쌓여 어느 순간 목표 앞에 다가가 있는 자신을 발견할 수 있을 거라 믿어봅니다.

오늘 하루 고생 많았습니다. 지난겨울을 포함하면 거의 140일 만에 학교에 왔으니 얼마나 생소했겠습니까? 그래도 역시 산전수전 다 겪은 고3은 고3인 것이 금방 학교 분위기에 녹아 들어간 느낌입니다. 지금 이 순간, 한 사람 한 사람을 살펴보니 열심히 시험공부를 하는 사람도 있고, 수면에 빠져있는 사람도 있네요. 선생님도 간만에 보는 낯익은 교실 풍경입니다. 앞으로 선생님과 함께 올 한 해 잘 헤쳐가도록 합시다. 선생님도 애쓸 테니 여러분들도 함께 노력해 주십시오. 우리는 해낼 수 있습니다.

지금, 시간을 잡아라

       어제 2명에 이어 오늘 2명의 우리 반 친구가 자가 진단 결과 가벼운 의심 증상이 있어 학교에 나오지 못했거나 나왔다가 바로 집으로 다시 돌아가야 했습니다. 그리고 그중 세 사람은 성북구 보건소에 가서 실제 코로나 19 검사를 받았습니다. 아마 코로나 19 상황이 아니었으면 당연히 학교에 올 수 있었을 텐데 아쉬움이 있습니다. 그래도 상황이 상황인 만큼 혹시라도 자기 몸에 이상이 있다면 학교에 나오지 말고, 집에서 쉬면서 자기 몸 상태를 관찰하며 증상이 나을 때까지 조심해야겠습니다.

  오늘 드디어 사실상 첫 고3 전국연합학력평가를 치렀습니다. 고생했습니다. 고3이 되니 아무래도 학력평가에 대한 부담이 이전과는 다르죠? 앞으로 이처럼 부담스러운 전국 단위 시험을 네 번 더 치러야 수능을 볼 수 있습니다. 여러분들의 삶에서 이제 오늘의 시험은 과거가 되었습니다. 이렇듯 빠듯하게 닥쳐올 많은 고3 수험 일정들이 하나하나 지나가며 과거의 자리로 옮겨갈 것입니다. 그리고 내가 예상했던 것보다 지나가는 속도에 점점 더 가속도가 붙을 것입니다. 하루는 그렇게 빨리 가는 것 같지 않은데 한 주는 빨리 지나가고, 돌아보면 벌써 달이 지나있고, 얼마나 많이 지났나 꼽아보면 계절이 바뀌어있는 마법 같은 시간의 변화를 직접 겪게 될 것입니다. 이는 정신없이 앞만 보며 목표를 향해 나아가는 고3이라면 누구나 겪는 착시인 것 같습니다. 지금은 수시 합격을 언제 하나, 수능은 언제 보나, 이러다 대학은 가겠나 싶겠지만, 그 모든 일도 생각보다 먼일만은 아닐 것입니다.

내가 원하건 원하지 않건 수험생의 시계는 어제도, 오늘도 생각보다 빨리 지나가고 있습니다. 이런 상황에서 중요한 건 시간의 중심에 자신이 바로 서서, 그 시간을 잡는 것입니다. 물밀듯 닥쳐오는 일정들을 소화하느라 헉헉거리다 보면 중장기적인 목표를 향해 차분하게 나아가기 어렵습니다. 그러다 보면 자칫 원래 생각했던 길이 아니라 다른 길에서 헤매고 있는 자신을 만나게 될 수도 있습니다. 그때 가서 다시 정신 차리고 돌아가고 싶어도 이미 너무 멀리 와있는 자신을 발견하게 될지도 모릅니다. 그래서 지금 지나가고 있는 시간의 흐름 한가운데 떡 버티고 서서 하루하루를 살아내는 일이 중요합니다.

그렇게 할 수 있는 가장 효과적인 방법은 매일의 계획과 자기 평가입니다. 중장기적인 계획이 중요한 만큼 하루하루의 계획 역시 중요합니다. 구체적으로 플래너를 작성하거나 간단한 계획 수첩을 작성하는 것도 좋고, 하다못해 잠들기 전이나 아침 등굣길에 그날 있을 일을 예상해 보기라도 하면 훨씬 시간 운영을 잘할 수 있습니다. 그리고 계획을 세운 하루를 살았다면 그 시간에 대한 자기 평가를 통해 잘한 건 무엇이고, 잘못한 건 무엇인지 되돌아보고 스스로에게 칭찬도 하고 질책도 해주어야 합니다.

하루 계획과 하루 평가가 말처럼 쉬운 일은 아닙니다. 계획 있는 생활의 필요성을 모르는 사람은 없지만, 생활 속에서 스스로 실천하는 사람은 그렇게 많지 않습니다. 계획과 평가의 날들이 하루하루 늘어가다 보면 시간에 매몰된 채, 마냥 끌려가고 있는 자신이 아니라 시간을 앞서 끌고 가고 있는 자신을 발견할 수 있을 것입니다. 그렇게 열아홉, 고3을 '일신우일신(日新又日新)'[14], 나날이 새로워 거듭나는 삶을 산다면 입시에서는 목표 성취를, 삶에서는 성장을 경험할 수 있을 겁니다.

여러분들이 만들어갈, 오늘보다 더 나은 내일에 미리 박수를 보냅니다.

---

14) 나날이 새로움.

중간고사 준비 팁, 두 가지

　　　　시험이 어느새 6일 앞으로 다가왔습니다. 아마 오늘 교과 수업에 들어오신 선생님들께서 코앞에 닥친 중간고사 범위나 공부 참고 사항 등에 대해 알려주셨겠죠? 이미 3주 전에 중간고사 준비 계획을 세워 책상에 붙여놓으라고 했었는데 계획대로 착착 진행하고 있나요? 혹시 아직도 감을 잡지 못하고 있는 사람이 있는 건 아니겠죠?

　3학년 중간고사 준비에 있어 중요한 팁 두 가지 알려드릴까요? 그중 하나는 '제대로 된 인식'입니다. 이번 중간고사가 자기 입시의 개인적 퍼즐을 맞추는 결정적 시험임을 분명히 인식할 필요가 있습니다. 혹시 아직도 그 중요성을 체감하지 못하는 사람이 있다면 수시 전형 중 교과 전형과 종합 전형에 발을 담그기 어렵게 될 수 있다는 사실을 알아야 합니다. 발을 빼고 나면 남는 게 무엇인가요? 정시겠죠? 그런데 오늘 나온 어제 학력평가 시험 결과가 어떻습니까? 정시를 지원하기에 충분한가요? 아마 대부분 그렇진 않을 겁니다. 복잡한 대입 전형에서 지금까지 일반계고 고3 대부분에게 내신은 절대적 중요성을 가져왔고, 그건 올해 여러분에게도 다르지 않습니다.

　두 번째 팁은 '일단 시작'입니다. 모든 일이 그렇듯 시험 역시 일단 그냥 시작하는 것이 중요합니다. 어떤 일을 시작하기 위해 특별히 준비해야 할 것이 있습니까? 그 특별한 준비를 하면 원하는 시작을 할 수 있나요? 사실 시작하기 싫은 자신의 마음이나 주저하는 자신의 마음이 시작을 방해하고 있는 게 아닌가요? 시작이 반이란 말은 정말 맞는 말입니다. 저도 학교나 가정에서 어떤 일을 할 때 해야 할 일임을 번연히 알면서도 뭉그적거리거나 눈을 감고 뒤로 미뤄버릴 때가 있습니다. 결국, 닥쳐서 어쩔 수 없이 하게 되는 시작은 애매한 결과를 낳거나 실수 구멍이 뻥뻥 뚫린 허무한 결과를 만들어내고 마는 경우가 많은 것 같습니다. 시험 준비도 일단 시작하는 일부터 해야 합니다. 많이 덜한 사람은 그 사람대로, 어느 정도 한 사람은 또 그 사람대로, 많이 해놓은 사람은 또 그 사람대로 일단 오늘의 공부를 시작해야 합니다.

늦기 전에 제대로 인식하고, 일단 시작하는 주말이 되길 바랍니다.

너의 하루하루가 절정이야

시험 주가 밝았습니다. 긴장이 좀 되나요? 시험을 앞둔 팽팽한 긴장감과는 조금 결이 다른 묘한 분위기가 있는 것 같습니다. 아마도 학교에 나온 지 얼마 안 된 어색함과 코로나 유증상 때문에 학교에 나오지 못하는 친구들이 많은 희한한 상황 때문인 것 같습니다. 그럼에도 불구하고 시험은 하루하루 다가와 이제 오늘 포함 3일밖에 남지 않았습니다.

싫든 좋든 시험은 다가왔고, 시험 준비 시간은 점점 줄어들고 있습니다. 이제 본격적으로 시험이 시작되면 과정과 함께 결과가 중요하게 여겨질 시간 또한 다가오고 있습니다. 세상 대부분의 일이 그렇듯 시험 또한 과정과 결과가 모두 중요합니다. 정당한 과정 없이 결과가 좋을 수 없고, 과정이 아무리 좋아도 결과가 아쉽다면 그 과정 또한 제대로 빛을 발하기 어려운 것이 시험입니다. 더더욱 이번 시험이 갖는 의의가 성공적 입시를 향한 징검다리이며, 목표 달성의 든든한 교두보를 확보하는 데 있기 때문에 각자 원하는 결과를 얻는 것이 어느 때보다 중요합니다.

중간고사를 마칠 때까지 후회가 남지 않도록 남은 시간을 보내주길 바랍니다. 예전에 제가 여러분처럼 공부할 때 이런 생각을 했었습니다. '시간이 지나 한 점 후회가 남지 않도록 최선을 다하자.' 나름대로 진지했던 고등학교 시절 저의 마음이었습니다. 생각보다 훨씬 힘들었지만, 더 큰 세상으로

나가고 싶은 절박함이 더 컸습니다. 좋은 결과를 얻고 싶었고, 그만큼 하나하나 과정을 밟아 나가기 위해 노력했습니다. 지금 돌이켜봐도 고등학교 시절에 대한 후회는 없습니다. 다시 돌아갈 수 있다 해도 돌아가고 싶은 마음역시 없습니다. 제 입시에서 원하는 결과를 얻었기 때문은 아닙니다. 다만, 내 역량보다 그 노력의 과정이 크게 부실하지 않았고, 그 과정만큼의 정직한 결과를 얻었다는 걸 스스로 잘 알고 있기 때문입니다.

오늘이 여러분들 삶의 절정인 것처럼 마음먹고 살아갔으면 좋겠습니다. 하루하루가 절정이면 어찌 후회가 낄 자리가 있을 수 있겠습니까?

시험 대비 체력 관리 방법

　　꿈과 목표를 향해 자신의 열아홉 삶을 걸고 오늘 하루를 분투한 우리 반 한 명 한 명에게 박수를 보냅니다. 오늘 공부한 한쪽의 문제집과 집중해서 풀어낸 한 개의 문제와 힘들게 외운 영어 단어 하나하나가 여러분 삶의 오늘을 완성한 나름의 최선이었음을 잘 알고 있습니다. 최선을 다한다는 것이 누구나 쉽게 닿을 수 없는 저 멀리 있는 그 무엇이라면 우리의 삶이 얼마나 팍팍하겠습니까? 주어진 조건에서 해내는 순간순간의 작은 결실이 곧 최선일 수 있기 때문에 오늘 우리 중 최선을 다한 사람이 그렇지 않은 사람보다 많았으리라 믿습니다. 방과 후에도 자기 스스로 세운 계획에 맞게 하나하나 채워나가는 시간을 만들길 바랍니다.

　　중요한 시험을 준비하느라 오늘처럼 최선을 다하다 보면 체력적, 정신적으로 한계 상황에 이르게 되는 경우가 많습니다. 만약 시험을 다 마치고도 체력이 남아돈다면 제대로 시험공부를 하지 않았거나 엄청난 무한 체력을 가진 강철같은 사람이라고 보아도 되겠지요. 무엇보다 체력이 떨어지면 아무리 공부를 열심히 하고 싶어도 제대로 할 수가 없는 답답한 상황에 처할 수 있습니다. 그래서 평소에도 그렇지만 시험 기간에는 더더욱 체력을 유지할 수 있는 각별한 노력이 필요합니다.

　　먼저 부족할 수밖에 없는 수면 시간을 보충하기 위해 나름대로 계획적인 쪽잠을 잘 필요가 있습니다. 잠깐 자는 쪽잠을 꿀잠으로 조직할 수 있는 사람이 진짜 시험의 달인입니다. 졸린다고 아무 때나 자버린다면 잠자는 시간만 무한정 늘릴 뿐 공부의 효율을 기대하긴 어렵고 당연히 시험은 폭망입니다.

게임을 하거나 스마트폰을 만지작거리느라 정신적 체력을 소모 시키는 일을 자제해야 합니다. 정신을 온전히 시험에 집중시켜도 모자랄 판에 다른 자극적인 그 무엇에 자기 정신을 분산시키는 것은 정신적 체력을 고갈시키는 지혜롭지 못한 행동입니다. 사람마다 다를 순 있겠지만, 일반적으로 게임이나 인터넷 서핑, 동영상 시청, SNS를 한 이후 재빨리 공부 모드로 전환하는 데 어려움을 겪는다고 합니다.

부족한 체력을 보충하기 위해 자기 몸에 맞는 영양제를 섭취하는 것도 도움이 될 수 있습니다. 이때 몸에 좋다고 아무거나 막 먹지 말고, 의사 선생님이나 약사님과 상담하여 자기 몸과 상황에 맞는 보조제를 섭취하는 것이 좋을 것입니다. 자칫 무리한 일정 소화로 몸에 균형이 무너지기 쉬운데 완전히 무너지지는 않도록 도움을 줄 수 있을 것입니다.

식사 후 짧은 산책을 하거나 운동을 하는 것도 정신을 맑게 하고, 몸의 활력을 높이는 한 방법인 것 같습니다. 무리하지만 않는다면 몸을 산뜻하게 만든 후 공부를 했을 때 그 결과적 효율을 높일 수 있습니다.

이외에도 자기만의 체력 관리 방법이 있다면 지혜롭게 활용해 보기 바랍니다. 할 수만 있다면 지푸라기라도 잡아야 하는 절박한 때입니다.

드디어 중간고사

우여곡절 끝에 드디어 내일부터 고3 중간고사를 시작합니다. 여느 시험보다 준비 과정이 막막했을 이번 중간고사, 어려움 속에서도 자기 나름대로 특별한 준비를 해주었을 거라 믿습니다. 외적인 상황을 탓하기엔 너무나 중요한 고3 첫 중간고사인 만큼 이 순간도 각별한 각오를 다지고 있겠지요?

많은 일이 그렇지만, 특히 시험은 그 결과 자체를 결정적 의미로 받아들이게 만드는 일인 것 같습니다. 성적이란 게 그 차이를 분명히 드러내는 숫자로 표시되다 보니 그 결과의 선명함이 더 도드라져 보이는 법입니다. 하지만 생각해 보면 순간의 결과를 얻기까지 지난한 수고의 과정이 따르는 일이 또한 시험입니다. 오늘의 수고를 마다하면서 내일의 좋은 결과를 기대하는 건 나무에서 물고기를 구하는 일보다 더 허망한 자기기만일 뿐입니다. 자신이 원하는 결과를 얻기 위해 주어진 과정을 탄탄하게 채워나갔으면 좋겠습니다.

시험을 모두 마치고 나면 성적이 올라간 사람도 있고, 떨어진 사람도 있게 마련입니다. 성적을 올린 사람에게야 당연히 그 과정과 노력에 대한 칭찬 차원에서 큰 박수를 보내줄 수 있습니다. 그러면 성적을 떨어뜨린 사람에게는요? 결과가 좋지 않으니 일단 쌍심지를 켜고, 왜 그랬냐고 달려들어야 할까요? 만약 그것이 성실치 못한 과정에 따른 응당한 결과라면 마땅히 비판할 수 있습니다. 하지만 본인 스스로 끝까지 해보려고 노력한 제 나름 투혼의 결과가 그것이라면 그 사람에게도 격려의 박수를 보내야 하지 않을까요? 현재 우리 반 한 사람, 한 사람이 갖고 있는 학습 상황을 비롯한 주관적 역량은 저마다 다릅니다. 저마다 다른 상황과 조건을 가진 사람 개개인에게 일률적인 기준을 적용해 같은 결과를 내라고 하는 건 또 다른 차별이고, 불합리입니다.

유례없는 '코로나 중간고사', 이제 곧 시험지 첫 장을 넘기려고 합니다. 시험 과목마다 최선을 다하되, 문항 하나하나의 결과에 일희일비하지 않았으면 합니다. 튼튼하게 중심 잡힌 멘탈로 끝까지 우직하게 시험을 마치길 바랍니다. 무엇보다 시험을 모두 마친 날 밤 잠들기 전, 시험을 치른 자신을 돌아보며 스스로 '고생했어!'라고 따뜻하게 말할 수 있었으면 좋겠습니다. 시험 기간 내내 응원하고 있겠습니다.

산 넘어 산

        등교 개학과 함께 부지불식간에 닥친 중간고사, 그동안 치른 어떤 시험보다 부담스러우면서도 얼떨떨했을 고3 1학기 첫 시험. 온 마음을 바쳐 치러내느라 고생 많았습니다. 결과를 떠나 어쨌든 이번 시험은 이제 과거의 자리로 가버렸습니다. 과거가 되어버린 이번 시험이 미래에 어떤 영향을 줄 것인지는 아직 모릅니다. 다만, 가깝거나 먼 미래에 어떤 식으로든 영향을 미치리라는 것만 충분히 짐작할 뿐. 이제 차분히 결과를 기다리며 다시 현재를 계획하고, 생활을 조직하며, 또 다른 앞을 내다보아야겠습니다.

  6월이 시작됐습니다. 이번 달 우리 반이 겨냥하고, 집중해야 할 핵심은 실질적 학생부 종합전형 준비와 교육과정평가원 모의고사입니다.

  다시 상담을 해봐야 정확히 특정할 수 있겠지만, 지난 상담에 비춰봤을 때 최소 17명 내외의 우리 반 친구들이 학생부 종합전형을 준비해야 할 것으로 보입니다. 늦은 개학 때문에 종합 전형을 준비하기 위한 대내외 여건이 매우 좋지 않았습니다. 지금도 사실 별반 크게 여건이 나아졌다고 보기 어렵습니다. 하지만 그렇다고 멍하니 손가락만 빨고 있을 수는 없는 노릇이죠. 눈을 들어 전국을 보면 이런 상황에서도 창의적인 생각과 과감한 실천으로 속도감 있게 앞으로 나아가는 수험생 친구들이 분명 있습니다. "밤이 깊을수록 별은 빛난다."[15]라는 말처럼 힘든 상황에 놓였을 때 더욱 빛을 발할 수 있는 사람이 진짜 준비한 인재이고, 우리 사회에 필요한 인재가 아닐까요? 자율, 동아리, 봉사, 진로 활동을 비롯해 각 교과 시간 세부능력 특기사항을 염두한 학생부 종합전형 대비 활동을 과감하게 펼쳐나가야 합니다. 여러분들을 돕기 위해 최대한 빨리 학생부 종합전형 대비 활동에 대한 일괄 교육을 실시하도록 하겠습니다.

지금부터 2주 뒤 6월 18일에는 올해 첫 평가원 모의고사가 있습니다. 어제서야 중간고사가 끝났는데 그야말로 산 넘어 산이죠? 숨 가쁘긴 하지만, 날카로운 눈매로 올라야 할 정상을 직시하며 앞으로 한 발짝 더 내딛어야겠습니다. 어차피 쉬울 거라고 생각한 건 아니었으니 긍정적인 마음으로 어려운 상황을 반전시켜 봅시다. 6월 평가원 모의고사는 올 수능의 방향을 알 수 있는 기준이며, 재수생들도 함께 집중해서 보는 첫 시험입니다. 그래서 그 결과는 자신의 전국적 현재를 여실히 보여주는 척도가 된다 할 수 있습니다. 입시 전략상 6월 모의고사 결과를 바탕으로 수시와 정시 중 어디에 집중할 것인지를 정할 수 있고, 수시 6개 대학 배치를 어느 수준에서 할 것인지도 가늠할 수 있습니다. 사격이나 양궁 선수가 시합을 할 때 정확히 과녁을 겨누어야 하듯이 우리도 흐릿하게 보이는 과녁의 중심을 선명하게 바로잡아야 할 필요가 있습니다. 그것을 가능하게 해줄 시험이 6월 평가원 모의고사인 것입니다.

이 외에도 각 과목 수행평가를 해야 하고, 자율 및 진로 시간에 실시할 다양한 학급 활동도 소화해야 합니다. 6월, 쏟아지는 일정에 지치지 않도록 자기중심을 튼튼하게 잡고, 학급 친구들끼리 서로 아끼고 배려해 주길

---

15) 신영복, 『감옥으로부터의 사색』, 햇빛출판사, 1993. 59쪽.

바랍니다. 멀리 가려면 함께 가라는 아프리카 속담처럼 함께 어깨 걸고 나가면 더 멀리, 든든하게 나아갈 수 있습니다. 저도 여러분과 함께 어깨를 걸고 가겠습니다.

아름다운 잔상으로 남을 인연

　　　　　학교 운동장 철제 담장을 따라 빨간 장미꽃이 한창입니다. 여러분 모두가 아는 것처럼 빨간 장미의 꽃말은 '열정적 사랑'입니다. 내년 이맘때 사랑하는 사람과 장미꽃 흐드러진 담장 아래를 거닐며 사랑을 속삭일 그 날을 그려보세요. 생각만으로 손발이 오그라드나요? 분명 여러분의 스무 살 어딘가엔 빨간 장미 같은 열정적 사랑에 마음 빼앗길 날이 있을 겁니다.

　주변을 유심히 살피며 길을 거닐어본 사람은 한창 피어있는 장미꽃뿐만 아니라 이르게 피었다 떨어진 장미 꽃잎들을 보았을 겁니다. 무심코 지나쳤으면 별 감흥이 없었을 수도 있는데요. 제가 보기엔 떨어진 장미 꽃잎도 피어있는 장미꽃만큼이나 아름다워 보였습니다. 혹자는 떨어진 꽃잎을 보며 슬픔을 상상할 수도 있겠지만, 저는 그것에서 변하지 않는 아름다움을 떠올렸습니다. '아름다운 것들은 시간이 흘러도, 그 형태가 달라져도 그 본질만은 오롯이 남아 아름다움을 간직하는구나!' 생각했습니다. 비록 떨어진 장미꽃이 낱낱이 흩어져 색이 바랜다 하더라도 처음 느꼈던 장미꽃의 아름다운 잔상만은 남기 마련이고, 아름다운 인상은 그리움과 추억으로 오래 기억됩니다.

　사람도 마찬가지가 아닐까요? 우리가 만난 사람 중 아름다운 사람은 비록 그 사람과 떨어진 시간이 길어지고, 공간이 달라져도, 설령 그 사람이 나이가 들어 겉모습이 몰라보게 달라진다 해도 우리 추억 속에서만큼은 아름다움으로 살아있습니다. 저는 학교라는 공간에서 만난 우리의 인연이 아름다운 잔상으로 기억될 수 있었으면 좋겠습니다. 시간이 지나 아름다운 사람으로 기억되기 위해 저마다 오늘을 아름답게 살아간다면 불가능한 이야기만은 아닐 것입니다. 자기 삶에 최선을 다하면서도 다른 친구의 어려움을 외면하지 않고 도와줄 수 있는 사람, 나뿐만 아니라 시야를 넓혀 크게 세상을 품에 안을 수 있는 사람. 또 어떤 모습이면 아름답게 살았다 할 수 있을까요? 나의 오늘의 모습이 누군가의 기억 속에 영원히 기억될 수 있음을 생각한다면 꼭 한 번은 고민하고, 깊이 생각해 볼 문제인 것 같습니다.

아름다운 사람, 아름다운 청춘, 아름다운 19살, 아름다운 고3이란 어떤 모습일까요?

알고도 안 하면 그저 괴로울 뿐

　　전 축구 국가대표 이영표 선수는 "몰라서 못 하는 사람과 아는데 하지 않는 사람, 둘 사이에는 어떠한 차이도 존재하지 않는다. 행동으로 이어지지 않는 앎은 곧 모름이다."[16]라고 말했습니다. 여러분은 어떤가요? 혹시 이영표 선수가 언급한 '아는데도 하지 않는 사람'은 아닌가요? 몰라서 못 하는 사람보다 더 문제가 되는 경우는 아는데도 하지 않는 사람인 것 같습니다. 모르는 사람은 하얀 백지와 같아 넓은 여백에 올바른 가르침을 채운 후 각성하고, 실천하면 분명 전보다 더 나아질 수 있을 것입니다. 하지만 아는데도 하지 않는 사람은 어쨌든 본인의 의지로 하지 않는 경우이기 때문에 그 생각을 전환시켜 올바른 실천의 길로 스스로 나아가는 일이 더 어려울 수 있습니다.

　어제와 그제 여러분들이 쓴 모둠 일기를 보니 이번 중간고사 준비 과정과 결과를 돌아보며 스스로 후회하는 사람들이 있었습니다. 대부분 몰라서 안 했다기보다 알면서도 하지 않은 스스로에 대한 부끄러움과 자책의 말들로 채워져 있었습니다. 이처럼 알면서도 하지 않는 일을 지속한다면 어떤 상황이 펼쳐질까요? 아마 계속 부끄러워하는 가운데 결국 괴로운 실패를 맛보게 되지 않을까요? 최소한 어떤 일에 순탄한 성공을 기대할 순 없을 것입니다.

---

16) 이영표, 『생각이 내가 된다』, 두란노, 2018. 53쪽.

알면서도 하지 않는 사람의 생각과 반응은 대개 이렇지 않나요? 상황과 달리 제대로 하지 않는 스스로에 대해 한없이 괴로워하거나 생각하면 괴로우니 아예 생각을 하지 말자 눈 가리고 아웅 해버리거나 '그래도 어떻게 되겠지.' 하는 헛된 망상과 거짓된 안위에 빠져 근거 없는 낙관을 하거나. 이 중 어떤 선택지도 활력있는 현재를 살게 하거나 매력적인 미래를 열어감에 있어 도움이 될 것은 없어 보입니다.

혹시 이런 생각을 하고 있지는 않겠죠? '이미 부족하기 때문에 지금부터 해 봐야 크게 달라질 게 없어', '지금부터 해도 잘해낼 자신이 없어.' 그럼 한 번 생각해 봅시다. 여러분들 중 과연 누가 스스로 완벽하다 자신 있게 말할 수 있는지. 물론 순간순간 자랑스러움과 자신감을 가질 수는 있습니다. 힘들게 노력하여 이룬 성취에 대해 스스로 자랑스러워하고, 자신감을 느끼는 건 당연합니다. 이 때문에 삶의 어느 지점을 향한 과정 과정에서 이룬 성취가 있다면 자랑스러울 수도 있고, 자신감을 가질 수도 있겠죠. 그러나 보이는 성취만이 자랑스러움과 자신감의 원천은 아니라고 생각합니다. 비록 당장 이룬 결과가 없다고 하더라도 오늘 자신이 생각을 바꿔 작은 노력을 기울였다면 그 과정과 노력의 시간 자체가 자신감을 불어넣어 주지 않을까요? 노력한 스스로가 대견스럽고, 자랑스럽지 않을까요? 어쨌든 하는 것이 하지 않는 것보다 훌륭한 삶의 자세인 건 분명하기 때문입니다.

생각을 바꿔 기울인 정직한 노력의 시간들이 내 자신의 삶을 위로 밀어 올립니다. 다른 뾰족한 방법이 있을까요? 만약 그런 방법이 있었다면 다들 그 방법을 활용해 잘 살았겠죠. 모든 일이 그러하듯 입시도 결국 정직한 과정이 중요합니다.

하지 않아 괴로운 마음! 결국, 해야만 끝을 낼 수 있습니다.

졸업 앨범 촬영

　　　　　오늘 졸업 앨범 첫 사진 촬영을 했습니다. 다른 친구들이 모두 지켜보는 가운데 잔뜩 폼을 잡고 찍으려니 영 어색했을 겁니다. 작년까지 여러분 선배들은 야외로 나가 앨범 촬영을 하는 시간이 있었습니다. 친한 친구들끼리 콘셉트를 잡아 미리 이런저런 준비를 해서 사진을 찍으며 고3만이 누릴 수 있는 즐거운 한때를 보낼 수 있었죠. 하지만 올해는 코로나 19로 인해 멀리 나가 사진을 찍기가 아무래도 어려울 것 같습니다. 코로나가 만든 또 하나의 아쉬움입니다.

　졸업 사진을 찍으니 올해만 지나면 졸업을 한다는 사실이 실감이 좀 나나요? 형식적으로 졸업이란 일정한 교육과정을 거치면 누구나 할 수 있는 일입니다. 그렇기 때문에 여러분 중 누구도 특별한 상황이 없는 한 졸업을 못할 그런 일은 없습니다. 중요한 건 여러분의 졸업이 특별한 의미를 가질 수 있느냐 아닐까요?

　졸업이란 말이 가진 사전적 의미 중 하나는 "어떤 일이나 기술, 학문 따위에 통달하여 익숙해짐."입니다. 그 의미에 한정한다면 누군가는 더 만족스럽게 졸업할 수도 있을 테고, 누군가는 좀 아쉽게 졸업할 수도 있을 것 같습니다. 아직 부족함은 있지만 그래도 학문 측면에서만큼은 이전에 비해 '통달하여 익숙해지기' 위해 노력하고 있는 사실을 잘 알고 있습니다. 지금의 마음을 겨울까지 이어간다면 다들 발전적 결과를 낼 수도 있을 겁니다.

공부에 더해 고3 졸업은 삶의 중요한 전환점으로써 그 의미가 큽니다. 학생에서 예비 사회인이 되는 분기점이며, 자타가 인정하는 본격적 성인이 되는 기준점이 바로 고3 졸업입니다. 그래서 고3 시절, 건강한 삶의 역량을 기르는 일이 평생의 자기 모습을 결정하기도 합니다.

자신의 하루하루 삶을 진지하게 조직하고 책임질 수 있는 능력, 주어진 과제를 정면 돌파하며 앞길을 개척하는 능력, 친구와 가족, 선생님들과 진정성 있게 유대를 쌓을 수 있는 능력, 누구보다 자신에 대해 존중할 수 있는 능력 등은 그냥 시간이 흘러간다고 길러지는 그런 것이 아닙니다. 의지의 세움과 애씀의 과정이 없으면 결코 그냥 주어지지 않습니다. 목적 의식적인 지향과 노력을 통해 졸업을 하기 전 쉽게 무너지지 않을 튼튼한 토대를 쌓은 사람은 그 기반 위에 얼마든지 자신이 원하는 구조물을 세울 수 있습니다. 하지만 반대로 그 토대를 제대로 쌓지 못한 채 부실한 삶의 역량만을 준비한 사람은 자기 삶의 구조물을 원하는 대로 세우기가 쉽지만은 않을 겁니다.

모든 것을 고3 시절에 완성해야 한다는 이야기는 아닙니다. 가장 어려울 때 보여준 자기 삶의 자세가 가장 중요한 삶의 본질이 될 수 있기에 더 치열하게 졸업을 준비하자는 잔소리였습니다. 가을까지 한 컷, 두 컷 졸업 사진 촬영을 거듭하며 더 원숙해진 자신의 모습을 담아내길 기대합니다.

덥다 더워

32℃, 34℃, 33℃, 33℃, 31℃ 이번 주 내내 폭염이 지속될 거라는 예보입니다. 생각만으로도 후덥지근해지죠? 그런데 말이죠. 이런 더위가 이제 시작일 뿐이라는 게 더 문제입니다. 앞으로 최소한 8월 하순까지는 무더운 날들이 꽤 많을 겁니다.

여러분들은 오늘처럼 더운 날 어떻게 더위를 이겨내나요? 더위를 이기고, 시원해질 수 있는 지혜로운 방법이 있나요? 무더위 역시 자연순환의 거대한 질서에 따라 일어나는 당연한 현상이라 그 속에 속해 있는 한 점에 불과한 우리가 어찌해볼 도리는 없는 것 같습니다. 그래서 필요한 게 생각의 반전이 아닌가 합니다.

"더위를 이길 수 있나?"
"아니, 그럴 수 없지."
"그럼, 어떻게 하지?"
"그냥 인정해. 그리고 이렇게 해보는 거야."

첫째, 받아들여야 합니다. 괜히 아침부터 달려드는 더위를 거부해 봐야 본인 마음만 짜증으로 뾰족뾰족해질 뿐입니다. 더위의 당연함을 마음으로 인정하고 받아들이면 달갑지는 않지만, 당연히 오기로 돼있는 손님이 찾아온 것 같은 마음을 가질 순 있을 겁니다. 그러면 형식적으로라도 그 손님을 맞이하기 위한 마음의 준비와 필요한 채비를 차리지 않겠습니까?

둘째, 감사하는 마음을 좀 더 세게 가져야 합니다. 이 더위에 웬 감사냐고요? 코로나라는 미증유의 사태 속에서 비록 덥긴 하지만, 그래도 학교에 갈 수 있다는 사실에 주목하면 감사하는 마음을 가질 수 있습니다. 또 더위를 이겨내고, 하루를 잘 보내고 나면 힘든 입시 준비 시간 중 일부를 저만치 뒤로 보낼 수 있다는 사실에 감사할 수도 있을 겁니다.

셋째, 칭찬하는 마음을 갖는 것도 도움이 됩니다. 이 더위에도 낙오되지 않고, 아침 일찍부터 등교해 다른 친구들과 함께 한 발짝 전진한 자신을 칭찬해보세요. 또한, 더위와 상관없이 물러설 수 없는 생활의 최전선에서 당신의 자리를 지켜내시는 부모님을 생각하며 존경과 칭찬의 마음을 가져 보세요. 마음으로 스스로를 보듬고, 남이 듣건 말건 자신과 자기 주변 사람들의 존재를 소리 내 칭찬하면 자신의 마음이 으쓱으쓱해질 겁니다. 칭찬하기를 매일 반복하면 저 마음 깊은 곳으로부터 삶의 긍정 에너지가 뿜뿜 솟아오름도 느낄 수도 있을 테고요.

넷째, 말조심을 할 필요가 있습니다. '더워!', '짜증 나!', '땀 나!' 이런 말을 하는 자신의 마음을 한번 들여다보세요. 성을 낸 채 얼굴을 붉히고 있는 자신의 모습이 선명히 보일 겁니다. 그런데 말로 짜증 내고, 불같이 화를 내뱉는다고 해서 문제가 해결되겠습니까? 괜히 자기 에너지만 갉아먹는 일입니다. 반대로 '괜찮아!', '나만 더운 게 아냐', '더워야 여름이지, 시원하면 여름이겠냐?'라고 말하면 폭풍처럼 솟아오르는 화와 짜증을 점차 평온하게 가라앉힐 수 있습니다. 부정적인 말은 부정적인 생각을 불러오고, 도움되지 않는 행동을 하게 합니다. 결국, 소중한 시간과 자신을 해칠 뿐입니다.

위 네 가지가 생각의 반전을 위한 방법이었다면 지금부터는 구체적 실천 방법입니다.

첫째, 수면 질 관리에 신경을 써야 합니다. 잠을 자도 제대로 못 자거나 충분히 자지 못하면 더운 날 학교에 앉아 공부하기가 여간 고역이 아닙니다. 더운 데 졸리기까지 하면 그야말로 엎친 데 덮친 격이라 할 수 있겠죠. 그러면 몸 상태는 더 안 좋아지고, 자기 마음 하나 온전히 붙들고 있기 어려워질 수밖에 없습니다. 꿀잠을 자는 것이 무더위를 이기는 제일의 보약임을 꼭 기억하기 바랍니다.

둘째, 충분하고, 시원한 수분 섭취가 필요합니다. 집에서 미리 얼음병을 만들어오면 더욱 좋습니다. 시원한 물을 충분히 마심으로써 탈수를 예방하고, 상쾌한 몸과 마음 상태를 유지할 수 있습니다. 얼음병을 만들어온다면 손수건에 싸 냉찜질도 할 수 있으니 약간의 수고로움만 감당한다면 생각보다 득이 많은 일입니다.

셋째, 자주 세수를 하는 것도 도움이 됩니다. 유난히 땀이 많은 사람은 물티슈로 몸을 닦아주는 것도 간편하게 쾌적한 몸 상태를 만들 수 있는 한 방법입니다. 수시로 눅진한 땀을 씻어내 꿉꿉함으로부터 벗어난 만큼 더위로부터 멀리 탈출할 수 있습니다.

이외에도 시원하게 옷 입기, 갈아입을 옷 사물함에 넣어두기 등을 실천하면 무더위 극복에 조금이나 도움이 될 것입니다.

　　태양을 피하고 싶어서 아무리 달려봐도

　　태양은 계속 내 위에 있고

너를 너무 잊고 싶어서 아무리 애를 써도
아무리 애를 써도 넌 내 안에 있어[17]

– 비, 「태양을 피하는 방법」 중

가수 비 님의 노래처럼 아무리 피하고 싶다 해도 '너'를 잊는 게 가능하지
않듯 작열하는 '태양'도 막을 순 없습니다. 태양도, 더위도 그냥 받아들여야
하는 자연 현상 그것일 뿐입니다. '저항', '가림', '싸움'도 현실적인 상대와 해
야 하고, 그럴듯한 이상과 명분이 있어야 하는 것입니다. 무더운 현실은 받
아들이고, 적응하는 것이 제일의 상책입니다.

---

17) 노래 비, 박진영 작사·작곡, 『RAIN 2』, 「태양을 피하는 방법」 중, 2003.

유통기한이 없는 관계

　　　　같은 반 이름으로 한 공간에서 생활한 지 거의 한 달여가 되어 갑니다. 그동안 새로 만난 친구들과 좀 가까워졌나요? 서로 모르는 친구들끼리 많이 모인 데다 자리도 외따로 앉고 있어 그런지 쉬 관계가 깊어지지 않는다고 생각하는 사람들도 있을 겁니다. 서로 좀 더 노력해서 빨리 가까워져야겠죠. 아무래도 고3 친구는 여느 학년 친구들보다 좀 특별한 면이 있습니다. 산전수전 고생을 함께하며 동고동락하기 때문이기도 하고, 삶의 중요한 결정과 전환점 앞에서 서로 마음을 터놓고 고민을 나누며 서로에 대한 이해가 깊어지기 때문이기도 합니다. 우리가 올 한 해 동안 서로에게 중요한 관계가 되고, 깊은 유대감을 나눌 수 있다면 이 또한 힘든 고3 시절의 중요한 보람이 될 수 있을 겁니다.

　사람과 사람의 '관계(關係)'와 '유대(紐帶)', 두 단어 모두 서로 관련을 맺고 있다는 의미를 가진 말입니다. 우리 반 내에는 이미 예전부터 잘 알고 지내 그 관계와 유대 정도가 깊고 튼튼한 사람들도 있지만, 아직 잘 알지 못해 서로에 대한 긴장을 놓지 못한 사람들도 있는 것 같습니다. 고3이라는 환경적 특성상 우리가 서로에 대한 고마움, 감사, 우정, 배려의 마음을 가진다면 얼마든지 서로 튼튼한 끈으로 엮인 관계, 퍼내도 퍼내도 사라지지 않는 유대감을 가진 관계가 될 수 있을 거라 봅니다. 하지만 미움, 시기, 아집과 고집, 이기심을 앞세운다면 가느다란 실 한 가닥 정도로 연결되어 있다 할 수 있는 관계, 서로 존재감 없이 그저 그런 유대만 남은 관계가 될 수도 있을 겁니다.

우리는 무한 분의 1의 확률로 만난 사람들입니다. 우주 시작 137억 년의 시간을 지나 이 시간, 이 공간에 함께하고 있는 것입니다. 그래서 만나고 있는 이 순간이 곧 관계의 절정입니다. 그리고 이 절정은 우리가 함께하는 내내 절정입니다. 의미 없이 때로는 부정적으로 서로를 대할 이유와 시간이 없습니다. 아직까지 남아있는 어색한 경계심 따위 과감하게 그만 내려놓고, 서로의 마음을 북돋우고, 파이팅을 외쳤으면 좋겠습니다. 특히, 이미 다른 친구들과 깊은 관계와 유대를 맺고 있는 사람들이 관계에 어색해하는 친구들에게 먼저 말을 걸어 함께하자고 했으면 좋겠습니다. 서로 먼저 노력하면 우리는 유통기한의 제한이 없는 무한의 관계가 될 수 있습니다.

나무처럼 우리도 그렇게

이번에 우리 반에서 실시한 코로나 19 극복 메시지 쓰기에서 ○준이는 "많이 흔들리며 자란 나무일수록 깊게 뿌리를 내린다."라고 했습니다. ○준이의 이 말은 나무 생장에 대한 과학적 지식이기도 하면서 우리 삶을 돌아보게 하는 철학적 지식이기도 합니다. 실제 나무는 그 성장 과정의 초반에는 위로 자람을 멈추고 대지에 깊게 뿌리를 내리는 일에 열중합니다. 그래야 성장에 필요한 수분을 충분히 흡수할 수도 있고, 깊고 넓게 뿌리를 뻗은 후 위를 향한 성장에 가속도를 붙일 수 있기 때문입니다.

그리고 나무는 그 성장 과정에서 많은 바람을 맞을수록 더 단단하게 대지를 움켜쥐기 위해 넓은 뿌리를 펼쳐 내립니다. 그뿐만 아니라 주변 나무들과의 경쟁 과정에서 무조건 자신이 이기겠다고 나서는 게 아니라 때로는 서로 키를 맞춰가며 조화를 이루기도 하고, 쉽게 쓰러지지 않도록 서로 뿌리를 얽어 자신의 몸을 지탱하기도 합니다.

학교생활을 하다 보면 생각보다 해야 할 일이 많습니다. 자신의 목표와 꿈이 클수록 이 과목, 저 과목, 이것저것 신경 쓰고 챙겨야 할 일들이 많기 마련이죠. 그렇게 고3이 되면 때때로 감당하기 벅차하는 자신을 마주해야 하기도 합니다. 목표와 꿈이 큰 고3에게 시련은 상수입니다. 성장하기 위해 많은 가지와 잎을 매단 나무가 더 크게 흔들리는 것과 같은 이치입니다.

하지만 때때로 가지가 부러지고, 이파리가 찢어지는 아픔 속에서도 튼튼한 나무는 우듬지를 위로 세운 채 중력을 거스르는 일을 멈추지 않습니다. 뿌리를 깊고 넓게 뻗어내는 일도 멈추지 않습니다. 시련을 이겨낸 나무가 결국 태양에 더 가깝게 다가가고, 깊고 넓은 뿌리의 힘으로 자기 영역을 넓혀 가는 것처럼 우리 역시 시련 속에서 더 자신의 존재감을 넓히고, 목표에 한 발짝 다가갈 수 있습니다.

고3 생활을 하다 보면 힘든 상황을 견디는 데 친구의 도움만큼 고마운 게 없습니다. 함께 고생하는 친구의 직접적 도움도 고맙지만, 내가 타산지석으로 삼을 수 있는 친구의 존재 자체가 나를 성장시키는 힘이 되기도 합니다. 나무가 주변 나무와 키를 맞추듯 옆 친구를 바라보며 자기 성찰을 하고, 그 친구의 생활을 따라 하기 위해 노력하는 것은 자기 성장을 위한 지혜로움입니다.

오늘 중간고사 결과에 대해 지난 2학년 때까지의 성적 평균과 비교한 후 이야기를 나눴습니다. 예상치 못한 일격을 당한 사람, 생각만큼 멀리 달려가지 못한 사람들이 있지만, 실망하지 마십시오. 어떤 아름드리나무도 그저 크지 않았음을 기억하세요. 바람이 부는 가운데서도 지향을 잃지 않고, 뿌리를 키우며, 다른 나무와 키를 맞춰가는 나무의 마음을 생각해 보세요.

상처받는 말, 상처 주는 말

　　가정이나 학교, 사회생활을 하다 보면 상대가 한 말 때문에 힘든 상황을 겪는 경우가 있습니다. 속된 말, 욕설, 비아냥, 협박, 일방적 명령, 권위를 앞세운 무시…. 이런 말들은 비수가 돼 날아와 마음에 상처를 내기도 하고, 트라우마로 작용해 정상적인 삶을 갉아먹는 원인이 되기도 합니다. 설령, 상대가 그런 말을 내뱉으며 자신의 말 속에 선한 의도와 목적이 있다 강변하고, 말을 듣는 나의 현재와 미래에 대한 걱정 때문에 한 말이라 말하더라도 그것이 상처가 됐다면 그냥 무가치한 말일 뿐입니다. 왜냐? 상처가 된 순간 그런 말들은 감정적 정당성을 잃고 말기 때문입니다. 어떤 좋은 결과를 만들기 위해 그 과정과 수단 역시 정당해야 함은 당연한 이치이고, 이는 말을 통한 의사소통에서도 마찬가지입니다.

　　상처 주는 말을 들으면 화가 나기 마련입니다. 그건 인간으로서 원초적 자존감을 지키기 위한 당연한 반응입니다. 하지만 그렇다고 똑같이 격한 말을 쏟아내고, 파르르 화를 내는 건 대부분의 경우 상황 진정과 발전에 별 도움이 되지 못합니다. 더군다나 그 상대가 부모님이나 선생님, 상급자라면 더욱 신중할 필요가 있습니다. 어리석은 방식으로 맞대응하는 것보다는 화를 누르고, 시간을 좀 벌며, 공간을 달리하는 게 더 지혜로운 방식입니다. 그렇게 하면 나뿐만 아니라 상대방도 생각할 시간을 가질 수 있고, 분위기가 가라앉은 뒤 좀 더 차분하고 솔직한 이야기를 나눌 수도 있기 때문입니다. 무조건 회피하고, 멀리 도망가라는 이야기는 아닙니다. 대화의 기회를 다시 얻기 위해 생각할 시간을 벌자는 것입니다.

때로는 생각 없이 내뱉은 나의 말이 상대방에게 상처를 주는 경우도 있습니다. 내가 상대방의 거친 말을 듣기 싫어하는 것과 같이 상대 역시 나의 거친 말을 듣기 싫어할 겁니다. 상처 주는 말, 실수하는 말을 줄이려면 배려 깊은 말하기를 해야 할 필요가 있습니다. 배려 깊은 말하기란 상대방의 처지와 상황, 마음을 고려하고, 말을 뱉은 이후 전개될 상황까지 예측해 말을 하는 것입니다. 그렇게 하면 아무래도 절제된 감정과 정제된 표현으로 말을 할 수 있습니다. 하고 싶은 말이 있는데 무조건 참는 말하기를 하라는 건 아닙니다. 자신의 생각을 분명하게 말하되 말로 인해 불편해지고, 다툼이 일어나는 상황을 되도록 막아보자는 겁니다.

그리고 혹시 자신이 말실수를 한 것 같다면 바로 수습하기 위해 노력할 필요가 있습니다. 알량한 자존심과 한 줌 부끄러움 때문에 수습할 수 있는 결정적 시간을 놓치게 되면 상대방이 입은 상처는 결국 지워지지 않는 흉터로 남고 말 것입니다. 그런 일이 잦아지면 어떻게 될까요? 아마 상대방은 마음의 빗장을 굳게 걸고, 나를 위해 그나마 작게 열어둔 입조차 닫아버리고 말 것입니다. 나는 사람이고, 사람들 속에 살아가므로 어떤 경우에도 사람을 잃는 일만은 만들지 말아야 합니다.

최근에 말로 인해 상처받고, 상처 준 적이 있는 사람들이 있을 것입니다. 곰곰이 돌아보고, 어떻게 해야 할지 생각해 봅시다.

더 단단해지는 과정

　　　　새로운 한 주가 시작되었습니다. 다행히도 지난주에 비해 기온이 높지 않아 좀 더 차분하게 한 주를 시작할 수 있었습니다. 내일부터 다시 기온이 조금씩 올라간다는 예보가 있지만, 아무리 그래도 여러분들의 창창한 앞길을 더위가 막을 순 없겠지요.

　어제는 채소 몇 가지 자급자족하기 위해 작게 짓고 있는 주말농장에 다녀왔습니다. 그 새 이전 주보다 몰라보게 작물들이 자라있었습니다. 지난 한 주 갑자기 찾아온 더위가 고추, 가지, 오이 같은 작물에게 생장의 결정적 힘을 주었나 봅니다. 탄탄하게 자란 모습을 보며 '이제 웬만한 비바람쯤 끄떡없겠다.' 생각했습니다. 여러분들 역시 이 더운 시기를 의미 있게 지내고 나면 입시뿐 아니라 삶의 내면 또한 이전과 비교할 수 없을 만큼 더욱 단단해져 있지 않을까요? 그렇게 생각하면 오늘 하루 동안 바친 나의 수고가 내 삶을 단단하게 다지는 힘이 되었다 할 수 있겠습니다.

　이번 한 주 우리가 가장 예민하게 신경 써야 할 일은 단연 목요일에 치를 교육과정평가원 모의고사입니다. 이미 입시의 거친 강을 건넌 선배들이 그러했던 것처럼 올해 6월 평가원 모의고사 역시 여러분들에게 피할 수 없는 진검승부의 장입니다. 절대적, 상대적 기준에서 전국적 나의 위치를 확인하는 것도 의미가 있지만, 그것보다 더 중요한 건 자기 스스로 자신의 모습을 직면하는 것입니다. 코로나 19 환경 속에서 스스로 키운 역량이 어느 정도인지, 자신이 정한 과목별 목표를 어느 수준에서 이루었는지를 확인하는 일이 중요합니다. 만약 본인이 기울인 노력의 과정이 헛되지 않았다는 결론을 얻을 수 있다면 입시로 가는 길목에 청신호가 켜졌다 해도 됩니다. 그러면 받아든 결과를 바탕으로 자신이 원하는 방향의 수시 전략과 정시 전략을 수립하고, 앞으로 남은 공부 과정 또한 효과적으로 조직할 수 있습니다.

이번 시험, 중요한 만큼 부담이 큰 시험임을 알고 있습니다. 하지만 잘 알고 있듯 시험에서 지나친 부담감과 높은 긴장감은 실수를 유발하고, 사고의 경직성을 더하는 원인이 되곤 합니다. 그동안 내가 기울인 노력을 확인하는 것에 그 현실적 의의를 두고, 시험을 치르는 내내 최선을 다한다면 그것으로 족합니다. 무작정 높은 목표를 설정하거나 이번 한 번의 시험에서 기적 같은 일이 일어날 거라 기대하는 건 현실적이지도, 이성적이지도 않습니다. 노력의 과정이 헛되지 않도록 더욱 차분하고, 냉정하게 준비하고, 시험을 치러주길 기대합니다.

지금, 이 순간도 시간은 지나가고 있습니다. 더 시간이 흘러가다 보면 언젠가 찬바람이 일고, 잎이 떨어지며, 긴 그림자를 남긴 채 지는 이른 석양을 볼 수 있는 가을, 그리고 옷깃을 여며야 할 겨울이 올 것입니다. 그때가 되면 더위를 견디며 공부한 오늘의 수고가 확신에 찬 보람으로 바뀔 수 있을 것이라 믿습니다. 그날의 기쁨을 상상하며 오늘 남은 시간도 파이팅!

'보편적 교실 사용 윤리'가 있다

우리는 학교에서 매일 8시간 정도를 함께 생활합니다. 나 혼자만 생활하는 공간이 아니고 여러 사람이 함께 어울려 생활하는 공간이다 보니 어느 정도는 서로를 위해 배려하고, 지켜야 할 것들이 있습니다. 그런 걸 '보편적 교실 사용 윤리'라 할까요? 어떤 것들이 있을까요?

1. 이 교실 주인공은 나야 나(?) No! No! No!

다른 친구들이 있건 없건 그냥 열심히 떠드는 천상천하(天上天下) 유아독존(唯我獨尊)형 인간들이 있습니다. 심지어 다른 반의 친한 친구들과 함께 다 같이 우리 교실에 모여 떠드는 사람들도 있고요. 이 교실의 주인공은 나 한 사람만이 아니라 32명, 한 명 한 명 모두가 주인공입니다. 함께 만들어야 할 무대 위에서 나 잘났다 혼자 마음대로 춤을 춰버리면 그 무대 자체가 형편없어집니다. 나의 공부가 중요하고 심각한 만큼 다른 친구의 공부도 절실하다는 당연한 사실을 잊지 말자고요.

✎ 2. 아놔~ 확~ 이런 쓰마뜨뽄질 좀 그만!

교실에서 스마트폰을 사용해 온갖 걸 하는 사람들이 꽤 많습니다(우연히 담임인 저에게 걸린 친구들은 극히 일부임을 알고 있음). 유혹을 뿌리치지 못하고, 교칙까지 어겨가며 스마트폰을 사용하는 사람들! 그런 사람들을 지켜보는 다른 친구들은 어떤 생각을 할까요? 그냥 그럴 수 있다고만 생각할까요? 고3인데 철딱서니 없다 생각하진 않을까요? 교실에서 스마트폰을 만지작거리면 본인에게도 손해지만, 다른 친구들에게도 좋지 않은 영향을 끼칩니다. 다른 친구의 시선을 빼앗기도 하고, 급기야 결국 대동단결의 스마트폰 세상을 만들어버리기에 십상입니다. 그렇게 되면 나도 망하고, 친구도 망하고, 사이좋게 망하는 'We are the world! 폭망!' 되는 거죠.

✎ 3. 기면증이냐?

졸음에 자기 몸과 정신을 다 내맡기고, 잠에 취해 막 자는 사람들이 있습니다. 왜 그럴까요? 기면증[18]일까요? 핑계 없는 무덤이 없듯 이유 없는 잠도 없다고 생각합니다. 아마도 평소 수면 부족이 가장 큰 이유일 겁니다. 문제는 왜 수면이 부족해졌는가입니다. 늦게까지 공부를 하다가 그런 거라면 그나마 다행인데 그게 아니라 신~나게 딴짓하다 늦게 잔 거라면 심각한 문제겠죠. 계획적 수면 관리가 필요합니다. 집중력을 높일 수 있는 알맞은 수면 시간을 확보하고, 낮에 졸더라도 아무 생각 없이 막 자지 말고, 계획적

---

18) 졸음증. 항상 꾸벅꾸벅 졸거나 잠이 들어있는 상태.

이고, 절제된 잠을 자면 좋을 것 같아요. 코로나가 전염되듯 잠도 전염되는 거 경험으로 잘 알죠? 나와 너를 위해 그만 자세!

✏️ 4. 요즘은 미니멀리즘(minimalism)이 대세여!

문자 썼네요. '미니멀리즘(minimalism)'[19]이 뭐냐고요? 되도록 단순하게 표현하자는 사고입니다. 고3인데 사고를 단순하게 하자는 이야긴 아니고요. 자기 자리 주변 정리를 단순하고 깔끔하게 잘하자는 말입니다. 자리 주변에 쓰레기를 비롯해 축구화 같은 거 그냥 놔두지 말고, 책상에 옷, 체육복 같은 온갖 잡동사니 올려두지 말고, 집에 갈 때는 책상 위를 말끔하게 치우고 가자고요. 유난히 정리를 잘못하는 사람들이 있습니다. '내 스타일인데 뭔 상관?' 이런 철없는 생각을 할 수도 있는데요. 다 같이 생활하는 공간을 그렇게 쓰고 있으면 여러 사람 보기도 좋지 않고, 정신도 산란하게 만듭니다. 지구 환경을 위해서도 실천이 필요하지만, 나와 친구들의 산뜻함을 위해서도 교실 내 미니멀리즘을 실천하자고요.

---

19) 음악, 건축, 철학, 패션, 종교, 생활 양식 등에서 단순함과 간결함을 추구하는 흐름.

이게 아니다 싶으면 잠깐 멈춤

　　　　　　평가원 모의고사가 하루 앞으로 다가왔습니다. 시간 참 빨리 가죠? 고3 생활을 하다 보면 꼭 지나가야 할 중요한 지점들이 있는데 6월 평가원 모의고사 역시 그중 하나입니다. 자신의 실력을 온전히 보여주기 위해 시험 보는 내내 최선을 다해주길 바랍니다.

　지난 등교 개학 이후 적지 않은 시간을 보냈습니다. 어떻습니까? 스스로 만족할만한가요? 충분히 만족스럽진 않더라도 그럭저럭 괜찮았다 평가할 수 있나요? 그렇다면 정말 다행입니다. 자기 목표에 좀 더 가까이 다가갔음이 분명할 것이기 때문입니다.

　하지만 반대로 아쉬움이 많은 사람들도 있겠죠? 아쉬움을 넘어 후회와 부끄러움으로 가슴을 치고 있는 사람들도 있을 것입니다. 분명한 자기 목표가 있는데 그것만큼 애씀의 시간을 보내지 못했거나 해야 하는 것이 무엇인지 잘 알면서도 해야만 하는 것이 아니라 하고 싶은 것만을 앞세웠거나, 뚜렷한 목표를 세우지 못한 채 정리되지 못한 이런저런 생각들에 휘둘렸거나 불타는 의지와 이글거리는 눈빛을 한 나와 수시로 자신과 타협하려는 나약한 나 사이에서 결국 후자의 모습이 되고 말았거나….

　자기중심을 잡지 못하고 무작정 시간을 흘려보내고 있는 사람들에게 당장 필요한 건 무엇을 더 하는 것이 아닙니다. 선언적 의미의 최선이나 다짐은 중요하지 않습니다. 그런 것이 없어 허무한 현재가 있는 것이 아니기 때문입니다. 이게 아니다 싶은 지금 필요한 건 '잠깐 멈춤'입니다. 제대로 나아가지 못하고 방향을 잃었을 때는 자신을 돌아볼 진지한 멈춤의 시간이 필요합니다. 방향을 잃은 채 나가다 보면 결국 가고자 하는 곳에 가닿을 수 없습니다. 먼저 냉정하게 자신을 돌아보고 고쳐야 할 잘못이 무엇인지 확인해야 합니다. 그리고 멈춘 그 자리에서 다시 어느 방향으로 갈 것인지, 어떤 속도로 갈 것인지, 앞으로 나아가기 위해 무엇이 더 필요한지 재설정해야 합니다.

고민은 짧고 굵게 하고, 행동은 번개처럼 빨라야 합니다. 고민만 하다 주저앉아 중요한 시간을 다 보낼 순 없습니다. 다시 돌아오지 않고, 돌이킬 수도 없는 19살의 시간이 째깍째깍 흘러가고 있습니다.

다시 목표와 도전 그리고 반전

6월 교육과정평가원 모의고사가 끝났습니다. 쉬는 시간마다 서로 정답을 비교해 보고, 자기 점수를 예상해 보는 모습에서 여러분들의 진지함을 느낄 수 있었습니다. 매시간 최선을 다해준 여러분 한 사람, 한 사람에게 큰 박수를 보냅니다. 부디 충실한 과정만큼 정직한 결과, 조금은 운도 따른 금상첨화의 결과가 나왔으면 좋겠습니다. 언젠가 선생님이 이야기했던가요? 입시는 정말 정직한데, 그래도 성실하게 열심히 하는 사람에게 아주 약간의 운이 따르는 것 같다고. 우리 반, 한 사람 한 사람 모두에게 아쉽기보단 그래도 좀 만족스럽게 느껴질 수 있는 이번 시험이었길 기대합니다.

이렇게 또 하나의 산을 넘었습니다. 이제 올해는 다시 이 산을 오를 필요가 없어졌으니 다행이죠? 지금부터는 다시 저 앞에 떡하니 버티고 서있는 다른 산을 째려보고 나가야 합니다. 대략 한 달 정도 후 기말고사가 있습니다. 2학기에도 중간, 기말고사가 있긴 하지만 내신에 반영되지 않기 때문에 사실상 유의미한 마지막 시험이라고 할 수 있습니다. 다행히 얼마 전 치른 중간고사 결과를 확인해 보니 상대적 성적이 떨어진 사람보다는 오른 사람이 많았습니다. 하지만 그 오름폭이 기대에 미치지 못한 사람들이 꽤 있었고, 과목별로 보면 경계 등급에 걸려있는 경우도 많았습니다. 그래서 이번 기말고사는 다시 '목표'이고, '도전'이며, '반전'입니다.

과목별 목표 점수와 등급을 확실하게 설정해야 합니다. 특히 경계 등급에 걸려 자칫 미끄러질 수 있는 과목에 좀 더 힘을 집중시킬 필요가 있습니다. 고3 내신에서 한 문제 차이로 등급이 밀린다면 그것만큼 아쉬운 일이 없습니다. 어쩔 수 없는 결과라 받아들이기엔 너무 큰 자책과 후유증이 따를 수 있습니다. 애초에 그런 결과를 만들지 않기 위해 지금 할 수 있을 때 하자고요.

더욱 공격적인 자기 도전에 나서야 합니다. 스스로 자기 한계를 쉽게 그어 버리지 말고 대담한 준비 과정을 그려보기 바랍니다. 지난 시험 때 이렇게 저렇게 준비했다면 이번에는 그것보다 훨씬 더 탄탄한 과정과 실천으로 준비해 보는 겁니다. 자기 한계를 넘어서는 일이 쉽지는 않겠지만, 그래도 두 번 다시 그렇게 할 필요가 없으니 이번 한 번은 스스로 밀어붙여도 되지 않겠습니까? 끝이 어딘지 모르니 끝까지 한번 해보자는 마음을 먹으면 불가능한 일만은 아닐 겁니다.

멋진 반전을 기대합니다. 확실한 목표와 공격적인 도전이 만나면 그 결과는 곧 반전입니다. 1, 2학년 때까지 좀 아쉬웠던 사람들과 지난 중간고사에서 아까운 결과를 받아든 사람들에게 반전만큼 또 필요한 결과가 있을까요? 반전의 희열이 내 몫이 될 수 있습니다.

어차피 쉬울 거라고 시작한 고3이 아닐 겁니다. 고3! 누구나 때가 되면 거치는 과정이지만, 누구도 쉽게 지나온 과정은 아니었습니다. 비록 내 어깨 위에 놓인 짐이 너무 무겁고, 버거워 때로는 그냥 부려놓고 쉬고 싶고, 더 쉬운 다른 길이 없나 기웃거리고 싶기도 하겠지만, 그런 길이 어디 있겠습니까? 얼마나 진지하고 책임 있는 모습으로 자기 앞에 놓인 과정을 지나왔고, 앞으로 또 헤쳐갈 것인지는 결국 본인이 결정합니다. 그리고 19살, 고3 자기 삶에 대한 평가 역시 훗날 본인이 가장 정확하고 솔직히 내릴 수 있습니다. '그때 나 좀 멋있었어', '그때 나 좀 괜찮았어', '그때 나 진짜 후회 없이 했어.'라고 말하며 돌아볼 수 있었으면 좋겠습니다.

진정한 친구를 사귀는 특별함

　　남미의 유명 소설가인 루이스 세풀베다 씨는 그의 책 『생쥐와 친구가 된 고양이』에서 "진정한 친구라면 침묵을 나눌 줄도 알아야 한다"[20], "진정한 친구라면 꿈과 희망을 서로 나눌 줄 알아야 한다."[21]라고 했습니다.

　조금의 어색함도 없이 침묵의 시간마저 온전히 공유할 수 있는 사이, 침묵의 시간 동안 마음으로 서로의 생각을 나눌 수 있는 사이, 침묵의 시간을 우정으로 꽉 채우며 한 곳을 바라볼 수 있는 그런 사이. 여러분에게도 침묵을 나눌 줄 아는 친구가 있나요?

　루이스 세풀베다 씨는 꿈과 희망을 서로 나눌 줄 알아야 한다고 했습니다. 그의 말처럼 서로의 꿈이 무엇인지 알고, 서로의 꿈을 이룰 수 있다는 격려의 말을 해줄 수 있다면 그것이 꿈과 희망을 나누는 사이가 아닐까 싶습니다. 아! 얼마나 멋진 친구 관계인가요?

　고3이란 특별한 시간은 비록 많은 어려움도 있지만, 진정한 친구를 만들 수 있는 다시없는 기회의 시간이기도 합니다. 용기를 내 먼저 말을 걸고, 먼저 함께하자고 손을 내밀면 친구 역시 서서히 마음의 문을 열어줄 것입니

---

20) 루이스 세풀베다, 『생쥐와 친구가 된 고양이』, 열린책들, 2015. 25쪽.

21) 같은 책, 36쪽.

다. 그렇게 함께 시간과 생활과 공간을 나누면서 서로 깊어질 수 있습니다. 너의 가슴을 나의 가슴에 심고, 나의 희망을 너의 자랑으로 만들며, 마침내 침묵마저 나눌 수 있는 사이로 나아갈 것입니다.

어쩌면 진정한 친구가 된다는 건 그 친구의 사랑하는 가족조차 잘 모르는 어떤 사실과 상상을 공유할 수 있는 사이가 되는 건 아닐까요? 그런 사이가 된다면 아주 아주 긴 시간이 흐른 뒤 여러분 삶의 저물녘 어느 날, 먼저 떠나간 친구를 추억하며 그 친구의 깊은 속내와 비밀, 특별함을 떠올리는 때가 올지도 모릅니다. 그때 아마 알게 되겠지요. 친구와 함께 한 시간이 자기 삶의 도화지를 가득 채운 아름다운 색 그 자체였다는 사실을. 벌써 수십 년 뒤의 일을 짐작하는 게 너무 멀어 현실감이 없다 여겨질 수 있지만, 한번 생각해 보세요. 세월이 흘러 주변에 그런 친구 하나 없다면 얼마나 쓸쓸하겠습니까?

여러분은 특별한 시기를 함께하고 있습니다. 자기 공부도 중요하지만, 진정한 친구를 얻는 일도 못지않게 중요합니다. 좀 더 옆에 있는 친구들에게 마음을 줄 수 있었으면 합니다. 자신이 원하는 목표를 이루고, 크게 성공을 거둔다 해도 그 기쁨을 함께 나눌 사람이 없다면 반쪽짜리 성취가 되고 말지 않을까요? 고 전우익 선생님의 책 제목처럼, 혼자만 잘살면 무슨 재미가 있겠습니까?

망하는 고3의 10가지 유형 Ⅰ

✎ 1. 수업 시간에 푹 자는 고3

졸려 자고, 머리 아파 자고, 습관이라 자고…. 수업 시간에 푹 자는 학생을 누가 좋게 봐줄 리 있겠는가! 계속 잔다면 내신과 교과 세특에서 기대하고, 짐작한 만큼 망할 게 분명하다. 푹~ 막~ 자면서 수업 내용과 직결된 내신을 잘 받을 순 없는 일 아닌가! 이는 그냥 상식이다. 설령 전략상 내신이 중요하지 않은 고3이라 하더라도 수업 시간에 자는 게 정당화될 순 없다. 양해를 구하든가 아니면 눈치껏 자기 공부를 해야 한다. 시간 허비 없이 자투리 시간까지 제대로 활용한 고3만이 목표에 한 발 더 다가갈 수 있다. 그렇게 목표점에 안착한 선배들과 지금 그렇게 몸소 실천하고 있는 자기 옆의 친구가 그 사실을 여실히 증명하고 있지 않나?

✎ 2. 하는 척만 하는 고3

열심히 하는 척, 고민 많은 척, 도전적인 척, '척척척'만 하는 고3이 있다. 스스로 해야만 하는 당위성을 알기에 하기는 하는데 스스로 마음을 다잡지 못하고, 책을 펴놓고 많은 시간을 보내는데 도무지 성과가 없다. 학교에서 7~8시간, 학원이나 과외 수업으로 몇 시간, 독서실이나 집에서 또 몇 시간을 공부한다는데, 그렇게 몇 개월을 했음에도 성적이 올라가지 않는다면 혹시 '내가 바로 그 척?'은 아닌지 의심해봐야 한다. 해도 해도 안 되면 본인은 얼마나 답답하겠는가! 그런데 말이다. 진짜 하는 건지, 척만 하는 건지는 본인이 제일 잘 알지 않나? 척만 해서는 실제로 하는 사람과 겨뤄 이길 수 없다. 그저 후회만 남을 뿐.

✏ 3. 절실한 목표가 없는 고3

목표는 동기 유발의 비타민이다. 절실한 목표를 가질 때 힘들어하는 자신을 빠짝 일으켜 세우고, 떨어지지 않는 걸음을 한 발 더 내딛게 만들 수 있다. 입시의 목표는 단기적 목표와 장기적 목표, 본질적 목표가 있다. 본질적 목표에 대한 주절주절은 일단 미뤄두자. 장기적 목표가 진학해야 할 대학이라면 단기적 목표는 장기적 목표를 이루기 위한 토막 목표이다. 중간고사, 기말고사, 3모, 6모, 9모, 생기부 작성 완료 등 하나하나가 각 지점이며, 지점마다 수치화된 자기만의 명시적 목표가 필요하다. 눈앞에 적어놓아라. 목표와 목표를 이루어야 할 이유를. 그러면 실감 난다. 실감 나면 손발을, 머리를 움직이게 된다.

✎ 4. 핑계가 많은 고3

이야기를 나누다 보면 핑계 없는 무덤이 없다는 속담을 몸소 증명하려는 듯 열심히, 장황히 자기 상황을 말하는 경우가 있다. 답답하기도 하고, 쥐구멍이라도 찾고 싶은 마음에 그러는 걸 이해한다. 때로는 고개가 끄덕여지지만, 다시 냉정하게 정신을 차리고 보면 대개는 지키지 못한 약속에 대한 이런저런 이유와 자기 넋두리인 경우가 많다. 구구절절하고 애절한 외피를 쓴 핑계와 변명은 결국 별 도움이 되지 못한다. 한번 물러서면 또 물러서기 어렵지 않음을 잘 알고 있지 않은가? 문제가 있다면 스스로 인정하는 것으로부터 출발하자. 그래야 냉정한 현실 진단이 가능하고, 자기 부끄러움 없이 다음을 기약할 수 있다.

✎ 5. 우이독경(牛耳讀經)형 고3(뜬구름 잡는 고3)

아무리 요즘 입시가 어렵다지만 그래도 조언과 도움을 줄 수 있는 사람들은 있다. 가까이는 많은 학교 선생님부터 학원 선생님, 부모님이나 이미 입시를 치러본 형, 누나, 하다못해 각종 입시 사이트, 대학 입학처 홈피 등. 객관적 사실을 바탕으로 알려주는 입시 정보와 본인의 대학별 유불리에 대해 크게 눈을 떠 보고, 활짝 귀를 열어 들어야 한다. 왜? 잘못되라고 하는 말이 아니니까. 자신만의 허황된 기준을 필터 삼아 진심 어린 조언과 충고를 걸러버리면 맨날 인서울 타령이고, 맨날 그놈의 서연고(서울대, 연세대, 고려대) 타령이다. 서연고, 인서울이 현실적 목표가 될 수 있는 상황이라면 당연히 조언자가 먼저 말할 것이다. 가능하다고. 목표로 삼자고. 하지만 가능하지 않은 경우엔 가능하지 않다고 말할 것이다. 그럴 수밖에 없으니까. 뜬구름만 잡다가 게도 구럭도 다 잃고, 허허벌판에서 질질 울어야 하는 현실을 만들지 말자. 그런 상황이 되면 진짜 진짜 아프다.

📖 내일 '망하는 고3의 10가지 유형 Ⅱ'가 이어집니다.

망하는 고3의 10가지 유형 II

✎ 6. 쉰~나게~ 게임 하는 고3

게임 재밌지? 맨날 스트레스받으며 공부하는데 숨 쉴 틈이 있어야 한다고? 그게 게임이라고? 좋아! 맨날 공부하느라 힘들어 스트레스를 달리 풀길이 없어 게임을 해야만 한다면 할 수도 있다. 단, 최대한의 절제력을 뽑낼수 있다면 말이다. 만약 스스로 돌아봤을 때 공부하느라 힘든 상황이 아니고, 한번 시작한 게임을 정해진 시간 내에 딱 끊을 수 없다면 하지 말아야한다. 지금 하고 싶은 것과 지금 해야 할 것 사이에서 어떤 선택을 하는 게현명한가? 지금 해야 할 것을 하지 않으면 나중에 진짜 하고 싶은 것이 생겼을 때 못할 수도 있음을 바로 알자. 그런 나중에도 게임이나 하고 있으면지켜보는 어머니, 아버지, 아내, 아들, 딸 온 가족이 고통이다.

✎ 7. 휴대전화에 목숨 거는 고3

교실에 스윽 샤샤삭 들어가면 아니나 다를까 예상했던 대로 휴대전화 삼매경에 빠져있는 사람들이 거의 항상 있다. 유튜브를 보고, 웹서핑을 하고,

톡을 하고, 심지어 친구와 함께 게임으로 대동단결 깊은 우정을 나누고. 교실에서만 그럴까? 여기저기 오가는 틈틈이, 공부하다 틈틈이, 자기 전에 애써 짬 내서 열심히들 한다. 그렇게 열심히 하는 게 휴대전화가 아니라 더 생산적인 다른 무엇이었으면 자신의 오늘이 바뀌고, 자신이 속한 공동체가 바뀌고, 지구가 바뀌는 신세계가 열렸을지도…. 공부할 시간을 허비하고, 잠잘 시간을 죽이고, 집중력을 흐트러뜨리는 휴대전화! 안타깝지만 고3에겐 그리 좋은 물건이 못 된다. 스스로 막을 수 없다면 아예 휴대전화를 없애버리는 결기! 지금 네가 비장한 장수의 마음으로 '일휘소탕(一揮掃蕩)'[22] 해야 할 것은 SNS, 유튜브 그리고 스마트 하게 삶을 좀 먹고 있는 휴대전화가 아닐까?

✎ 8. 바람 앞에 갈대 같은 고3

대학에 가는 방법이 복잡 다양해졌다. 그래서 준비 초기에 정확한 목표를 설정하고, 그 목표까지 어떤 방법으로 도달할 것인지 입시 전략을 짜는 것이 중요하다. 자기에게 맞는 확실한 전략을 짜면 그만큼 성공의 가능성을 높일 수 있는 게 요즘의 대학 입시이다. 그런데 뭐가 그리도 가벼운지 여기 찔러보고, 저기 맛보고, 이것 조금 저것 조금, 앞에 봤다가 뒤에 봤다 당최 바람 앞에 갈대 같은 고3들이 있다. 확실한 중심을 못 잡고, 누가 이 말 하면 솔깃했다, 저 말 하면 또 솔깃하는 유형이다. 신뢰할 수 있는 누군가와

---

22) 아산 현충사에 있는 이순신 장군의 장검 두 자루에 새겨진 문구 중 일부이다. 전체 문구는 "삼척서천 산하동색(三尺誓天 山河動色), 삼척 칼로 하늘에 맹세하니 산하의 빛이 변한다", "일휘소탕 혈염산하(一揮掃蕩 血染山河), 크게 한번 휩쓸어버리니 피가 산하를 물들인다."이다.

함께 전략을 짰다면 확실한 실패가 예상되지 않는 한 일정 기간 뚝심 있게 밀어붙여야 한다. 입시에 빠르고, 쉬운 길이 어디 있겠는가?

✏️ 9. 자신감과 자존감이 없는 고3

'나 잘났다' 자기 능력을 지나치게 과신하는 것도 문제지만, 자신이 가진 능력을 바로 보지 못하고 난 안 될 거라 지레짐작하는 것도 문제다. 겪어보면 자신이 가진 현실적 능력보다 반 발 더 자신감이 있어 보이는 고3이 에너지도 좋고, 자신과 주변에 긍정적 영향을 미치고는 했다. 즉, 소위 텐션(tension)이 약간 올라와 있는 상태가 좋다는 말이다. 가뜩이나 해야 할 공부도 많고, 미래에 대한 압박도 심한데 자신감마저 없다면 하루하루가 얼마나 가시밭길이겠는가? 한 가지만 더, 자신감의 원천은 자존감(自尊感)이다. 자꾸 떨어지는 멘탈을 붙잡아줄 마음 근육이 바로 자존감이다. 치열한 전투의 최종 저지선이자 돌격선이 바로 자존감인 것이다. 꾸준히 운동을 해야 울끈이 불끈이가 될 수 있듯, 마음 근육인 자존감도 단련해야 한다. 평소 누구보다 나를 아끼고, 배려하고, 사랑하자.

✏️ 10. 무계획이 상팔자인 고3

'고3이면 다 계획이 있겠지?'는 무슨! 꼭 그렇지도 않다. 재수, 삼수가 아닌 다음에야 누구나 처음 겪는 고3이기 때문이다. 무엇부터 또 어떻게 해야 할지 종잡지 못하고, 제대로 된 계획을 수립하지 못한 채 허송세월만 하다 끝나버리는 경우도 많다. 계획이 없으면 닥쳐오는 온갖 시험 일정과 입시 일정을 한발 앞서 준비하지 못하고, 시간에 허덕허덕 쫓기느라 정신없이 날짜 세기만 바쁘다. 왜 이렇게 시간은 잘 가는지. 하루는 긴 것 같은데 일주일은 짧고, 한 달은 더 짧고, 자고 일어났더니 수능이 코앞이다. 한 것 없이 수능장에 털레털레 가고 싶지 않으면 우선 계획을 세워야 한다. 그렇지 않으면 수능장을 나서면서 정말 시리고, 춥다. 겨울바람의 참맛을 머리끝부터 발끝, 모세혈관 구석구석까지 제대로 맛볼 수 있다. 우리 그러지는 말자.

장마 시작

　　　　　비가 옵니다. 어제까지 무덥고 습하더니 하루 만에 날이 급변했습니다. 오늘부터 장마가 시작됐다고 하니 앞으로 한두 주 정도는 그럭저럭 견딜 만할 것 같습니다. 갑자기 변덕을 부려 도로 쨍쨍해지지만 않는다면 말이죠.

　고등학교 다니는 내내 자전거로 통학을 했습니다. 그래서 오늘처럼 비가 오는 날엔 비닐로 가방을 싼 채 고스란히 비를 맞든가 아니면 우산을 받쳐 들고 자전거를 타는 신공을 보여야 했습니다. 질척거리는 길을 걷느라 운동화를 적셔야 하는 찝찝함보다 그런 불편함을 감당하는 것이 더 참을 만했던 것 같습니다.

　아무래도 비가 오면 이래저래 불편할 법도 한데 오히려 그땐 비가 오는 날이 더 좋았습니다. 등하굣길에 비가 오면 심란한 생각들을 정리하기 수월했고, 학교 공부를 할 때도 차분하게 집중할 수 있었으며, 낮잠을 자거나 밤잠을 잘 때 더 깊고 달게 잘 수 있었기 때문입니다.

　학교 시험 기간과 겹치는 요즘 같은 장마철 비는 더욱 반가웠습니다. 학교나 집에 변변한 에어컨 한 대 없던 그때 청량한 빗소리를 들으며 괜히 마음 땃땃한 감상에 젖기도 하고, 목전의 해야 할 공부부터 다가올 미래까지 끝없는 생각에 골몰하기도 했습니다. 모두 잠든 고즈넉한 밤, 쏴 하는 빗소리와 라디오에서 흘러나오는 발라드 음악 그리고 그것을 듣고 있는 고등학생 나는 그 자체로 훌륭한 조화이고, 화음이기도 했습니다. 돌아보니 비 오는 날의 좋은 기억들이 많습니다.

사실 덥든 춥든, 비가 내리든 해가 쨍쨍하든 상관없이 묵묵하게 자기 길을 가야 하는 것이 고3에게 주어진 일상이라지만 어디 그게 말처럼 쉽습니까? 오히려 더우면 더워 짜증 나고, 추우면 덜덜 떠느라 집중하지 못하고, 쨍쨍하면 쨍쨍해서 딴 데 신경 써야 할 게 더 많아 보이고, 비가 오면 비가 와 꿀꿀해져 힘든 게 탈출구를 찾기 힘든 고3의 우울한 생활일지 모릅니다.

그런데 주변을 잘 관찰해보면 천연기념물 같은 친구들도 있지 않나요? 어떤 환경에서도 이말 저말 하지 않고 제 갈 길을 가는 친구, 변화하는 환경에 둔감해 보이지만, 사실은 적응하는 힘이 강한 친구. 기말고사가 19일밖에 남지 않은 상황에서 시작된 올해 장마철, 어떻게 마음먹고, 생활하는 게 지혜로운 것인지 생각해 볼 일입니다. 대강 따져보니 장마가 끝날 즈음 기말고사도 끝나겠네요. 내리는 비만큼 깊은 지혜로 푹 젖어드는 장마철 되길….

배려와 관용, 애써야 얻는다
- 인천공항공사 비정규직의 정규직화 논란을 바라보며

　　최근 코로나 유행으로 인한 경기침체로 취업 시장의 문
이 더 좁아졌다는 보도를 보았습니다. 그런 사회적 영향 때문인지 인천공
항공사 비정규직의 정규직화에 대한 사회적 관심과 논란이 뜨겁습니다. 한
공기업 사업장에서조차 기업, 취업준비생, 기존 정규직과 비정규직의 이해
가 난마처럼 얽혀 모두가 수긍할 수 있는 해결책 도출이 어려운 모습입니
다. 비정규직의 증가로 인해 겪는 청년들의 아픔이 어제오늘의 일이 아니기
에 문제 해결 전망 또한 그만큼 요원하다는 생각이 듭니다. 비정규직 문제
가 어쩌면 머지않은 미래에 닥칠 여러분과 우리 모두의 문제일 수도 있기에
더욱 마음이 무겁습니다.

　이번 사회적 논란을 접하며 새삼 우리 사회의 깊은 갈등의 골과 부족한
사회적 여유에 대해 생각했습니다. 이 같은 사회적 현상의 이른 개선을 기
대하기는 쉽지 않겠지만, 그래도 긍정적 변화를 향한 꾸준한 노력을 기울여
야겠습니다. 그래야 사회를 구성하는 우리 개개인의 삶 역시 더 나아질 수
있을 테니까요. 정부를 비롯한 각계각층의 노력뿐만 아니라 개개인의 노력
이 함께 보태질 때 변화의 시간표를 보다 앞당길 수 있을 것입니다. 그러면
우리 개개인은 어떤 노력을 할 수 있을까요?

　무엇보다 우리 스스로가 좀 더 배려와 관용의 마음을 갖기 위해 애써야

한다 생각합니다. 배려는 도와주거나 보살피려는 마음이고, 관용은 남의 잘못을 용서하려는 마음입니다. 이런 아름다운 마음은 텍스트로 읽는다 해서 그냥 생기는 건 아닙니다. 더군다나 경쟁 교육에 익숙한 우리가 아닙니까? 따라서 이유 없이 타인을 배려하고 관용을 베푸는 자세를 몸에 배게 하는 일은 더 어려운 일입니다. 어쩌면 우리 사회 곳곳의 갈등이 학교로부터 시작된 건 아닌지 안타까운 생각이 듭니다.

어쨌든 배려와 관용이라는 단단한 마음의 무기를 장착하는 일도 꼭 애씀의 과정이 따라야 가능합니다. 일부러 의도된 노력을 기울이지 않는다면 자기 삶에서 배려와 관용을 일상화시킬 수 없습니다. 자신과 의견이 다른, 자신보다 못난 것 같은, 자신보다 많은 것을 가진 것 같은 사람들을 향한 질시와 비난은 쉽습니다. 객관을 가장해 차가운 시선을 던지고, 은연중 누군가의 좌절과 실패를 조롱하는 건 어렵지 않습니다. 그렇기 때문에 배려와 관용은 더 귀할 수밖에 없는 가치이고, 너그러움을 넘어 용기 있는 사람만이 보여줄 수 있는 사회적 실천이라 할 수 있습니다.

돌아보면 여러분 삶의 어느 순간에도 누군가의 배려와 관용 어린 눈길, 손길, 말, 마음 등이 와닿던 적이 있을 겁니다. 그때를 생각해 보십시오. 얼마나 따뜻했는지, 얼마나 위로가 되었는지, 얼마나 힘이 되었는지.

일자리가 곧 생명이라고 합니다. 비정규직에서 정규직이 되는 것은 더욱 건강한 생명을 누릴 수 있게 되었다는 의미일지도 모르겠습니다. 우리 사회가 정규직의 길이 열린 비정규직을 바라보며 '역차별', '상대적 박탈감'과 같은 차가운 말을 던지기보다 축하와 격려의 따뜻한 말을 해줄 수 있게 되길 희망합니다. 자유롭고 평등한 가운데 인간다운 모습으로 너도 잘 살고, 나도 잘 살고, 우리 모두 잘 살자 하면 너무 큰 바람일까요?

122609!
십이만 이천육백구 명

　　'122609!', 십이만 이천육백구 명! 한국전쟁 70주년이 되도록 돌아오지 못한 참전 군인의 숫자입니다. 한 사람, 한 사람의 존재 가치가 우주와 같다 하는데 122,609명이란 숫자는 너무 무거워 감히 입에 옮기는 일조차 송구하고, 숭고하게 느껴졌습니다. 어제는 한국전쟁 발발 70주년이 되는 날이었습니다. 기념일에 맞춰 전사자 147구의 유해가 북한, 미국을 거쳐 우여곡절 끝에 마침내 고국으로 돌아왔습니다. 전사자의 유해를 뒤로한 채 70년 만에 소리 높여 외친 한 노병의 뒤늦은 귀환 복귀 신고.

　　"충성! 신고합니다. 이등중사 류영봉 외 147명은 2020년 6월 25일을 기하여 조국으로의 복귀를 명받았습니다. 이에 신고합니다. 충성!"

　　70년 세월의 무게를 담아 거수경례로 귀환 신고를 하는 노병과 엄숙한 거수경례로 귀환 신고를 받는 군 최고통수권자의 모습에 가슴이 뭉클했습니다. 122,609명 모두가 다시 우리 조국과 가족의 품에 안길 때까지 우리는 그들의 희생을 잊지 말아야겠습니다. 그것이 애국자를 향한 우리의 마땅한 도리이고, 참된 애국의 가치를 영속시키는 길이며, 우리나라의 역사와 평화를 지키는 무엇보다 강한 무형의 힘이 될 테니까요.

우리 반에는 군인의 길을 가고 싶어 하는 사람이 세 명이나 있습니다. 그리고 우리 반 대부분은 내년과 내후년 병역 의무를 다하기 위한 책임을 다할 것입니다. 할아버지, 아버지, 형들이 그러했듯 여러분 역시 분단 조국의 평화를 지키는 일에 소중한 청춘의 일부를 바쳐야 합니다. 어제 대통령은 6·25가 '가장 평범한 사람'을 '가장 위대한 애국자'로 만들었다 했습니다. 군 복무에 대해 불편한 시각을 갖는 걸 일면 이해하지 못할 바는 아니지만, 그래도 군 복무를 하는 애국의 가치가 폄훼되어서는 곤란한 일입니다. 대통령의 말처럼 우리와 같은 '평범한 사람'들이 건강한 몸과 마음으로 군 복무를 하는 것도 '가장 위대한 애국'임이 분명합니다. 소수의 특별한 영웅이 아니라 '평범한 사람'의 '위대한 애국'이 제대로 조명되고, 존경받을 수 있는 풍토가 자리잡힐 때 우리 한 사람 한 사람도 기꺼이 애국자가 되는 길에 나설 수 있으리라 믿습니다.

이제는 너무 많은 시간이 흘렀고, 전쟁을 겪어 기억하는 세대보다 전쟁의 흔적조차 알지 못하는 세대가 훨씬 더 많아졌습니다. 하지만 아무리 세월이 흘러도 변함없이 지켜야 할 가치와 잊지 말아야 할 사람들이 있습니다. 비록 기말고사를 불과 2주 앞둔 주말이라 정신없는 날들이지만, '122609' 숫자와 그 의미를 잠시나마 생각하는 시간을 가졌으면 좋겠습니다.

그리고 고3인 내가 공부를 하는 것, 지극히 나를 위한 일일 수도 있지만, 어쩌면 지금 당장 실천할 수 있는 평범한 애국은 아닌지, 내 공부가 가진 사회적 지향과 가치는 무엇인지에 대해서도 한번 생각해 봤으면 좋겠습니다.

두 오징어 장수

  '금징어'로 불릴 정도로 귀해진 오징어가 최근 들어 많이 잡힌다기에 지난 주말 오징어회를 사러 시장에 갔습니다. 덥고 습한 날이라 마스크를 쓴 채 장을 보기가 여간 고역이 아니었습니다.

  일단 가까이 보이는 활어 가게에 가서 물었습니다.

  "오징어 얼마예요?"

  "작은 건 2마리 만 원, 큰 건 세 마리 2만 원이요."

  "우와! 비싸네요. 방송에서 많이 잡힌다고 하던데 그것도 아닌가 봐요."

  "비싼 거 아니에요. 앞으로 계속 오를 일만 있어요. 나중에 한 마리에 만 오천 원까지 가요."

  "그럼, 좀 큰 놈으로 골라주세요.

  (뜰채에 떠진 걸 보니 한 마리가 좀 작은 것 같아) 한 마리는 좀 작은 것 같은데……."

  "(쳐다보지도 않고 뒤돌아서며) 원래 그냥 떠지는 대로 드리는 겁니다. 일일이 못 골라드려요."

  오징어를 파는 상인은 파는 내내 '띠띠부리' 그 자체였습니다. 날이 더워서 그랬을까요? 아니면 장사하기가 싫었을까요? 그것도 아니면 집에 좋지 않은 일이 있었을까요? 계속 손님들이 주문하는데도 기쁜 표정과 목소리는 찾아볼 수 없고, 그냥 마지못해 팔고 있는 듯 '당신 아니어도 살 사람 많으니 살려면 사고 말려면 마세요.' 식으로 장사를 하고 있었습니다. 돈을 치르고도 얼마나 찝찝하던지 한소리 던질까 하다가 '마스크까지 쓰고 장사하려니 더워 그러겠지.' 하고 그냥 왔습니다.

그러고 나와 생각해 보니 아무래도 가족이 함께 먹기에 오징어 양이 좀 적은 것 같아 이번에는 다른 활어 가게로 갔습니다.

"오징어 얼마예요?"

"작은 건 2마리 만원, 큰 건 세 마리 2만 원입니다."

"싸다 하던데 비싸네요."

"최근에 찾는 사람은 많은데, 많이 공급이 안 돼서요. 큰 녀석으로만 골라 드릴게요."

"아! 그래요. 그럼, 대왕오징어만큼 큰 거로 골라주세요."

"네, 대왕오징어로만 드리겠습니다. (오징어를 골라 떠 보여주면서) 이거면 될까요?"

"네, 감사합니다."

"마침 다른 손님들이 안 계셔서 큰 것으로만 골라드렸습니다."

이번에 오징어를 판 상인은 목소리에서부터 시장 상인 특유의 '유쾌함'을 보이는 게 이전 상인과는 완전히 달랐습니다. 기분 좋게 가격을 지불하고 돌아서는데 큰 목소리로 다음에 오시면 더 잘해주겠다고 인사까지 해줘 이전 가게에서 받았던 찝찝함까지 탈탈 털어 내주었습니다.

똑같이 오징어를 팔면서 어쩌면 이렇게 다를까요? 시장 상인의 맘속에 들어가 본 것이 아니니 다른 어떤 개인적 일이 있어 그랬는지는 알 수 없습니다. 다만 한 사람은 자기 일을 마지못해 하고 있는 것처럼, 또 한 사람은 자기 일을 응당 즐겁게 하는 것처럼 느껴졌습니다. 한 사람은 손님들의 요구에 짜증스러워했지만, 또 한 사람은 손님들의 마음을 미리 알아차려 유쾌하게 응대했습니다.

저는 먼저 간 가게에는 다시 발걸음을 하지 않기로 마음먹었습니다. 지난 주말 그 두 상인에게 저 한 명이야 2만 원짜리 오징어를 사 간 수많은 손님 중 한 명이었을지 모릅니다. 그런데 한 상인은 제가 앞으로 치를 수 있는 수십만 원의 미래 비용을 잃은 반면, 한 상인은 수십만 원의 미래 비용을 얻었습니다. 그리고 아마 한 상인은 여러 사람의 마음을 잃었을 테지만, 또 한 상인은 그만큼의 마음을 얻었을 것입니다. 하루 만에 티가 나진 않겠지만, 궁극적으로 한 가게는 성공을 향해 나간 것이고, 한 가게는 실패를 향해 나간 것입니다.

무슨 일이든 즐기는 사람을 이기긴 어렵습니다. 마음이 따라주지 않아 자신에게 주어진 일이 짜증 나고, 힘들기만 할 수도 있습니다. 하지만 자신에게 주어진 일을 즐기기 위해 애써 노력하다 보면 마음도 함께 변할 수 있지 않을까요? 결국 '짜증 나! 짜증 나!'를 외치는 사람보다 즐기는 사람이 성공할 가능성이 큽니다. 코로나, 더위, 기말고사…. 힘든 날들의 연속입니다. 무엇을 어떻게 할 것인가! 오징어를 판 상인들에게 그 해답의 단초를 찾아볼 수 있지 않을까요?

📖 오징어 맛은 대체로 좋았습니다. 그런데 똑같은 가격으로 산 오징어인데 하나는 덜 신선하게 느껴지고, 양도 적어 보였습니다. 왜 그랬을까요?

원칙을 지킨다는 것

　　　　어제 한 아버님께서 전화 상담 중 이런 말씀을 하셨습니다.

"살다가 보면 쉬운 길을 택하고, 요령을 부리는 사람보다 원칙을 지키는 사람이 더 인정받고, 성공하는 것 같습니다."

'원칙'의 사전적 의미. "어떤 행동이나 이론 따위에서 일관되게 지켜야 하는 기본적인 규칙이나 법칙."

'원칙!', 무거운 말입니다. 누구나 원칙이 무엇이고, 왜 중요한지는 듣고 배워 잘 알고 있지만, 그것을 지켜 내 삶에 실현시키는 일은 쉽지 않습니다. 때로는 원칙이 아니지만 편한 길을 택하고 싶고, 때로는 원칙 앞에 눈을 감아버리고 싶고, 때로는 자기만의 주관적 시각으로 원칙을 해석해 버리고 싶기도 합니다. 원칙을 지키는 일은 한 살 한 살 나이가 들어갈수록, 아는 것이 많아질수록, 이해관계에 더 밝아질수록, 어려운 상황에 부딪히게 될수록 더 어렵습니다.

원칙을 지키려면 마음을 굳게 먹어야 합니다. 원칙을 잠시 저버리라 속삭이는 자신과의 싸움에서 이겨야 하기 때문입니다. 생활하다 보면 수시로 '요령'과 '꼼수', '지름길'을 외치는 또 다른 자신과 마주하곤 합니다.

'지금 자도 괜찮아. 다음에 더 열심히 하면 되잖아.'

'학교에 가기 싫은데 그냥 코로나 유증상이라 하고 집에서 공부해.'

'잠깐만 게임 해도 돼. 스트레스 풀고 나면 공부가 더 잘 될 수 있잖아.'

'학교에 있을 시간에 차라리 다른 거 하는 게 낫지 않을까?'

'공부한다고 다 성공하냐? 차라리 그 시간에 딴 거 하지.'

'에이! 그만할까?'

열심히 살아가는 과정에서 실수하고, 실패하는 자신에게 너그러운 것은 다시 자신을 일으켜 세우는 강력한 회복탄력성이 될 수 있지만, 힘들다고 우회로를 찾거나 후퇴할 수 있는 길을 찾아 나서는 건 자신을 더욱 나락으로 떨어뜨리는 일이 될 수 있습니다. 처음 어긋난 선택을 하는 일은 갈등이 따르고 어려울 수 있지만, 두 번 세 번 그렇게 하기는 점점 어렵지 않게 될 것입니다. 시간이 흐르다 보면 자기 삶의 원칙을 상실한 채 이렇게 저렇게 꿰맞춰 기운 누더기 같은 자신과 마주하게 되는지도 모를 일입니다.

원칙을 지키는 일은 어려움이 따르는 만큼 그것을 견결히 지켰을 때 그 가치가 더욱 빛나는 법입니다. 요즘처럼 변화의 속도가 빠르고, 도덕이나 삶의 규칙 등에 대한 해석이 분분할수록 원칙을 지켜 살아가는 일은 요령 없어 보이기도 하고, 좀 손해를 보는 일 같기도 합니다. 하지만 시간이 흐를수록 어떤 사람이 일관되게 실천해 온 우리 삶의 보편적 원칙은 변함없는 원칙의 힘으로 많은 사람에게 공명을 일으킵니다. 그런 사람이 비록 소수일지라도 귀하고 소중합니다. 그래서 우리 삶의 공동체는 그런 사람을 더 인정하고, 존중하는 것이 아닌가 싶습니다.

고 신영복 교수님은 이런 말을 남겼습니다.

"현명한 사람은 자기를 세상에 잘 맞추는 사람인 반면 어리석은 사람은 그야말로 어리석게도 세상을 자기에게 맞추려고 하는 사람이라고 했습니다. 그러나 역설적이게도 세상은 이런 어리석은 사람들의 우직함으로 인하여 조금씩 나은 것으로 변화해간다는 사실을 잊지 말아야 한다고 생각합니다."[23]

"'편안함', 그것도 경계해야 할 대상이기는 마찬가지입니다. 편안함은 흐르지 않는 강물이기 때문입니다. '불편함'은 흐르는 강물입니다. 흐르는 강물은 수많은 소리와 풍경을 그 속에 담고 있는 추억의 물이며 어딘가를 희망하는 잠들지 않는 물입니다."[24]

요즘, '원칙'이라는 말을 자꾸 마음속으로 곱씹게 됩니다.

---

23) 신영복, 『나무야 나무야』, 돌베개, 1996, 82쪽.

24) 같은 쪽.

그리워지고, 그리워하고

        일상을 살아가다 문득 어떤 계기로 인해 그동안 잊고 지냈던 대상이 그리워질 때가 있습니다. 마치 우연히 날아든 불티 하나가 금세 온 마음을 태워버릴 것처럼 잔잔하고 진한 그리움에 빠져들 때가 있습니다. 투둑투둑 빗소리, 빛바랜 사진 한 장, 우연히 마주친 살구나무, 먹음직한 참외. 지금 그리움을 촉발하는 저의 불티입니다. 여러분은 어떤가요? 그리운 대상이 있나요? 여러분의 마음에 그리움의 파문을 일으키는 돌멩이 하나는 무엇인가요?

    저에게 그리움은 고향, 아버지, 친구, 20대, 첫사랑입니다. 그리움이 되려면 그때는 잘 몰랐지만 소중한 것이어야 하는 것 같습니다. 과거완료형이어서 현재는 존재하지 않는 것이어야 하는 것 같습니다. 한때나마 내 마음을 바쳤던 것이어야 하고, 그리움의 대상과 시간과 공간을 공유한 적이 있어야 하는 것 같습니다. 그리고 생각하면 마음이 살짝 오그라드는 것 같은 흐뭇함와 애잔함이 함께 동반되어야 하는 것 같습니다.

    시간이 지나 내가 누군가의 그리움이 될 수 있을까요? 만약 어느 한 사람의 그리움조차 되지 못하는 삶을 산다면 얼마나 쓸쓸할까요? 훗날 그리움의 끈으로 누군가와 연결되기 위해 오늘 무엇을 해야 할까요?

    그리움이 될 시간의 공유가 중요한 것 같습니다. 친구, 부모님, 선생님 그리고 알고 지내는 소중한 사람들과 함께 시간을 보내는 것입니다. 이때, 평범한 시간도 물론 추억이 되고 그리움의 소재가 될 수 있겠지만, 보다 의미 있는 시간을 함께한다면 오늘의 시간이 미래의 그리움이 될 가능성이 더 커질 것입니다. 무엇을 하는 것이 의미 있는지는 저마다 다르겠지요. 마음을 주고받으며, 시간을 나누되 소중한 의미를 담을 수 있는 일을 생각했으면 합니다.

저는 여러분들의 그리움이 되고 싶습니다. 그리고 여러분들이 저의 그리움이 되었으면 좋겠습니다. 서로에게 그리운 의미가 되기 위한 오늘의 만남과 시간의 소중함을 다시 또 가슴에 담습니다.

정희성 시인의 시 「한 그리움이 다른 그리움에게[25]」 감상으로 글을 마무리합니다.

어느 날 당신과 내가

날과 씨로 만나서

하나의 꿈을 엮을 수만 있다면

우리들의 꿈이 만나

한 폭의 비단이 된다면

나는 기다리리, 추운 길목에서

오랜 침묵과 외로움 끝에

한 슬픔이 다른 슬픔에게 손을 주고

---

25) 정희성, 『한 그리움이 다른 그리움에게』, 창작과비평사, 1991.

한 그리움이 다른 그리움의

그윽한 눈을 들여다볼 때

어느 겨울인들

우리들의 사랑을 춥게 하리

외롭고 긴 기다림 끝에

어느 날 당신과 내가 만나

하나의 꿈을 엮을 수만 있다면

📖 다 쓰고 나니 달달~ 하니 오글거리네요. 그리움! 애잔하면서도 따뜻한 말입니다.

두려운가요?
- 시험을 두려워하는 그대에게

두려운가요? 학급 모둠 일기장에 쓴 글 곳곳에서, 상담하는 동안 보이는 눈빛과 시선, 몸짓과 말에서 닥친 기말고사에 대한 두려움과 미래에 대한 불안함을 읽습니다. 기실 '두려움'이란 특별한 건 아닙니다. 어렸을 땐 무서운 옛날이야기 속 도깨비가 두렵고, 좀 커서는 친구 관계가 잘못될까 두렵고, 고3이 되니 성적과 입시가 두렵습니다.

좀 더 나이가 들면 어떨까요? 군대 가는 게 두렵고, 여자 친구 못 사귈까 두렵고, 괜찮은 조건과 연봉을 주는 곳에 취업하지 못할까 두렵습니다. 더 나이가 들면 돈을 많이 못 벌까 두렵고, 집을 사지 못할까 두렵고, 가족을 보살피지 못할까 두렵고, 건강을 잃을까 두렵습니다.

거기서 또 더 나이가 들면 어떨까요? 부모님을 여의는 것이 두렵고, 늙어가는 것이 두렵고, 죽음이 두렵다고들 합니다. 이처럼 '두려움'이란 우리 삶의 전 생애 곳곳에 늘 존재하는 감정입니다. 그래서 두려움을 갖는다는 건 어쩌면 지극히 인간적인 일이라 할 수 있습니다.

만약 인간이 두려움을 느끼지 못했다면 인간이 이처럼 오랜 시간 생존하고, 문명을 발전시키지 못했을 겁니다. 두려움이 있기에 천적들에 맞서 조심스러운 삶을 살 수 있었고, 두려움을 떨치기 위해 스스로를 지킬 힘을 길

렀고, 종교와 사상, 문화를 발전시켰으며, 과학과 지식, 문명을 발전시켜왔다고 할 수 있습니다.

문제는 두려움 그 자체가 아니라 두려움의 정도입니다. 두려워해야 하는 상황에서 두려워하지 않는 것도, 두려워하지 말아야 하는 상황에서 두려워하는 것도 모두 다 비정상입니다. 적절한 강도의 건강한 두려움을 가질 필요가 있는데, 그것이 말처럼 쉬운 일은 아닙니다. 개인마다 타고난 성향의 차이도 있고, 성장하는 환경에 따른 과정적 차이도 있기 때문에 절대적 기준의 표준화된 두려움을 정량화하는 건 실상 불가능한 일입니다.

그럼, 어떻게 해야 할까요? 두려움의 원인을 먼저 살펴야 한다고 생각합니다. 대개 두려움은 자기 자신에 대한 신뢰 부족이나 어떤 상황에 대한 대처 노력 부족에서 발생하는 게 아닐까요? 이번 내신 마지막 기말고사도 마찬가지입니다. 스스로 해낼 수 있다는 자신감이 부족하고, 중요하다는 인식만큼 실천적 노력을 하지 못하고 있기 때문에 두려운 게 아닙니까? 결국, 스스로 가져야 하고, 스스로 해야 하는 겁니다. 지레짐작하지 말고, 자신을 믿고 노력함으로써 거센 파도처럼 밀려드는 두려움을 건강한 두려움으로 만들어 타고 넘을 수 있습니다.

한편, 시험에 대한 두려움이 나만 갖는 특별함이 아니라 친구들 모두가 겪는 문제임을 인식할 필요도 있습니다. 혼자 비바람을 맞고 서있는 것이 아니라 모두 함께 비바람을 맞고 서있다는 동질감을 갖게 되면 더 이상 이상할 것도 없고, 오직 나만이 그 두려움에 질식될 필요도 없습니다. 상황적 동질감에 대한 인식에서 한발 더 나아가 두렵고 아픈 사실을 친구와 함께 이야기 나눌 수 있다면 불안한 감정을 더욱 반감시킬 수도 있을 것입니다.

심리학자 알프레드 아들러는 늙음과 죽음에 대한 두려움도 자식들이나 문명의 성장에 기여한 자각으로 극복할 수 있다[26]고 했습니다. 즉, 두려움이 긍정적이고 영속적 가치를 낳는다는 사실을 알면 죽음의 두려움마저 극복할 수 있다는 이야기입니다. 여러분들이 느끼는 지금의 두려움 역시 자기 삶을 긍정적으로 밀어 올리는 힘이 될 수 있습니다. 미래 시간의 기준에서 볼 때 오늘의 힘듦은 분명 이유가 있을 겁니다. 그걸 어떻게 아냐고요? 미래를 미리 살 수는 없지만, 현재 서있는 위치에서 지난 시간을 돌아보는 일은 할 수 있지 않습니까? 아쉬운 과거, 제대로 된 두려움을 갖지 못했던 지난 시간이 오늘의 나를 어떻게 만들었나 생각해 보기 바랍니다. 과거는 현재로, 현재는 미래로 이어집니다. 과거를 어떻게 할 수는 없지만, 미래는 여전히 가능성입니다.

두려운가요? 괜찮지는 않을 수 있어도 이상한 건 아닙니다. 두려움에 대처하는 현명한 자세가 중요합니다.

---

26) 알프레드 아들러, 『아들러의 말』, 부글북스, 2017. 86쪽.

오늘은 어떻게 기억될까?

　　　　　금요일입니다. 새삼스러울 일 없는 일상과 꿋꿋이 흘러가는 시간에 올라탄 채 다시 또 주말을 맞았습니다. 굳이 의식하지 않아도, 내가 앞서 주도하지 않아도 시간은 흘러갈 것이 분명합니다. 하지만 처지가 처지이고, 시기가 시기인 만큼 흘러가는 시간을 꽉 붙잡아놓고 요리조리 쪼개 활용하는 지혜가 중요하겠죠?

　머리로는 시간 활용 잘해야지 하면서도 사실 시간 흐름에 대해 이중적인 태도를 보이는 경우가 많습니다. 어서 빨리 지나가라 하는 마음도 있고, 천천히 그만 좀 가라 하는 마음도 있고. 특히, 시험을 앞두고 있을 땐 하루에도 열두 번씩 마음이 왔다 갔다 하곤 합니다. 다행히 개인적 준비가 끝난 상태로 어서 가라 하면 괜찮지만, 별 준비도 없이 어서 가라 하면 지나고 난 뒤 아쉬움만 남고 말 겁니다. 천천히 가라 하는 마음도 그렇습니다. 별반 하는 것도 없이 애매한 상태라면 시간이 천천히 간들 과연 잘 준비할까요? 결국, 잘 준비하고, 준비된 사람은 어떻게 시간이 흘러가도 더 나은 결과를 낼 수 있을 겁니다.

　멀리 돌아보면 열 손가락 끝마디 피부가 벗겨지고, 아침마다 코피를 쏟을 정도로 간절히 준비했던 제 학창 시절 시험 준비 시간도 지금은 그저 아스라할 뿐입니다. 매일 매일 분투했던 시간들과 공부, 가슴 터지게 일었던 번

민과 고뇌들. 아무리 떠올려보려 애써도 시간의 더께에 묻혀 구체적 실상으로 잘 그려지진 않습니다. 다만, '그래도 할 수 있는 만큼은 했어!' 하는 나직한 마음의 소리, 온 동네가 잠든 어두운 밤에도 불을 밝혔던 내 방, 늦은 밤 흘러나오던 라디오 음악 소리, 힘듦을 토로하면서도 격려를 잊지 않았던 친구들, 열심히 하라며 웃어주시던 한 선생님의 얼굴이 띄엄띄엄 떠오를 뿐입니다.

언젠가 여러분들의 시간도 저만치 지나가 있겠지요. 그때 여러분들은 이 시간들을 어떻게 기억하게 될까요? 기억 저편에 어떤 인상과 장면이 오래된 사진처럼 남을까요? 저마다 다르겠지만, 부디 큰 회한이 남지는 않았으면 좋겠습니다. 정신 못 차릴 만큼 치열해도 남는 아쉬움은 있습니다. 하물며 과정의 치열함이 없다면야 얼마나 후회와 공허가 크겠습니까?

이팔청춘! 세상 어느 꽃도, 저 하늘 어떤 별도 여러분보다 향기롭거나 빛나지 않습니다. 청춘이 청춘일 수 있는 건 마음이 푸르기 때문입니다. 푸른 마음은 순수한 열정입니다. 자신에게 순수한 열정을 바치는 주말 되길….

한 중동 전문가와의 만남

　　　　　30여 년 전 국내 대학에서 아랍어를 전공한 후 중동 지역 국가로 혼자 유학을 가 공부를 함. 당시만 해도 아랍어를 전문적으로 구사할 수 있는 사람이 전무한 상태였음. 이후 중동 및 아프리카 지역에서만 무려 25년 정도를 주재원으로 일함. 전 대우 그룹 김우중 회장을 수행한 적이 있음. 현재는 재직 기업의 자문역으로 주 2회 출근하며, 개인 사업을 하고 있음. 젊은 시절 그림을 그리는 사모님을 위해 미술관을 지어주겠노라는 약속을 한 적이 있고, 작년에 그 약속을 지키기 위해 작은 개인 미술관을 개관함. 25년 해외 생활을 하며 차곡차곡 모은 각종 소품 등을 한데 모아 전시하고 있음. 자녀 중 아들은 영국에서 학위를 받았고, 고연봉 국제 기업에서 입사 제안을 받았으나 마다함. 현재 그 아들은 국제구호개발 NGO인 세이브더칠드런 한국지부 기획팀에 입사한 후 비록 적은 연봉이나 의미 있게 봉사하는 일에 만족하고 있음.

　지난 주말 우연히 만난 어떤 분의 살아온 삶의 간단한 이력입니다. 긴 삶의 영화 같은 스토리를 너무 줄여 송구할 따름입니다.

　중동 생활 30여 년, 삶의 황금기를 모두 다 쏟아부은 셈인데 그런 남다른 선택과 생활의 밑바탕이 무엇일까 궁금했습니다. 그래서 물었습니다. 30

년 전 '아랍어', '중동'이면 그야말로 불모지인데 어떻게 선택하시고, 실행할 생각을 했는지. 그분께서는 이렇게 대답했습니다.

"아무도 하지 않으니까 해보고 싶었습니다. 누구나 다 하는 거면 재미도 없고, 성공하기도 쉽지 않을 것 같았어요."

그래도 두렵지 않았는지 물었습니다.

"왜 안 그랬겠어요. 지금이야 제 후배들이 아랍어 교재도 쓰고, 교수도 하고 있고, 배우려는 사람들도 좀 있지만, 그때만 해도 전혀 없었습니다. 더 공부하기 위해 리비아에 유학 갔을 때 처음에는 막막했지요. 그래도 한번 해보자고 마음먹으니까 익숙해지더군요."

이런저런 대화를 나눈 후 혹시 이제 막 사회생활을 하려는 젊은 친구들에게 조언해 주실 말씀이 없는지 여쭤보았습니다.

"좀 더 용기 있었으면 좋겠어요. 해외까지 눈을 넓혀 보면 할 일이 많습니다. 남들이 가지 않는 길을 가야 더 의미 있는 삶을 살 가능성도 커지지 않을까요? 아직도 중동은 가능성이 많은 곳입니다."

살아가며 나와는 결이 다른 삶을 살고 있는 사람을 만나는 건 언제나 설레는 일입니다. 만약 그 새로운 사람이 내가 모르는 어떤 길을 의미 있게 걸어갔고, 그 길을 통해 어떤 성취를 경험한 사람이라면 그 만남의 의미는 더욱 배가 됩니다. 그런 만남을 통해 때로는 배우고, 때로는 강력한 삶의 영감을 얻을 수도 있기 때문입니다.

이번에 만난 그분은 미래에 대한 불확실함과 두려움, 뿌리내리지 못해 흔들릴 수밖에 없는 어려움을 젊음을 무기로 거침없이 돌파해낸 사람이었습니다. 도전과 용기로 세상을 향해 목소리를 높이는 청년 정신을 삶으로 보여준 분이었습니다.

이야기를 나눌수록 더 인상적이었던 건 그분의 지난 과거 스토리가 아니라 지금 현재의 삶이었습니다. 비록 은퇴했음에도 여전히 자기 삶을 가꾸느라 분주한 모습에서 은퇴자 특유의 여유나 쓸쓸함은 찾아볼 수 없었습니다. 오히려 젊은 사람들보다 더 활동적이고, 바쁘게 사회 활동을 하는 모습에 고개가 절로 숙여졌습니다. 또한, 그분의 말과 행동 하나하나에 배인 국제적 감각과 교양, 배려를 느끼며 '야! 저런 분은 조용히 혼자 있으려고 해도 주변에서 가만두지 않겠구나!' 하는 생각도 들었습니다.

　여러분들도 중요한 선택의 갈림길에 서있습니다. 어떤 선택을 하게 될지, 그 선택이 나에게 어떤 결과를 가져다줄지, 내가 원하는 선택을 하게 될지 아닐지 아직은 어떤 것도 확실한 게 없습니다. 아직 앞으로 어떤 길을 가게 될지는 모르지만, 다만, 어떤 길을 가게 되더라도 단단히 지켜내야 할 마음가짐이 있는 것 같습니다. 도전! 용기! 그건 차돌처럼 단단한 마음입니다. 결코 지향하고, 지켜내기 쉽지 않은 마음이기도 합니다. 하지만 그 마음 한 자락을 끝까지 놓치지 않으려는 사람이 더 빛나는 삶을 살 것은 분명한 이치인 것 같습니다.

소중한 내 삶, 질기게 질기게

　　　　　입시 상담을 하다 보면 성적도 성적이지만, 생활기록부에 적힌 내용을 유심히 보게 됩니다. 입시에 있어 종합 전형이 상당 부분을 차지하다 보니 그동안도 인상적인 비교과 활동을 한 졸업생, 재학생들이 꽤 있었습니다. 재작년쯤 이보다 더 좋을 수 없다고 할 만큼 질적, 양적으로 좋은 생활기록부를 가지고 서울 유수의 대학에 합격한 친구가 있었습니다. 시간이 좀 흘러 졸업한 동기들과 함께 여럿이 찾아와 가볍게 이런저런 이야기를 나누는 자리가 있었습니다. 한 친구가 그 친구에게 물어보았습니다.

"야! 너 예전에 아마존 제프 베조스(Jeff Bezos) 같은 CEO가 되겠다고 했잖아?"

"내가 그랬냐? 그건, 그때 이야기지. 지금은 술 먹고, 수업 들어가기도 바빠!"

이야기를 들으며 내색은 안 했지만, 적잖이 실망스러웠습니다. 고등학교 때의 꿈이 단순히 대학 진학을 위한 도구에 불과했다니…. 대학에 가는 순간 푸른 이상은 오간 데 없이 팍팍한 현실만 냅다 들여다보고 있다니…. 꿈을 수단화시키게 만든 우리 교육의 현실적 문제와 모순을 고려하더라도 씁쓸하긴 매한가지였습니다.

점점 나이가 들어가며 현실의 문제에 치여 자기 한 몸 똑바로 건사하기도 쉽지 않다는 건 부인하지 않습니다. 하지만 푸른 이상과 꿈을 실현해 보겠노라 그렇게도 아등바등 공부하고, 발표하고, 토론하고, 봉사하고, 헌신하고, 연구했던 고등학교 3년의 시간을 그토록 짧은 시간 만에 한갓 별것 아닌 말 안줏거리 정도로 전락시켜도 되는 걸까요? 스스로 세우고, 전망해 보았던 매력적인 가능성을 그토록 쉽게 무너뜨려도 되는 걸까요?

어쩌면 스스로 포기해 버린 꿈과 무너뜨려 버린 가능성이 자신만의 삶만 후퇴시킨 게 아닐 수도 있습니다. 이상과 미래를 향해 나아갔더라면 그 길에서 만났을 이름 모를 사람들, 긍정적 영향과 도움을 주고받았을 수없이 많은 사람. 그 많은 사람의 꿈과 가능성까지 후퇴시킨 꼴이 되어버린 건 아닐까요?

쉽게 굴복하지도 포기하지도 않았으면 합니다. 진짜는 스무 살부터입니다. 고등학교 때 품었던 꿈을 본격적으로 실현해낼 수 있는 때도 스물부터이고, 함께 꿈을 꿀 수 있는 친구들과 한마음으로 거사를 도모할 수 있는 때도 스물부터입니다. 고등학교 때가 큰 틀의 콘텐츠를 계획하고, 고민하는 때라면 스물부터는 실제로 스토리를 만들고, 살을 입히는 때입니다. 이렇게 생각해 보면 어느 대학을 가느냐보다 더 중요한 건 청년 시절을 어떤 마음으로, 어떻게 보내느냐 하는 것입니다.

중요한 청년 시절의 시작을 "내가 그런 생각을 했었다고?", "야, 그건 옛날이야기지", "그건 현실적이지 않아."라고 말하며 걷기 시작한다면 그런 사람의 앞길에서 어떤 기대와 전망을 읽어내긴 어려울 것 같습니다. 하물며 그런 사람에게 나의 꿈과 우리의 희망을 투영시키긴 더 어렵겠지요.

꿈은 말이죠. 꿈을 꾸는 사람은 이루고, 꿈을 꾸지 않는 사람은 결코 못 이룹니다. 자신이 할 수 있다고 생각하는 사람은 해내고, 할 수 없다고 생각하는 사람은 절대 못 해냅니다. 이는 단순하지만 명쾌한 삶의 진리입니다.

꿈을 꾸세요. 끝까지. 끝까지 가봐야 진짜 끝을 알 수 있으니까요. 지레짐작하고, 쉽게 포기하지 마세요. 질기게 질기게 가세요. 소중한 내 삶이 잖아요.

관계의 빚

우리는 얽히고설킨 다양한 관계 속에서 삶을 살아가고 있습니다. 관계망 속의 사람들과 서로 시선을 주고받고, 이야기를 나누며, 뜻과 행동을 함께합니다. 그런 가운데 때로는 가까운 사이로 발전하기도 하고, 때로는 다소 먼 사이가 돼버리기도 합니다. 만나는 모든 사람과 관계를 지속하며 서로 깊어지는 사이가 되면 좋겠죠. 하지만 만났던 많은 사람 대개는 함께하는 시간과 공간이 달라지면서 서로의 기억 속 한편에 아스라이 자리한 사이가 되는 게 더 자연스러운 일인 듯합니다.

한 학급에서 만난 우리는 서로의 마음속에 어떤 모습으로 기억되게 될까요? 나를 보며 따뜻한 눈빛을 보내준 사람, 나를 위해 진심 어린 말을 건네준 사람, 서로의 희망과 목표를 응원하고 존중하며 함께 공부해 준 사람으로 기억된다면 의미 있다고 말할 수 있지 않을까요?

떠올려보세요. 자기 기억 속에 남은 의미 있는 누군가를. 그 누군가가 지금의 나에게 어떤 영향을 미쳤는가를. 오늘의 나는 의미 있는 누군가에게 관계의 빚을 지고 살고 있는지도 모릅니다. 나를 향해 보내준 따뜻한 눈빛도 그렇고, 상대가 건네준 고마운 말도 그렇고, 나를 위해 나눠준 시간도 모두 빚일 수 있습니다. 서로의 만남 속에서 내가 받은 것보다 준 것이 많아도 관계의 빚은 있을 수 있습니다. 하물며 내가 받은 것이 더 많다면 그

빚의 크기는 가늠하기 어려울 수도 있겠죠. 사람들과의 관계 속에서 진 빚이야 강제로 갚아야 할 것도 아니고, 특정 시간을 정해 그때까지 꼭 갚아야 할 것도 아닙니다. 하지만 인간적 관계와 도리 속에서 갚아야 할 무형의 빚임은 분명합니다. 비록 갚지 않아도 누가 뭐라 할 사람은 없지만, 그래도 스스로 지어 올린 마음속 꺼림칙함은 살아가는 내내 남을 겁니다.

미래에 너무 많은 관계의 빚을 남기지 않기 위해서라도 현재의 만남과 관계에 좀 더 충실할 필요가 있는 것 같습니다. 옆에 있는 친구에게 따뜻한 말과 시선을 보내고, 서로를 진심으로 응원하는 것, 그것이 우리가 관계 맺음을 위해 지금 할 수 있는 작지만 소중한 노력입니다.

얼마 남지 않은 시험 준비 기간, 서로에게 힘이 되었으면 합니다.

'기대의 표준치'에서 나는

주변에서 나를 바라보며 기대하는 모습이 있고, 나 스스로 나에게 바라는 모습이 있습니다. 이 둘 사이의 거리가 가깝다면 별 갈등 없이 주변인들과 어울려 살 수 있지만, 만약 이 둘 사이가 상충한다면 이런저런 갈등을 겪게 될 수 있습니다. 주변의 기대가 터무니없거나 내가 바라는 모습이 그 정도를 크게 벗어나지만 않는다면 대개 주변의 기대와 나의 바람의 수준이 일치하는 경우가 많은 것 같습니다. 그래서 보통 소소한 갈등은 있지만, 아주 심각한 갈등은 겪지 않고 지금까지 잘 살아온 게 아닐까요? 주변 사람들과 별일 없이 어울리고, 스스로 생각해도 큰 후회는 없게 말이죠.

이렇듯 우리의 삶에는 일정한 '기대의 표준치'가 있는 것 같습니다. 실제 현실에서 기대를 실현해내는 문제와는 별개로 나를 향한 타인의 기대와 나의 기대가 어느 정도 일치하는 일반적 표준치가 있는 것 같다는 이야기입니다. 그럼, 우리 삶의 과정에서 생각해봐야 할 '기대의 표준치'는 무엇일까요?

갓 태어나서 유년기까지는 잘 먹고, 잘 싸고, 잘 웃고, 잔병치레 덜 하는 것이 타인과 나의 기대입니다. 그리고 유년기를 넘어 아동기에는 잘 뛰고, 잘 놀고, 잘 말하고, 쓸 수 있는 것이 기대의 표준입니다. 초등학령기에는 어떤가요? 건강하게 정신을 발달시키고, 기초적인 학습 수준을 달성하고, 놀이를 포함한 다양한 활동을 하며 삶의 영역을 좀 더 넓히는 것이 기대의 표준입니다. 중학생 때는 좌충우돌 사춘기를 부드럽게 타고 넘고, 넓어진 대인 관계를 원만하게 하며, 하루가 다르게 발달하는 몸과 정신에 스스로 적응하면서 좀 더 심화된 학습 수준을 달성하는 것이 그것입니다. 그럼, 여러분과 같은 고등학생 때는 무엇이 '기대의 표준치'일 수 있을까요? 주체적이고, 신뢰받을 수 있는 사회인이 되기 위한 자기 진로 계발을 하고, 완전히 성숙한 몸과 마음에 대한 자기 책임을 다하며, 평생 남을 깊은 우정을 쌓고, 미래를 위한 학교 공부와 입시 준비를 빈틈없이 하는 것입니다.

최근 여러분은 '기대의 표준치'에 얼마나 가깝게 살고 있나요? 두 달여 지켜본 결과 앞서 이야기했듯 대개는 표준에 가깝게 잘살고 있는 것 같습니다. 하지만 그렇지 못한 사람들도 분명 있습니다. 안타까운 노릇입니다. 대학은 가겠다면서 정작 공부는 안 하고, 목표는 크면서 그만큼 노력하지 않고, 학교에 오는 것조차 버거워하거나 이 핑계, 저 핑계로 아까운 시간을 허비하는 모습. 어떻습니까? '기대의 표준치'에서 좀 벗어난 경우가 아닌가요? 계속 그러하면 결국 갈등이 생겨 점점 커질 수밖에 없고, 자칫 파국으로 치닫게 될지도 모를 일입니다. 이미 심심찮게 파열음이 들립니다. 집에서는 부모님으로 하여금 심적 갈등을 겪게 하고, 때로는 부모님과 말로 툭탁대기도 하며, 학교에서는 선생님을 고민에 빠뜨리고 한숨짓게 합니다.

삶의 과정은 계단을 오르는 것과 비슷한 면이 있습니다. 한 계단 한 계단 밟고 올라가야 다음 계단을 오를 수 있기 때문입니다. 힘들다고 너무 오랫동안 멈춰 서거나 다시 뒤돌아간다면 더 높이 올라갈 수 없습니다. 모두 함께 다음 삶의 과정으로 넘어가는 계단을 잘 올라갔으면 하는 바람입니다. 그때그때 충족해야 할 최소한의 기대 표준을 달성하며 나이도 들어가고,

각자의 삶 역시 더 원숙해졌으면 합니다. 혹시라도 자신이 자신과 주변을 힘들게 하고 있다면 너무 그러지 말자고요. 나도 귀하고, 내 주변도 소중하니까요.

시험에 대한 회상

시험 전 마지막 금요일입니다. 교실에 들어갈 때마다 임박한 시험에 대한 팽팽한 긴장감을 읽을 수 있었던 하루였습니다. 하는 사람과 하지 않는 사람이 분명하게 갈린 하루이기도 했습니다. 평소 노력한 사람이, 힘듦을 견디고 인내한 사람이, 미래에 대한 진지한 목표를 다진 사람이 결과도 역시 정의롭게 장식하길 고대합니다.

돌아보면 저 역시 어떤 시험도 긴장하지 않고 만만하게 본 시험은 없었던 것 같습니다. 이는 여러분도 마찬가지일 겁니다. 만약 어떤 시험이 만만했다면 그 시험 자체가 별 의미가 없었거나 아니면 시험을 치른 사람이 유달리 철(鐵)의 심장을 가진 사람이었거나 그도 아니면 그냥 철이 없는 사람이었거나 그중 하나이지 않았을까요?

저의 시험을 돌아봅니다. 초등학교 저학년 때 딱딱하고 무거운 나무 의자에 시험지를 놓고 교실에 꿇어앉아 봤던 받아쓰기 시험을 잊지 못합니다. 그 시험이 제 기억 속 첫 시험입니다. 삐뚤빼뚤 글씨를 쓰며 어린 마음에 얼마나 떨리던지…. 지금은 없어졌지만, 제가 초등학교에 다닐 때만 해도 월말고사라는 제도가 있었습니다. 지금으로 따지면 내신 시험을 매달 보는 것과 같은 제도라고 할 수 있죠(시험 대비로 본 문제집 이름도 '이달학습', '다달학습'이었습니다). 월말고사를 보는 날 아침마다 새벽같이 학교에 나가 아직 열리지도 않은 교실 문 앞에 쭈그려 앉아 공부하곤 했습니다. 애써 노력해도 성적이 떨어지면 얼마나 속상했는지 모릅니다. 심지어 그 때문에 담임 선생님께 혼나기라도 하면 그렇게 자존심이 상할 수가 없고, 자존심이 상한만큼 더 해내기 위해 또다시 아등바등거리고.

중학교에 올라갔더니 중간, 기말고사 성적을 등수로 매겨 복도에 공개하더군요. 지금은 상상도 못 할 일이지만, 그땐 그랬습니다. 내 등수를 확인하고, 친구의 등수를 확인하며 안도하기도 하고, 부러워하기도 하고, 살짝 질시도 하고. 입학시험을 치르고 고등학교에 가니 수능에 대한 압박이 말도 못했습니다. 내신에다 거의 매달 한 번 이상 치렀던 교육청과 사설 학원 모의고사들. 아마 3년 동안 치렀던 시험지만 다 합쳐도 큰 박스 하나쯤은 거뜬히 채울 수 있었을 겁니다. 대입에 대한 걱정 속에 치른 수많은 시험 때마다 말로 다 못 할 스트레스와 결과에 대한 일희일비가 있었습니다. 성적표에 표기된 숫자와 그려진 그래프에 천당과 지옥을 왔다 갔다 해야만 했습니다. 그렇게 학창 시절에서 시험은 늘 좌절과 희망의 또 다른 이름이었습니다. 이후 대학에 가서도 크고 작은 시험은 계속되었습니다. 고등학교 때만큼은 아니었지만 그래도 먹고 사는 문제와 직결될 수 있기에 부담이 되지 않을 수 없었습니다.

돌아보면 시험은 중학교, 고등학교, 대학을 거치면서 다음 또 다음 단계로 넘어가는 징검다리 같은 역할을 했습니다. 그런데 그 징검다리는 뒤로 돌아갈 수 없는 징검다리였고, 한 번에 저 멀리까지 뛰고 싶다고 폴짝 건너뛸 수 없는 징검다리였습니다. 그래도 비록 저의 경우엔 아쉬움은 있었어도 징검다리를 건너다 큰 실수를 해 물에 풍덩 빠지지도 않았고, 그때그때 뛰어 닿아야 할 돌덩이 하나하나를 놓치진 않았습니다. 그 시절을 지나온 많은 사람이 그러했듯 힘든 과정이 있었습니다. 좀 더 의미가 있었던 건 그 힘든 과정을 거치며 좋은 사람들과의 인연이 남았고, 머리와 가슴에 의미 있는 가르침이 남았다는 것입니다. 때때로 운도 따랐음을 회상합니다. 그 모든 것이 징검다리를 건널 수 있었던 힘의 총합이었습니다.

다음 주 월요일부터 치르는 여러분들의 시험을 자신 앞에 놓인 징검다리라 여기면 어떻겠습니까? 삶의 긴 강에서 이곳에서 저곳으로, 다시 또 저 먼 곳으로 나아가기 위한 징검다리 말입니다. 건너뛰는 게 두려워 주저앉지 말고, 한 번에 멀리 뛸 수 있는 요행을 찾지도 말고, 착지해야 할 지점을 분명히 겨냥해 실수 없이 차분하게 건넜으면 합니다.

시간이 좀 더 흐르고 나면 지금의 시험과 그에 대한 부담, 고민, 걱정, 희망, 좌절을 떠올릴 날이 있겠죠? 좀 편안한 회상을 위해서라도 지금 당장은 꿋꿋하게 맞서야 합니다. 누구와? 바로 자신과 말이죠. 결국, 하는 사람도 자신이고, 안 하는 사람도 자신이며, 넘어서야 할 대상도 자신이고, 후퇴하지 말아야 할 기준도 자신이니까요. 건투를 빕니다.

비바람이 불고, 또 지나가고

　　　　　　건물에 부딪혀 우우웅 소리를 내며 지나가는 거친 바람, 그 바람에 쫓겨 다급하게 흘러가는 먹장구름, 내린다기보다는 옆으로 흩뿌리는 비. 오늘 아침 교실 창문을 열면서 마주한 풍경입니다. 마치 늦가을 태풍이 닥친 것처럼 요란한 장맛날 아침 모습이었습니다.

　오늘처럼 거친 날에 대한 선명한 기억들이 몇 있습니다. 초등학교 6학년 어느 날, 텔레비전에서는 태풍이 상륙했다는 속보가 한창이었습니다. 아마도 호기심과 무모함 때문이었을 겁니다. 태풍을 마주하고 싶어 바다가 훤히 보이는 높은 곳을 찾았습니다. 목포항 여객터미널 옥상. 지금 생각해 보면 그 날씨에 참 무모한 짓이었지요. 그곳에 올라가 바라본 하늘과 바다는 온통 잿빛이었습니다. 오늘처럼 거센 바람이 불고, 비가 흩날렸던 기억이 선명합니다. 태풍의 중심과 마주 섰다는 긴장감! 용기를 가장한 객기! 도전이 아닌 무모함! 어린 눈에도 경이로워 보였던 대자연의 거대한 힘 앞에 혼자 가슴이 벅찼습니다.

　두 번째 기억은 군 복무 시절 실감한 위력적 태풍에 대한 것입니다. 바닷가 암벽에 부딪혀 부서진 파도는 바람을 타고 수십 미터를 날아올라 막사를 덮쳤습니다. 부대 철수를 완료하고, 소수 몇 명만 남아 밤을 지새우는 동안 막사 지붕 위로는 연신 부러진 나뭇가지가 떨어져 내렸고, 막사를 그대로 들어 날릴 것만 같은 바람 소리가 한밤 내 쟁쟁 울렸습니다. 바람이 잦아든 이른 아침 나가서 본 부대는 곳곳이 찢기고, 끊기고, 무너져 있었습니다. 더 충격적이었던 건 한 개에 수 톤이 나가는 테트라포드(tetrapod)[27]가 방파제 앞이 아니라 방파제 위에 올라와 있고, 여기저기 배들이 부서져 있던 모습이었습니다. 인간이 애써 쌓아 올린 것들을 한순간에 날려버릴 수 있는 태풍의 엄청난 에너지를 실감한 날이었습니다.

세 번째는 폭풍을 그린 그림을 본 기억입니다. 시립미술관인 제주 서귀포 기당 미술관에서 본 화가 우당 변시지의 작품. 그의 별명 '폭풍의 화가'가 말해주듯 그의 그림 속에는 거칠게 불어닥치는 제주의 바람이 생생하게 살아있었습니다. 특히 인상적이었던 건 그림 속 한 남자가 폭풍 몰아치는 바닷가에서 위태롭게 시선을 던지고 있는 모습이었습니다. 폭풍을 삶의 일부로 받아들인 채 원망도, 체념도 아닌 그저 바람의 일부가 되어버린 듯한 모습. 지금도 제주와 바람을 생각하면 늘 그 그림들이 떠오릅니다.

아무리 비가 내리고, 폭풍이 몰아쳐도 삶은 계속됩니다. 태풍을 마주하고 싶어 객기를 부렸던 한 아이도, 하룻밤 태풍에 배를 잃고 삶의 터전이 무너졌던 사람들도, 삶을 위협하는 거친 바람을 응당한 자기 삶의 일부로 받아들여야만 했던 제주 사람들조차도 나름의 삶을 이어 왔습니다. 비 내리고 폭풍이 몰아치는 일기의 변화가 당연하듯 어쩌면 우리 삶에서 흐린 날처럼 겪는 버거움과 아픔 역시 당연한 삶의 일부인지 모르겠습니다.

지난주, 여러분들 삶에서 또 한 번의 폭풍이 지나갔습니다. 비록 이미 과거가 되어 아쉬움이 크겠지만, 고교 학창 시절 내신 고사는 사실상 끝이

---

27) 방파제 등에 촘촘하게 설치해 파도를 막아내는 역할을 하는 4개의 뿔 모양으로 생긴 블록으로 콘크리트로 제작하며, 하나당 무게는 5톤에서 100톤이다.

났습니다. 누군가는 몰아치는 바람에 맞서 자신을 온전히 지킨 채 일보 전진한 사람도 있을 것이고, 누군가는 원치 않는 상처를 입어 뒤로 한 발 밀린 채 마음 아픈 사람도 있을 겁니다. 어떤 모습으로 서있든, 미래를 향한 오늘의 삶은 계속됩니다. 저마다 자신이 선 그 자리에서 다시 앞을 봅시다. 폭풍이 걷힌 후 다시 맑은 하늘이 드러나듯 내 삶의 갠 날도 곧 올 곳입니다. 삶은 어제도, 오늘도 변함없이 소중합니다.

삶은 객관식이 아니야

'① ② ③ ④ ⑤' 객관식 시험 문제 오지선다형 선지 번호입니다. 지금까지 학교에 다니는 동안 무수히 봐온 숫자 나열이고, 앞으로의 삶에서 몇 번이나 더 봐야 할지 모를 숫자 조합이기도 합니다. 다섯 개의 숫자 중 답은 오직 하나이고, 나머지 네 개는 오답입니다. 이와 같은 조건에서 오직 하나의 정답이 아닌 다른 선택을 한다는 건 어리석거나 무모한 일입니다. 답과 오답 그 가운데 중간은 없고, 복수 정답도, 답이 없음도 존재하지 않습니다. 선택의 결과는 불과 1초 남짓한 시간 만에 간단히 확인할 수 있고, 자기 번호와 이름 옆에 숫자로 표시된 결과는 쉬운 서열 짓기의 기준임을 인정해 왔습니다.

이번 기말고사도 이에서 별반 다르지 않을 겁니다. 오지선다형 답안에 마킹한 내 선택이 점수가 돼 표시되고, 그 점수와 중간고사 점수, 그리고 1, 2학년 내신 점수 등이 일목요연하게 정리돼 표시된 숫자는 나를 평가하고, 나와 남을 구분 짓는 간편한 수단으로 쓰일 것입니다. 씁쓸하지만 그것이 성적과 능력을 동일시하는 우리 사회의 보편적 방식이고, 입시의 승패를 가르는 현실임을 부정할 순 없습니다.

그런데 말이죠. 시험과 달리 우리 삶은 오지선다형 선택형이 아닙니다. 삶에서 마주하는 '① ② ③ ④ ⑤'는 그중 답이 있을 수도 있지만, 없을 수도 있습니다. 복수 정답이 얼마든지 가능하고, 전체 정답이 있을 수도 있습니다. 삶의 선택에 있어 정해진 오직 하나의 모범 답은 애초에 존재하지도 않고, 누군가 정해놓은 일반적 기준이 꼭 내가 지켜야 할 모범적인 답이라 보기도 어렵습니다.

우리 삶에서 선택과 판단이 필요하지 않다는 말은 아닙니다. 선지의 차별과 경계를 생각할 일이 아니라 선지 간 조합을 생각하고, 현재의 선택을 넘어 미래의 선택까지 고려할 수 있는 안목과 지혜가 중요합니다. 딱 정해진 정답은 없지만, 그래도 좀 더 값어치 있게 자기 삶의 어느 순간을 선택한다면 그 선택들이 차곡차곡 쌓여 삶 전체를 보다 의미 있게 밀어 올려줄 것입니다.

무수한 선택의 기로에서 나름의 올바른 원칙이 없다면 자칫 바람 앞에 흔들리는 갈대가 될 수 있습니다. 그렇게 되지 않으려면 선택의 기준을 바로 세워야 합니다. 기준을 세우려면 나름의 이유와 명분이 있어야 하고, 명분을 가지려면 깊게 생각을 해야 하며, 생각을 깊게 하려면 배움이 있어야 합니다. 그리고 그 배움은 계속되어야 합니다.

교과서와 선생님들의 말 속에는 분명 지혜가 있을 수 있지만, 그것이 전부는 아닙니다. 누구에게든, 어떤 방식으로든 배우고자 하는 뜻만 있으면 배울 수 있습니다. 꼭 사람이 아니어도 마음의 문만 활짝 열면 이름 모를 나무와 동물에게서도 배울 수 있습니다. 나에게 있어 나를 제외한 모든 존재가 지혜를 주는 배움의 대상일 수 있는 것입니다.

입시로 가는 긴 여정에 오지선다형 선택이 중요한 내신 고사는 끝났습니다. 하지만 12월 수능까지 아직 해야 할 몇 번의 오지선다형 선택 시험들이 남았습니다. 그뿐 아니라 오지선다형 선택보다 더 중요한 삶의 선택과 배움은 오늘 이 순간에도 내 앞을 스쳐 지나가고 있습니다. 벌써 배움을 놓아서도, 배우는 자의 자세를 잃어서도 안 됩니다. 한창 배우고, 생각하고, 명분을 세워야 하는 때입니다. 이미 끝나버린 학교 시험에 발목 잡혀 깊은 수렁 속으로 자신을 밀어 넣는 일은 이제 그만했으면 합니다.

스스로를 살리는 것이 곧 우리의 삶입니다. 스스로 살리지 못하면 다른 사람에 의해 살림을 당하게 됩니다. 오늘 하루 어떤 선택을 하고, 무엇을 배웠습니까? 혹시 선택과 배움이 귀찮고 싫다고 뒤로 제쳐놓거나 두 눈을 질끈 감아버리진 않았습니까?

오늘보다 나아진 내일의 교실 모습을 기대합니다.

등나무처럼

　　요즘 체육관 아래 운동장 쪽 스탠드에 등나무 줄기와 잎이 한창 무성합니다. 큰 콩깍지처럼 생긴 열매도 주렁주렁 매달려 있어 그 밑에 서보면 제법 보고 만지는 재미가 있습니다. 등나무에 대해 찾아보니 실제 콩과 덩굴식물로 열매가 콩류로 분류돼 있었습니다.

　'갈등'이란 낱말의 한자어는 '葛藤'입니다. 앞 글자는 '칡 갈' 자이고, 뒷글자는 '등나무 등' 자입니다. 이렇듯 쉽게 풀기 힘든 상황을 나타내는 의미의 글자에 등나무를 가져다 붙인 데는 줄기가 서로 휘감기며 얽히고설켜 자라는 특징 때문일 겁니다.

　그런데 말이죠. 등나무는 의지할 것이 없거나 밝은 볕을 받지 못하면 위로 뻗어 오르지 못한다고 합니다. 그저 지상으로 뻗어갈 뿐이죠. 그리고 자세히 관찰해 보면 등나무가 강한 생명력으로 뻗어갈 수 있는 건 줄기가 서로 휘감기며 자라 단단하게 엮이기 때문임을 알 수 있습니다. 이와 같은 등나무의 생장 특징을 고려하면 '갈등'이란 말보다 좀 더 긍정적인 의미의 말에 쓰여도 괜찮을 것 같지 않나요?

　사람 관계도 등나무처럼 의지하고, 엮여야 더욱 튼튼하게 연결될 수 있습니다. 아무리 지식 많고, 명예 높고, 권력이 커도 나 혼자 살아가는 게 불가능한 세상에서 홀로 '독야청청(獨也靑靑)', '유아독존(唯我獨尊)' 할 수만은 없는 일입니다. 또한 살다 보면 앞이 보이지 않을 만큼 마음 힘든 일도 겪을 수 있고, 주체할 수 없는 외로움에 마음이 와르르 무너져 내릴 때도 있기 마련이죠. 그럴 때 누군가가 나의 버팀목이 되어준다면 상처 입은 내 마음을 기꺼이 의탁할 수 있을 겁니다. 그리고 나아가 그 사람의 진정 어린 지지와 연대, 보살핌, 사랑이 있다면 마치 등나무가 위를 향해 올라가듯 다시 힘을 내 세상 속으로 한발 더 나아갈 수 있을 겁니다.

여러분들에게 등나무 줄기 같은 친구는 누구인가요? 서로 튼튼하게 엮여 얽히며 함께 길을 개척해 가는 그런 친구가 누구인가요? 인디언들은 친구란 내 슬픔을 자기 등에 지고 가는 사람이라 했습니다. 지금처럼 기말고사 성적 때문에 심란하고, 목표에 대한 확신이 서지 않아 답답할 때 마음을 나눌 수 있는 친구, 자신의 고민과 슬픔을 알아줄 수 있는 친구가 있다면 좀 더 빨리 자신을 추스를 수 있을 것입니다.

혹시 주변에 힘들어하는 친구가 있다면 '괜찮다', '힘내라.' 말해 주세요. 우정은 꼭 관계 맺은 시간에 비례해 깊어지는 것도 아니고, 특별히 큰 비용과 에너지를 요구하지도 않습니다. 다만, 진심이 깃든 말과 눈빛, 그것만으로도 마음속 우정의 싹을 틔우게 할 수 있습니다. 서로 등나무처럼 얽혀 꽉 붙잡은 채 남은 날들을 의미 있는 우정으로 채워간다면 또한 고3의 보람이 아닐까 싶습니다.

참고로 등나무의 꽃말은 '환영'이랍니다. 고3이란 힘든 시절을 함께 지나는 친구로서 서로를 기쁜 마음으로 반갑게 생각할 수 있는 마음의 여유와 웃음을 잃지 말기를…. 나는 너에게, 너는 나에게, 서로는 서로에게 기쁜 '환영'입니다.

어느 졸업생의 아쉬운 꿈 이야기

재수를 하고 있는 한 졸업생이 찾아왔습니다. 2학년 때부터 2년 동안 미대 진학을 위해 공부하고 학원에 다녔지만, 본인이 원하는 결과를 얻지 못해 어쩔 수 없이 재수하게 된 여러분 선배입니다. 그 선배는 올해는 미대가 아닌 다른 진로를 생각하고 있다 했습니다. 그간 미술을 하면서 자기 능력에 대한 회의도 들고 해 실기 준비를 그만둔 뒤 그냥 공부만 하고 있다 했습니다. 가져온 6월 모의고사 성적은 그리 좋지 않았습니다. 다행인 건 그래도 아직 시간이 있기에 포기하지 않고 목표에 대한 단단한 마음을 간직한 것이었습니다. 작년에 비해 좀 더 여유 있어 보이고, 자신감도 생긴 것 같았습니다.

물었습니다. 그런데 나중에 뭘 하고 싶은 거냐고. 그랬더니 우물쭈물 9급 공시를 준비할까 한다 했습니다. 그래서 다시 물었습니다. 그것이 진짜 네가 하고 싶은 일인지, 네 가슴을 뛰게 하는 일인지, 너의 개성에 맞는 일인지. 혹시 그게 아니라면 남들이 기대하는 일이나 남들이 평탄하다고 여기는 일이 아니라 진짜 네가 행복할 수 있는 꿈을 꿨으면 좋겠다고 말했습니다.

공무원이 되려는 꿈을 꾸는 게 적절하지 않다는 이야기는 아니었습니다. 국가와 국민을 위해 헌신하고 봉사하는 것이 내 마음을 뛰게 하고, 직업적 특성과 나의 적성이 잘 맞아 떨어지고, 공무원이 되어 자신의 지향을 실현

할 수 있다고 여긴다면 당연히 그 꿈을 키워가는 게 맞습니다. 하지만 그보다 냉정한 현실에 꺾이고만 자신의 꿈을 대체할 거리를 딱히 찾지 못한 나머지 막연히 공무원이 되어야겠다는 생각을 하는 것같아 보였습니다. 아직 시작도 해보기 전에 지레 겁을 먹어버린 것 같았고, 자기 한계에 스스로를 가둬버린 것 같아 안타까웠습니다. 날기도 전에 접어버린 날개가 애처로워 보였습니다.

지금 당장 탑은 아니지만, 그래도 그 친구가 남들보다 잘하고, 남들보다 애정을 갖고 있었던 분야는 미술입니다. 당장 다른 사람들에게 인정받을 만큼 실력을 보여주지 못하면 어떻습니까? 이제 스무 살이고, 스무 살이면 결과보다 가능성에 가슴 두근거려도 될 나이인걸요. 포기하지 말고, 안 된다 생각하지 말고, 이십 대에 하고 싶은 일에 도전하라 했습니다. 포기하지만 않고, 게으르지만 않으면 자기 길을 걸어가는 도중에 동행해 주는 사람도 생기고, 응원해 주는 사람도 생길 거라 했습니다. 그러다 보면 더 빨리 길을 갈 수 있고, 더 넓은 길로 나아갈 수도 있을 거라 했습니다.

이런저런 현실적 제약으로 젊은 시절의 자기 꿈을 포기하면 훗날 그 꿈에 대한 미련이 두고두고 남게 됩니다. 그리고 자기가 포기한 그 꿈을 누군가 이룬 걸 보며 왜 지난날 나는 그런 선택을 했을까 후회하며 가슴을 치게 됩니다. 따져보면 누구도 포기하라 말한 사람이 없는데 스스로 포기한 거라 더욱 자신에 대한 자책이 클 수밖에 없습니다.

미국 테슬라, 스페이스엑스, 솔라시티의 CEO인 일론 머스크(Elon Musk)가 우리 국방위성을 실은 로켓의 페어링을 수거했다는 보도 보셨나요? 일론 머스크는 공중에서 떨어지는 72억짜리 페어링을 낚아챘다며 기뻐했습니다. 누구도 생각하지 못했던 로켓의 재활용, 바다에 버려지는 게 당연했던 페어링 수거와 같은 일론 머스크의 기발한 성취는 남다른 발상, 높은 의지와 성실한 노력, 끈질긴 도전 속에 하나하나 이루어진 것입니다. 결국, 일론 머스크의 미친 꿈은 현실에서 실현되고 있고, 그 미친 꿈이 인류의 진보를 가져오고 있습니다.

처음부터 일론 머스크가 엄청나게 거창한 계획을 세웠겠습니까? 그도 한 인간인데 살아가며 왜 실패가 없었겠습니까? 고민이 없고, 괴로운 순간이 없었겠습니까? 차이는 포기하지 않음에 있습니다. 자신의 꿈을 너무 쉽게 무지르고, 포기하지 마세요. 아무도 여러분에게 포기하라 하지 않았습니다. 누군가 '그게 되겠어?' 말하며 암묵적 포기를 종용하는 사람이 있다면 분명하게 자기 확신을 말해 주세요. 그렇게 말하기 위해서라도 자기 확신과 함께 실제 실천이 뒷받침되어야 합니다. 실천하지 않는 사람은 확신에 찬 말을 할 수 없습니다. 반면 실천으로 할 수 있음을 보여주기만 한다면 아무도 여러분의 꿈을 포기하라 쉽게 말하지 못할 겁니다. 꿈은 확신과 실천으로 날아오릅니다.

졸업생과는 9월에 다시 이야기하기로 했습니다. 그땐 자기 꿈에 대한 자부심과 열망으로 넘치는 눈빛을 볼 수 있었으면 좋겠습니다.

📖 녀석을 보내고 한편으론 너무 꼰대 같은 이야기만 한 건 아닌지 아쉬움이 남았습니다. 하지만 녀석의 눈빛을 반짝거리게 하는 일이 무엇인지 알기에 어쩔 수 없었습니다. 벌써부터 자신을 속이려 들지는 말길….

밝아지고, 감동시키고, 변화하기

　　　　　　장맛비 갠 뒤 시야와 공기가 맑아진 금요일 오후입니다.
또 한 주가 거의 다 갔네요. 특별한 불금, 주말 계획이 있나요? 아이유의
노래 「금요일에 만나요」의 노랫말처럼 "주말까지 기다리긴 힘들어 시간아
달려라 시계를 더 보채고 싶지만 … 온종일 내 맘은 저기 시곗바늘 위에
올라타 한 칸씩 그대에게 더 가까이" 다가가고 싶은 사람이라도 있나요? 없
겠죠? 너무 무시했나? 있는 사람도 있겠죠? 혹시 부모님, 친구 남자…. 농
담입니다.

　고3인데 뭐 특별히 가슴 설렐 주말 만남이 있겠습니까? 금요일 종례 마치
고 학교 나서면 좀 홀가분하긴 하겠지만, 결국 또 학원으로, 독서실로, 집
에 있는 책상 앞으로 가겠지요. 기말고사 마치고 지난 주말 동안 아주 기막
히게 잘 논 친구들이 있음을 들어 알고 있습니다. 이해합니다. 하지만 그건
딱 지난 주말까지로 끝나야 합니다. 이번 주말부터는 다시 고3의 양심과 자
존심을 지켜 있어야 할 자리로 돌아가기 바랍니다.

　다음 주면 1학기가 끝입니다. 사실상 입시 준비의 절반 이상이 훌쩍 지나
갔다는 말이죠. 꽤 많은 시간을 고3 입시생으로 보냈는데 무언가가 확실해
졌나요? 반대로 더 불투명해진 않았나요?

　영화 「명량」과 「역린」에 인용돼 대중에게 널리 알려진 말이 있습니다. 고

전 「중용 23장」 그중 일부는 이렇습니다.

"부분에 정성스러움이 있어야 하니 정성을 다하면 나타나고, 나타나면 좀 더 도드라지고, 좀 더 도드라지면 밝아지고(분명해지고), 밝아지면 남을 감동시키고, 남을 감동시키면 변화할 수 있으니, 오직 천하에 지극히 정성을 다하는 사람이어야 능히 변화시킬 수 있다."[28]

1학기를 거의 마치며 좀 더 도드라지고, 밝아지지 않았다면 그건 아마도 부분에 정성을 다하지 않은 때문일 겁니다. 고3에게 있어 부분에 정성을 다한다는 건 무엇일까요? 자신에게 주어진 하루하루 시간에 정성을 다한다는 의미가 아닐까요?

요 며칠 잔소리를 많이 했습니다. 이유는 잘 알고 있을 겁니다. 그런데 아까 점심시간에 교실에 가보니 제가 들어온 것도 모르고 휴대전화 삼매경에 빠져있는 사람이 일곱 명이나 있었습니다. 과제 시 제출이란 학급 벌칙이 있기 때문에 많은 이야기를 하진 않았지만, 절로 한숨이 나오고, 마음이 무거워지는 건 어쩔 수 없었습니다.

휴대전화로 얼마나 중요한 일을 했는지는 모르지만, 아마도 고3으로서 정성을 다하는 무언가를 했다 말하긴 어렵겠지요. 평범하게 주어진 일상과 시간에 정성을 다한다는 것, 말처럼 쉬운 일이 아닙니다. 하지만 그걸 해내지 못하면 나타나고, 도드라지고, 밝아지고, 감동시키고, 변화시킬 수 없습니다. 가깝게는 자신을 변화시킬 수 없고, 멀게는 세상 속에 자기 존재의 울림을 보여줄 수 없습니다.

변화를 가져올 것인지, 그냥 선 자리에 머물러 있을 것인지 고민이 필요

---

28) 「중용 23장」. 其次는 致曲이니 曲能有誠이니 誠則形하고 形則著하고 著則明하고 明則動하고 動則變하고 變則化니 唯天下至誠이야 爲能化니라.

한 시점입니다.

내년엔 맘 편히 "시곗바늘 위에 올라타 한 칸씩 그대에게 더 가까이" 갈 수 있는 그런 불금 만들어야겠죠? 사랑과 여유가 삶의 이유인 주말 보내야 겠죠? 그러니 어지간히 흔들리고, 그만 정신 차리자고요.

7월 말, 고3 교실 세 그룹

　　7월 말입니다. 각기 다른 수시 전략과 대입 전략의 가닥이 어느 정도 잡힌 상태라 교실 풍경 또한 천차만별입니다. 공부하는 자, 책 읽는 자, 잠자는 자. 크게 보면 이 세 부류로 나눌 수 있는 것 같습니다.

　'공부하는 자' 그룹은 일명 정시파입니다. 오직 공부로 승부를 보겠다는 일념으로 12월 수능까지 최선을 다해 공부해야만 하는 그룹입니다. 지금껏 그래 왔듯 앞으로도 자신이 가진 가능성을 최대로 끌어올리기 위해 시간을 아껴 노력해야 할 그룹입니다. 정시파는 수시파가 필요 이상으로 들떠 있을 때 같이 분위기에 휩쓸리지 않도록 각별히 주의해야 합니다. 길게 보면 정시파의 성공은 결국 자신에게 달려있다 할 수 있습니다. 기말고사 마친 후 친구들이 풀어졌다고, 수시 원서 접수 기간이 됐다고, 다른 애들 면접 보러 다닌다고 괜히 좌고우면, 싱숭생숭하지 말아야 합니다. 오직 수능만을 향해 자기 자신을 던져야만 단 1점, 단 0.1%라도 점수를 올릴 수 있습니다. 최종 순간에 합격과 불합격은 단 1점이면 충분합니다. 그 1점은 단순한 점수 1점이 아니라 내 노력과 열정의 결정체인 것입니다. 다른 친구들보다 좀 더 긴 입시를 준비하다 보니 때때로 더 힘들게 느껴질 수도 있겠지만, 더 좋은 결과를 얻기 위한 과정이라 여기며 자신에 대한 믿음을 놓지 말았으면 합니다. 정시까지 해보겠다는 결의와 할 수 있다는 믿음이 흔들리면, 되려 내신 점수에 맞게 수시 교과 전형으로 진학을 해버리는 것만도 못한 최악의 결과를 빚게 될 수 있기 때문입니다.

'책 읽는 자' 그룹입니다. 보통 수시 학생부종합전형파(학종파)입니다. 교과 내신 향상을 위한 모든 과정이 끝났기 때문에 지금부터 더욱 비교과 활동에 신경을 써야 하는 그룹입니다. 사실 지금 시기에 책도 책이지만, 그것보다 더 중요한 건 자기소개서입니다. 자기소개서를 쓰기 위해 정보를 수집하고, 개요를 짜보고, 실제 자소서를 써보는 등의 활동이 더 필요합니다. 시간을 보내기 위한 소극적 목적의 독서라도 안 하는 것보단 낫겠지만, 좀 더 자신에게 직접적으로 필요한 활동을 고민했으면 하는 아쉬움이 있습니다. 수시 학종파는 2학기 개학과 함께 80% 이상의 질적 완성도를 가진 자소서를 선생님께 제출해야 합니다. 남은 기간 4주입니다. 무려 4주나 되는 긴 시간 동안 자기소개서 한 편 제대로 쓰지 못한다면, 과연 그 사람이 대학에 갈 자격이 있는 건지 고민해 보게 될 것 같습니다. 선생님과 그런 근본에 대한 대화를 나누게 되지 않도록 지금부터 더 열심히 연구하고, 쓰기 시작해야 할 것입니다. 참고로 3학년 활동 중 아직 생활기록부에 기재되지 않은 것은 기재되었다는 전제 아래 자기소개서를 작성해도 됩니다. 생활기록부 작성은 2학기 초에 마감될 예정이기 때문입니다. 아직 시간은 많습니다. 그러나 지금껏 그러했듯 시간은 금방 갑니다.

'잠자는 자' 그룹입니다. 딱히 해줄 말이 없습니다. 현재 나이 19살, 현재 학년 고3, 내년에 대학생 아니면 사회인 아니면 집콕, 공식적으로 곧 성인, 뭘 해도 상관없으나 분명한 책임이 뒤따름. 잠자는 자의 오늘이자 내일입니다. 입시는 올해로 끝나지만, 삶은 아직도 50년, 60년, 70년, 80년이 남았습니다. 그 긴 자기 삶에 대해 고민하고, 계획해야 할 때가 바로 지금입니다. 오늘 잠들었던 낮 시간이 남은 삶과 자신의 꿈과 미래에 어떤 도움이 되었을까요? 도움이 되었다면 엎드려 자고, 푹 주무십시오. 꼭 공부가 아니어도 좋다 누누이 말했습니다. 여러분과 같은 나이 누군가는 지금 이 순간도 자신의 미래를 위해 도전하고 있습니다. 또 누군가는 자신이 가보지 않은 미지의 영역을 향해 한 발, 한 발 자기만의 족적을 남기고 있습니다. 지금 잠을 자는 사람들은 결코 그들을 넘을 수 없을 것입니다. 필요하면 자야겠죠? 하지만 필요하지 않으면 자지 말아야 합니다. 필요하더라도 제한적으로 자야 합니다. 수면 시간이 부족합니까? 진짜 부족합니까? 그렇다면 생활을 바꾸세요. 새롭게 자기 생활을 조직하세요. 내 삶은 불필요한 잠으로 낭비할 만큼 무가치하지도, 가볍지도 않습니다. 스스로와 자기 삶을 아끼는 마음을 갖길….

부모님 마음

　　　　　상담을 희망하신 우리 반 부모님들과 만남을 마쳤습니다.
'아이가 어느 대학을 갈 수 있을까?', '나중을 위해 어떤 선택을 하는 것이
도움이 될까?' 쉽게 풀 수 없는 이런저런 걱정과 고민을 안고 무거운 걸음
을 하셨습니다. 상담을 마치고 돌아가시는 부모님의 뒷모습에 자식을 걱정
하는 마음이 한 짐 얹혀있는 것 같아 안타까웠습니다.

　부모님께서 바라시는 건 꼭 좋은 결과만은 아닌 듯합니다. 결과 그 자체
보다는 내 자식이 최선을 다해 고3 수험 생활을 해주었으면 하는 마음이
더 크신 것 같습니다. 힘든 과정을 이겨내기 위해 고군분투하는 모습, 포기
하지 않고 끝까지 해내는 모습. 그것을 더 바라고 계십니다. 그런 부모님께
오늘 여러분이 보여줄 수 있는 건 결과가 아닙니다. 비록 힘든 길이지만,
묵묵하게 자기 힘으로 책임을 다하는 모습이 여러분이 보여줄 수 있는 최
선입니다.

　여러분이 여러분의 삶을 처음 살고 있듯, 부모님도 부모로서의 삶을 처
음 살고 있습니다. 여러분이 좌충우돌하는 삶을 살고 있듯, 부모님 역시
때로 흔들리고, 때로 갈등하는 삶을 살고 있습니다. 생각해보면 부모님께
서 태어날 때부터 누군가의 부모는 아니었습니다. 따라서 처음부터 부모
의 역할을 능숙하게 잘 해내지 못했을 수도 있고, 지금도 그러할 수 있습

니다. 하지만 부모님께서 여러분을 사랑하고, 걱정하는 마음만큼은 여러분이 날 때부터 지금까지 한결같습니다. 그렇다고 그런 부모님의 사랑을 당연하다 여기진 않았으면 합니다. 부모님은 당신의 몸과 마음, 삶 전체를 바쳐 여러분을 당신 삶의 일부로 완전히 받아들인 분들입니다. 그래서 여러분이 걱정하고 힘들어하면 부모님도 힘들어하고, 여러분이 길을 잃고 방황하면 부모님의 마음이 더 괴로운 것입니다.

교실에서 틈날 때마다 열아홉 살에 대한 책임을 다하란 이야길 합니다. 열아홉 살이면 고생하는 부모님의 삶을 찬찬히 돌아볼 때도 되었습니다. 부모님 삶의 의미가 무엇인지, 보람은 무엇이고 걱정은 무엇인지, 무엇을 좋아하고 무엇을 하고 싶어 하는지, 젊은 날의 꿈은 무엇이었고 앞으로 어떤 삶을 살길 꿈꾸고 계시는지 진지하게 살필 정도의 철은 충분히 나지 않았습니까? 한 살, 한 살 나이가 들며 철이 들어간다는 건 자신이 아닌 주변을 더 깊게 들여다볼 수 있는 마음의 넓이를 가지게 되는 일인 것 같습니다. 스물이란 나이가 되기 전, 아직 열아홉일 때 자기 주변에 가장 가까이 있는 나의 부모님을 마음 깊이 담아보길 바랍니다. 그러면 스물이란 나이를 더 배려 깊고, 성숙한 마음으로 시작할 수 있을 겁니다.

📖 부모님들께서 주신 문자

"요즘 선생님 만나고 많이 좋아지긴 했는데 안 빠지고 가려고 하는 게 눈에 보이기도 해요. 그래도 아직은 아침마다 전쟁이고 힘드네요. 오늘도 잘 부탁드립니다."

"최대한 빠른 시간 안에 가라고 전화했는데 고집을 피우네요. 자식 교육을 제대로 못 시킨 것 같아 죄송합니다."

부모님의 약한 마음을 흔들지 마세요. 본인이 해야 할 도리를 하지 않아 부모님을 곤란하게 하지도 마세요. 아침에 스스로 일어나 정해진 시간에 학교에 오는 건 여러분이 해야 할 당연한 일입니다. 고3으로서 스스로 힘으로 자기 공부와 생활을 해야 하는 건 당연한 일입니다. 입시에 필요한 준비를 하나하나 챙기는 것도 자신이 해야 할 당연한 일입니다. 당연한 일을 부모님께서 감당하게 하지 마세요. 부모님께서 짊어지고 있는 삶의 무게가 부족해 보여 더 무게를 얹고 싶은 건 아니잖아요.

고3 진로 희망, 깃발처럼 휘날리는 이상

　　　　　오늘 여러분들의 진로 희망을 입력했습니다. 진로 희망 입력을 시작으로 9월 초까지 이어질 고3 생활기록부 기록의 그 서막이 올랐습니다. 자신의 잠재능력을 충분히 보여줄 수 있는 생활기록부가 될 수 있도록 여름방학 기간 동안 개성적이고, 창의적인 활동 많이 해주길 바랍니다. 개학 이후 곧바로 활동 결과를 제출받고 상담하도록 하겠습니다.

　예년에 비해 다소 짧아지긴 했지만, 그래도 입시 준비 과정에 중요한 시기인 만큼 방학 대비 여러 점검을 했습니다. 수시상담을 해야 할 사람과 정시만 해야 할 사람을 나누고, 수시 상담 일정을 잡았습니다. 정시 준비를 해야 하는 사람들에게는 방학 동안 열심히 노력해서 눈에 띌만한 성취를 이루길 당부했습니다. 자기소개서를 준비해야 하는 사람들에게는 유사 희망 전공별로 모둠을 묶어주고, 모둠 장을 중심으로 모둠별 1, 2차 자기소개서 스터디 모임 일정을 잡게 했습니다. 집단지성의 힘으로 초기 자기소개서의 가닥을 확실하게 잡을 수 있길 기대합니다.

　오늘 입력한 여러분들의 가슴 뛰는 진로 희망입니다. 고고학자, 역사 큐레이터, 역사 교사, 심리상담사, 통·번역가, 검찰 수사관, 의료기기사업 CEO, 경영전문가, 태권도 사범, 시나리오작가, 광고기획사업 CEO, 전문경영인, 바비큐 사업 CEO, 체육 교사, 스포츠지도사, 영화감독, 세무사, 경찰 공무원, 국가정보원 공무원, 공간 디자이너, 광고 디자이너, 도서관 사서, 사서 교사, 영어 교사, 경제학자, 스튜어드, 사회부 기자, 언론 경영인, 직업 군인, 경영 컨설턴트, 검사, 체육 교사, 스포츠 전문 기획사 경영인, 치기공 사, 경영컨설턴트, 기업인수합병 국제전문가, 프로축구 선수….

앞으로 살아가며 상황에 따라 진로가 변하고, 꿈과 목표가 달라질 수도 있을 겁니다. 그렇다 하더라도 지난 십이 년간의 학교생활과 19년 동안 나름 산전수전 공중전을 거치며 쌓은 개인적 경험, 어느새 나도 모르게 성인에 거의 근접한 정신적 육체적 성장, 그 끝에 스스로 세운 높은 깃발과 같은 오늘의 희망은 그야말로 푸르디푸른 청춘의 이상입니다.

오늘의 희망이 여러분들의 심장을 쿵쾅쿵쾅 뛰게 만드는 원동력이 되었으면 좋겠습니다. 자신의 미래를 머릿속으로 그릴 때 그 구체적인 과정과 모습이 마치 한 편의 소설처럼, 영화처럼 생생하게 펼쳐져 오늘을 살아가는 즐거움이 되었으면 좋겠습니다. 만약 여러분의 꿈이 내 심장을 뛰게 하지도 않고, 즐거운 상상이 될 수도 없다면 다시 더 생각해 봐야 합니다. 술에 술 탄 듯 물에 물 탄 듯 분명하지 않다면 좀 더 암중모색의 시간을 가질 필요가 있는 건지 모릅니다.

당장 명확하지 않다고 자책하거나 또 다른 형태의 제 살 깎아 먹기를 하느라 시간과 에너지를 낭비할 필요는 없습니다. 꿈을 찾겠다는 분명한 의지가 있고, 중단 없이 사람을 만나고, 생산적인 일과 노력, 가치 있는 행동을 하겠다는 결심이 있다면 만나는 한 사람, 한 사람에게서 내 꿈을 엿볼 수도 있고, 어느 순간, 어떤 공간에 있더라도 내 꿈의 기초적 토대를 쌓는 보람을 찾을 수도 있을 것이기 때문입니다. 그렇게 사람과 시간, 공간 속에서 자신의 꿈을 현실화시킬 수 있을 것입니다.

꿈이란 꿈 꾸는 사람만이 현실로 만들 수 있다고 말한 적 있습니다. 안 된다고 생각하면 벌써 첫 단추부터 완전히 잘못 끼운 것입니다. 스스로 안 된다고 여기면 이룰 수도 없고, 누가 있어 이루어줄 수도 없는 노릇입니다. 스스로 된다, 할 수 있다고 생각하는 사람만이 꿈을 위해 오늘을 살고, 내일의 완성을 위해 시련과 좌절과 실패를 견딜 수 있습니다.

다른 사람이 보내는 불편한 시선이나 힘 빼는 말에 휘청거릴 필요는 없습니다. "네가?", "네가 어떻게?", "에이! 그게 가능하겠어?" 그런 말을 하는 사람에겐 마음속으로 빅 엿을 먹여야 합니다. 창창한 나의 앞길을 가로막고, 시작도 하기 전에 초를 치는 사람의 말을 새겨 어떤 도움이 되겠습니까? 허나 그런 말을 들었을 때 '오죽이나 내가 믿음을 못 주었으면 저런 말을 할까!' 돌아보긴 해야 합니다. 그리곤 다짐해야죠. '한번 보여주겠어!'라고.

꿈의 수학 공식은 상상 플러스 노력입니다(꿈=상상+노력). 가슴 뛰는 상상과 치열한 노력에 알파를 하나 더하자면 넘치는 자신감과 자존감을 무기로 장착하는 겁니다. 여러분들의 꿈이 현실이 되어 가는 모습을 응원하며, 때로는 박수로, 때로는 쓴소리로, 때로는 위로로 함께하겠습니다.

코로나 1학기 끝

　　　　1학기가 끝났습니다. 우리 한번 지난 1학기를 돌아볼까요? 듣도 보도 못한 코로나 19 유행과 사회 혼란, 학교 개학의 3차 연기와 온라인 수업, 유사 이래 최초의 5월 등교 개학, 발열 체크를 기다리느라 운동장에 길게 늘어선 채 등교하는 어색한 아침 풍경, 선생님과 학생 모두 마스크를 쓴 교실, 개학하자마자 정신없이 치른 중간고사, 중간고사 한 달여 뒤 치른 기말고사, 중간중간 틈틈이 치른 세 번의 모의고사, 수차 실시한 입시 상담, 부모님 상담, 순차 급식. 돌아보니 올해 1학기는 온통 코로나와 시험뿐이었군요.

　코로나 유행으로 인해 어그러진 대입 일정과 사실상 단축된 학사 일정 속에 선생님도 여러분도 정신없이 시간을 보내야 했던 것 같습니다. 지난 선배들보다 조금 더 짧은 시간 동안 입시의 고통을 겪게 된 상황을 다행이라고 해야 할지, 혼란한 상황에 고3 입시 준비를 하게 된 것을 불행이라고 해야 할지는 잘 모르겠습니다. 다만, 어쨌든 그래도 우리 잘 헤쳐온 것 같지 않나요? 4반이란 이름으로 그래도 이만큼 전진해 온 서로에게 박수 좀 쳐주어도 괜찮지 않을까요? 힘든 시간을 뒤로하고, 즐거움과 의미가 남다른 여러분의 마지막 여름방학을 맞이하게 된 걸 축하합니다.

　방학을 맞은 흥분을 가라앉히고, 다시 오지 않을 고3 여름방학 동안 무얼 해야 하는지 생각해 봅시다. 비록 학교에 오지 않아 마음의 여유를 좀 더 가질 수 있겠지만, 그래도 어느 방학보다 해야 할 공부와 해야 할 입시 준비가 많은 시기입니다. 방학하자마자 또 공부 이야기라고요? 그게 현실인 걸 어쩌겠습니까? 정시 준비하는 사람들은 단 1%를 끌어올리고, 한 문제를 더 맞히기 위한 공부, 비록 작아 보이나 결코 이루기 쉽지 않은 목표를 향해 고군분투해야 하고, 학생부 종합전형을 준비하는 사람들은 완성도 상위 1% 자기소개서를 위해 쓰고, 지우고, 검토하는 일의 무한 반복을 해야 하고, 실기를 준비하는 사람들은 곧 닥칠 실기 시험 준비뿐만 아니라 정시 합격의 결정적 배경일 수밖에 없는 수능까지 준비해야 해 이중, 삼중의 노력과 고통을 감내해야 합니다. 그뿐 아니라 수시 전반의 준비에 있어 어느 학교, 어떤 학과를 진학하는 것이 나에게 좀 더 가능성이 있을지, 어떤 조합으로 6개 지원 대학 라인업을 짤 것인지 분석하고 결정하는 것 역시 만만찮게 지난한 일이 될 것입니다. 당장 이 모든 일의 무게를 감당해야 하고, 노력과 결정으로 달라질 미래에 대한 책임까지 져야 하는 일 역시 온전히 내 몫일 수밖에 없기 때문에 이번 여름방학은 과거 방학과 다를 수밖에 없습니다.

시인은 흔들리지 않고 피어나는 꽃이 없다 했습니다. 돌아보면 여러분의 삶에서 아무 고통 없이 얻은 보람이 있었나요? 삶을 운과 공상에 기대어 살 수는 없는 일입니다. 19살 7개월에 그걸 바라고 있다면 그 사람은 아직 철이 덜 든 사람입니다. 나이가 들며 세상에 너무 익숙해져 세상보다 먼저 고개를 숙여도 문제지만, 세상의 이치를 너무 모른 채 해야 할 준비를 하지 않는 것도 문제입니다. 좀 지난 뒤 돌아봤을 때 코로나 시대 고3 여름방학이 나를 더욱 철들게 만든 시간이었다 자부할 수 있었으면 좋겠습니다.

1학기가 전편이었다면, 2학기는 속편입니다. 전편보다 재밌는 속편이 없다지만, 아마 우리 2학기는 더 쫄깃쫄깃한 일이 많을 것이고, 성취와 좌절, 성공과 실패가 다이내믹하게 교차하며 영화보다 더 영화 같은 시간이 펼쳐질 것입니다. 뜨거운 마음과 실천으로 살다 건강하게 만납시다.

3장

빛나라 청춘

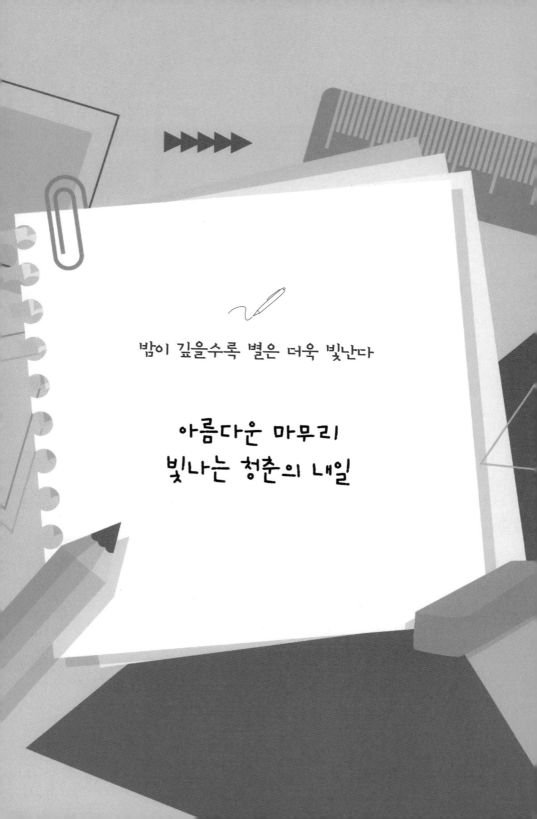

밤이 깊을수록 별은 더욱 빛난다

아름다운 마무리
빛나는 청춘의 내일

2학기, 다시 힘을 내어라!

　　어렵게 2학기 개학을 했네요. 1학기에도 제때 등교를 못 했었는데 2학기 역시 예상치 못하게 터진 성북구 사랑제일교회발 코로나 대유행으로 인해 오늘에야 등교를 하게 됐습니다. 이래저래 올해는 코로나라는 전대미문의 전염병으로 한 치 앞을 내다보기 쉽지 않은 날들의 연속인 듯합니다. 아마 앞으로도 한동안 불확실한 날들이 계속되겠지요. 그래도 가야 할 길이 있기에 주어진 날들에 최선을 다하다 보면 어느 길 끝에 서광이 깃들 그 날이 있을 겁니다.

　좋든 싫든 등교 개학은 했고, 지금부터는 다시 앞을 보고 뚜벅뚜벅 나아가야 할 때입니다. 다들 잘 알겠지만 2학기에는 수능 원서 접수, 수시 원서 접수, 수시 합격자 발표, 대수능, 정시 원서 접수로 이어지는 굵직한 일정의 연속이 예상됩니다. 와우! 하나하나가 여러분들 삶의 궤적을 크게 뒤흔들 수 있는 일정들이네요. 아직 감이 안 오는 사람이 있다면 어서 빨리 정신 제대로 붙잡아야 할 겁니다. 1학기 때보다 더 빨리 흘러가는 시간 속에서 멀미하지 않으려면 말이죠. 지금까지 학교에서 공부하고, 생활하며 쌓아온 자신의 학습 경험과 삶의 이력을 냉정한 입시의 잣대로 검증받고, 결정받아야 하는 긴장된 상황입니다. 외적으로는 코로나를 피하고, 내적으로는 자신을 이겨내야 하는 이중의 싸움이 치열하게 전개될 넉 달입니다.

아직 빛이 보이지 않는 길, 저와 함께 걸어갈 마음의 준비 됐나요? 얼마 전 라디오를 듣다 꽤 괜찮은 노래 하나를 발견했습니다. 2학기 개학하면 여러분에게 들려줘야겠다 싶어 메모해 놓았습니다. 싱어송라이터 박강수 님의 4집 앨범에 실린 「다시 힘을 내어라」라는 노래인데 가사를 여기 옮겨 적어봅니다. 대중적으로 널리 알려진 가수의 노래도 아니고, 기교가 화려한 노래도 아니지만, 다시 신발 끈을 꽉 조여야 하는 우리에게 잔잔한 울림을 주는 리듬과 가사의 노래인 것 같습니다. 집에서 한번 찾아 들어보길.

다시 힘을 내어라 나의 손을 잡아라

뒤돌아보지 말고 나아가야지

푸른 나무들도 등을 미는 바람도

너를 위한 몸부림에 힘겹다

삶에 지치면 길을 잃고 지치면

친구가 되어준 그댈 만나 기대어

걸어가보자 올라가 보자

다시 힘을 내어라 나의 손을 잡아라

뒤돌아보지 말고 나아가야지

푸른 나무들도 등을 미는 바람도

너를 위한 몸부림에 힘겹다

손을 내밀면 나의 손을 잡으면

아픔은 사라져 누구든지 사랑해

걸어가보자 올라가 보자

다시 힘을 내어라 나의 손을 잡아라

뒤돌아보지 말고 나아가야지[29]

– 박강수, 「다시 힘을 내어라」 중

　노래 가사처럼 함께 손을 잡고, 다시 힘을 내보자고요. '푸른 나무와 바람'이 그 존재를 응원하듯 여러분들을 알고 있는 친구, 선생님, 가족 모두가 여러분들의 꿈을 응원하고 있습니다. 하고자 하는 결의가 산처럼 높고, 응원의 목소리가 우레 같아도 때때로 힘에 부칠지 모르겠습니다. 혼자만의 외로운 싸움을 하고 있다 느낄 때 그럴 때 내 옆에 친구가 있다는 사실을, 함께 하는 소중한 사람들이 있다는 사실을 잊지 않았으면 합니다. 오늘로 대수능이 93일 남았네요. 그날 수험장을 나서는 그 순간까지, 끝내 합격통지서를 받게 되는 그 날까지 제 갈 길을 가자고요. 여러분들 옆에서 함께 걷겠습니다.

---

29) 노래 박강수, 4집 앨범 『노래가 된 이야기』, 「다시 힘을 내어라」, 에셀인터내셔널, 2009.

고3 가을의 불안

   덥다 덥다 해도 더위가 가셔 모기도 입이 비뚤어진다는 절기 처서(處暑)[30]를 지나 풀잎에 이슬이 맺히고, 본격적인 가을로 접어든다는 절기 백로(白露)[31]를 앞두고 있습니다. 그 때문인지 낮과 밤의 온도와 습도가 8월 한창때보다 힘을 잃은 느낌입니다. 실제 일기예보를 살펴보니 오늘부터는 열대야가 가시고, 밤 기온이 21도 내외까지 떨어져 다소 선선해질 것 같습니다. 이번 태풍 마이삭만 지나고 나면 언제 그랬냐는 듯 가뭇없이 무더위가 가고 산뜻하고, 청명한 가을이 찾아올 것입니다.

   이른 아침과 저녁, 밖을 나가보면 다가오는 절기와 지나가는 시간을 미리 읽은 풀벌레들이 앞다퉈 내는 '가을 소리'에 귀가 맑아지는 듯합니다. 귀뚜라미, 여치, 베짱이가 내는 자연음에 절로 마음이 편안해지고, 가을이 다가왔음을 실감합니다. 입시에, 코로나에 밖으로 나가 여유로운 시간을 갖기 어려운 때이지만, 그래도 창 너머로 들려오는 이름 모를 풀벌레 소리를 감상하는 잠깐의 여백 정도는 가져볼 만합니다. 풀벌레 소리에 실려 온 가을을 느껴보기도 하고, 이 가을 나는 어떤 모습이어야 하는지, 가을이 다 가고 옷깃을 파고드는 찬 바람이 부는 때가 왔을 때 또 나는

---

30) 24절기 중 열네 번째 절기.

31) 24절기 중 열다섯 번째 절기.

어떤 모습으로 하루하루의 삶을 대하고 있을지 생각해 보는 것도 의미가 있을 것 같습니다.

20여 년 전 저 역시 여러분처럼 고3 가을을 지났습니다. 등교하는 이른 아침과 야간 자율학습 후 집에 가는 늦은 밤, 살갗에 닿는 찬 기운을 느끼며 나날이 불안했었습니다. 노력하지 않은 건 아니나 확신이 들지 않는 실력에 대한 의구심, 다져지지 않는 마무리에 대한 조급함, 목표 달성에 대한 불확실성. 사실 이는 저뿐만 아니라 함께 공부했던 친구들도 마찬가지였습니다. 하루하루 다가오는 수능과 입시 앞에 흔들리지 않을 고3이 얼마나 되겠습니까?

지나고 돌아보니 그런 불안함도 19살 고3으로 지나야 할 내 삶의 소중한 일부였음을 알게 되었지만, 그땐 때때로 불안하고 흔들렸습니다. 좁은 동굴을 지나 빛이 드는 밖을 향해 나아가기까지 방향을 짐작하기 어려운 어둠을 견디고, 길을 잘못 들진 않았나 하는 불안을 이겨내야 하듯 누구나 맞닥뜨려야 할 불안이고, 견뎌야 할 긴장이었습니다. 하지만 어둠이 깊어 새벽이 가까울수록 별은 더욱 빛나는 법입니다. 끝이 없는 어둠은 없고, 해소되지 않는 영원한 불안도 없습니다. 결국, 불안한 몇 달의 시간이 더 흐른 뒤 상황은 정리되었고, 다시 마음은 평온해질 수 있었습니다.

여러분의 삶에 던져진 불안을 온몸과 마음으로 겪어내야 하는 일이 절정을 향해 가고 있습니다. 9월이고, 가을입니다. 올해 남은 날이 이제 채 넉 달이 되지 않습니다. 겪어온 날보다 남은 날에 더 의미를 부여하며 스스로 건강히 견디는 날들 되었으면 합니다.

태풍이 지나간다

       북상하는 태풍의 영향으로 어젯밤부터 거친 비바람이 몰아쳤습니다. 가뜩이나 무게중심을 잡고 생활하기 어려운 요즘인데 창을 흔들어대는 거친 비바람에 마음까지 너풀대진 않았나 모르겠습니다. 무사히 태풍도 지나가고, 여러분들 마음 역시 정중동(靜中動)[32]의 지향을 놓치지 않는 날이 되었으면 합니다.

오늘 마지막 졸업 사진을 찍었습니다. 어색하지만 잔뜩 폼을 잡고 학창 시절의 한때를 기록으로 남겼습니다. 나중에 시간이 흘러 졸업 앨범을 펼쳐보면 지난 한 시절 내 삶의 추억들이 주마등처럼 떠오르겠죠. 그때 누군가는 그리움을, 누군가는 아쉬움을, 누군가는 즐거움을, 누군가는 부끄러움을 생각하겠죠. 나는 어떤 마음으로 과거가 되어버린 오늘을 떠올리게 될까요?

귀하지 않은 존재가 없고, 소중하지 않은 삶이 없지만, 그래도 켜켜이 쌓인 삶의 결은 백인백색(百人百色)[33], 천태만상(千態萬象)[34] 저마다 다를 수밖에 없습니다. 경험 많은 최고 학년이 된 지금은 오늘의 시간이 내일을 규정하는 토대라는 진리쯤 잘 알고 있을 겁니다. 운 좋게 주어지는 덤이 우리

---

32) 고요한 가운데 움직임이 있음.

33) 많은 사람이 저마다 다른 특색(特色)이 있음.

34) 천 가지 모습과 만 가지 형상이라는 뜻으로, 세상 사물이 한결같지 아니하고 각각 모습이 다름.

삶에는 거의 없지 않습니까? 자신이 생각한 깊이만큼, 움직인 넓이만큼 삶의 반경은 넓어지고 깊어지기 마련입니다. 괜히 잘 알지도 못하는 누군가가 가진 듯한 헛된 운을 부러워하거나 질시해 봐야 그것이 자기 것이 될 리 없으며, 정신의 쓸데없는 낭비만 될 뿐입니다. 그럴 시간에 자신의 오늘을 바로 보고, 내일을 위해 마음을 쏟는 것이 더 지혜로운 삶의 모습입니다. 그러면 내일 어느 때 펼쳐볼 졸업 앨범 속에서 좀 더 매력적인 자신의 과거를 볼 수 있을 테니까요.

나침반은 끝없이 떨리면서도 북쪽을 향한 지향을 잃지 않는다 했습니다. 보이지 않는 내일을 위한 오늘의 삶이 때때로 흔들릴 수 있지만, 그 내일을 향해 나아가고자 하는 지향만 잃지 않는다면 정방향으로 삶을 나아가게 만들 수 있습니다. 반대로 삶의 떨림을 멈춘다면, 그 삶은 정체되고 방향을 잃고 말 것입니다. 삶의 떨림을 멈춘다는 건 무엇일까요? 생각하고 행동하는 것을 귀찮아하는 것, 타인을 향한 공감에 무감각한 것, 옳고 그름을 구분하려 하지 않는 것, 작은 실패 앞에 크게 좌절하고 마는 것, 자신과 주변에 대한 긴장을 지나치게 놔버리는 것, 시간을 낭비하며 의미 없이 채워가는 것. 이런 것들 모두가 삶의 떨림을 멈추게 만드는 행위입니다.

아직도 거칠게 부는 바람에 창이 흔들립니다. 무사히 지나가면 다행이지만, 때때로 태풍은 깊은 생채기를 남기기도 합니다. 우리 삶에 닥친 태풍도 유무형의 생채기를 남길 수 있습니다. 오지 말라 한다고 오지 않을 태풍이 아니고, 상처 남기기 싫다고 안 남길 수 있는 생채기가 아니라면 중요한 건 태풍이 닥친 이후, 생채기가 난 그 이후일지도 모르겠습니다. 불어오는 바람에 지혜롭게 맞서되 혹시 상처 입더라도 의연히 극복할 수 있는 힘이 우리 안에 있었으면 좋겠습니다.

풍선을 타고 하늘을 나는 꿈

       좀 오래전에 활동한 아이돌 그룹이긴 한데, 그룹 동방신기의 「풍선」이란 노래 들어본 적 있나요? 노랫말 중 일부는 이렇습니다.

> 지나가버린 어린 시절엔
>
> 풍선을 타고 날아가는 예쁜 꿈도 꾸었지
>
> 노란 풍선이 하늘을 날면
>
> 내 마음에도 아름다운 기억들이 생각나
>
> 내 어릴 적 꿈은 노란 풍선을 타고
>
> 하늘 높이 날으는 사람
>
> 그 조그만 꿈을 잊어버리고 산 건
>
> 내가 너무 커버렸을 때
>
> 하지만 괴로울 땐 아이처럼 뛰어놀고 싶어
>
> 조그만 나의 꿈들을 풍선에 가득 싣고 〈이하 생략〉[35]

---

35) 노래 동방신기, 3집 앨범 『"O"–正.反.合』, 「풍선(Balloons)」, Dreamus, 2006.

작은 풍선을 들고 하늘을 나는 주인공이 등장하는 동화책을 보며 가슴 설렜던 적, 한 번쯤 있죠? 헬륨이 들어간 풍선을 놓치고 "어! 저 풍선 잡아야 하는데" 하며 폴짝폴짝 동동거렸던 어릴 적 기억도 있을 겁니다. 풍선을 타고 하늘을 난다는 건 어쩌면 어린 시절을 거쳐온 모든 사람의 상상 속 꿈이 아닐까요?

어제 47세의 미국인 데이비드 블레인(David Blaine)이라는 사람이 실제 풍선을 타고 50분 동안 하늘을 날아 상공 7,600미터까지 올라갔다고 합니다. 마지막에 딸이 건네는 풍선을 받아 달고 유유히 하늘로 날아오른 데이비드는 많은 사람의 박수와 환호 속에 높이높이 날아갔습니다. 그리고 스카이다이빙으로 자유낙하 해 무사히 지상으로 돌아왔습니다.

데이비드는 많은 사람이 상상으로만 생각했던 바로 그 꿈, 풍선을 쥐고 하늘을 날아가는 그 꿈을 실제 이룬 것입니다. 그는 무려 2년이나 준비하며 프로스카이다이빙 자격증, 열기구조종사 자격증을 취득하고, 바람 읽는 법을 공부하는 등 노력과 공을 들였다고 합니다. 그리고 어제 드디어 어린 딸의 푸른 희망과 많은 사람의 상상, 꿈을 온몸 가득 안고 멋지게 날아올랐습니다.

시간이 흘러가면서 때로는 자신의 꿈을 잠시 잊고 살기도 하고, 때로는 그 꿈을 곱게 접어 미뤄둔 채 살아가기도 합니다. 현실에 치이고, 상황에 적응해야만 한다는 무시 못 할 이유로 나의 꿈과 우리의 꿈은 그렇게 색이 바래가고, 끝내 흔적 없이 사라져버리고 마는 경우도 있습니다. 그렇게 사라져버린 꿈을 잊고 사는 사람들이 너무 많아 달리 신기한 일도 아닙니다. 사라져버린 내 아버지, 내 어머니의 꿈, 내 친구의 꿈 그리고 나의 꿈들을 생각하면 마음 한 켠이 짠해옵니다.

꿈이라는 건 처음에는 상상으로 시작하지만, 결국 현실 속에서 만들어야 완성되는 것입니다. 상상하지 못한 꿈은 빈약하고, 현실에서 만들지 못한 꿈은 신기루처럼 희미할 뿐입니다. 데이비드처럼 떠올리고, 계획하고, 실행해낼 때 마침내 꿈을 눈앞의 현실로 만들어낼 수 있습니다.

데이비드의 지난 2년이 참 행복했을 것 같지 않나요? 색색깔 풍선에 매달린 채 두둥실 떠올라 날아가는 상상, 어린 딸의 환한 웃음과 환호, 응원을 뒤로하고 멋지게 떠오르는 상상, 날아가는 새와 인사하고, 높은 산보다 더 높이 올라가는 상상. 준비하는 과정이 힘들긴 했어도 마음만은 정말 즐거웠을 것 같습니다.

행복의 조건이 무엇이라 생각하냐 묻는다면 저마다 다른 답을 할 수 있겠지요. 아마 그중 하나는 데이비드처럼 어린 시절 꿈꾸었던 자신의 상상을 실현하는 것일 겁니다. 여러분들의 어린 시절 꿈은 무엇이었나요? 스스로 현실의 벽장에 가둬버린 꿈이 있지는 않나요? 마음속 깊은 곳에 꼭꼭 접어놓은 그 꿈, 더 늦기 전에 꺼내보는 건 어떨까요? 떠올리고, 계획하고, 실행하면 행복에 한 걸음 더 가까이 갈 수 있을 것 같습니다.

푸른 하늘은 시리도록 눈에 차고, 시원한 공기는 가슴속 깊숙이 스미는 날입니다. 꿈과 하늘을 보는 주말 가을날 되길….

나의 소리

　　10호 태풍 하이선의 영향으로 비가 내리고 있습니다. 올 초가을은 반갑지 않게 찾아온 많은 태풍 탓에 비와 바람으로 기억되지 않을까 싶습니다. 여러분의 입시 전선 또한 태풍 기압 전선과 함께 깊어 갑니다.

　엊저녁, 비가 얼마 내리지 않아 소화도 시키고 생각도 좀 할 겸 집 근처 공원을 걸었습니다. 우산을 들고 걷는 일이 거추장스러울 것 같아 그냥 걸었습니다. 이어폰을 귀에 꽂고 라디오를 듣고 있어서인지 특별한 생각은 들지 않고, 이런저런 단상들만 잔잔한 파도처럼 밀려왔다 사라졌습니다. 그래서 이어폰과 휴대전화를 주머니에 넣은 채 그냥 걸었습니다. 그런데 말이죠. 아무런 인공의 소리 없이, 별로 지나치는 사람들도 없이 그냥 걸었더니 빗소리가 들리더라고요.

　웬 빗소리냐고요? 성근 잎을 가진 나무에 떨어지는 빗소리, 무성한 잎을 가진 나무에 떨어지는 빗소리, 지면에 닿는 빗소리, 우레탄 위에 떨어지는 빗소리, 물이 고인 곳에 떨어지는 빗소리, 캐노피에 떨어지는 빗소리, 풀섶에 떨어지는 빗소리, 놀이터 미끄럼틀 위에 떨어지는 빗소리… 빗소리…. 빗방울이 떨어져 닿는 곳에 따라 다른 소리가 들렸습니다.

　똑같이 하늘에서 떨어지는 빗방울이지만, 어느 곳에 떨어져 반응하느냐에 따라 소리 울림이 달랐던 겁니다. 때로는 후두둑 거리는 소리가 조밀하기도 퍼져있기도 하고, 그 소리가 더 깊기도 얕기도 하고, 크기도 작기도 하고, 연하기도 되기도 하고. 소리는 각기 다른 질감으로 저마다 생생했습니다.

우리도 살아가면서 각기 다른 결의 소리를 냅니다. 아무리 한 부모에게서 나고 자란 형제라 하더라도, 한 공간에서 오랜 세월 친구로 지낸 막역지우라 하더라도 같은 소리를 내는 사람은 없습니다. 비록 모두는 크고 작은 '우리'로 삶을 영위하지만, 또한 '우리'로 결코 묶일 수 없는 오직 '나'만의 소리가 있습니다.

여러분이 가지고 있고, 만들어 낼 수 있는 소리는 어떤 소리입니까? 거의 이십여 년 삶을 살아오는 동안 옆에 앉아있는 친구와 똑같이 동시대를 살았고, 조금씩 차이가 있을 수는 있다 하더라도 비슷한 사회적, 문화적 영향을 받으며 오늘까지 지내왔습니다. 같은 시기, 동일한 지역에서 초·중·고등학교에 다녔고, 현재는 입시를 준비하는 고3이 돼 같은 공간과 시간의 자리에 서있습니다. 현재 여러분이 내는 소리는 저마다 어떻게 다른가요?

인간의 소리는 우리의 말과 행동, 생각입니다. 그것들이 우리의 결이고, 본질입니다. 빗소리는 그렇지 않지만, 여러분이 내는 각자의 소리는 자신의 삶을 다른 방향으로 이끌어가기도 하고, 주변 사람들에게 크고 작게 영향을 미칠 수 있습니다. 아무리 비슷한 환경에서 자라도 시간이 흐르며 삶의 모습은 달라지고, 그 달라진 삶의 모습에 주변 사람까지도 희고, 검고, 빨갛고, 노랗게 물들기 마련입니다.

왜 그렇게 삶의 모습이 달라지는지는 또 긴 생각을 해봐야겠습니다. 다만, 지금은 내가 좀 더 듣기 좋은 시원한 빗소리가 될 수 있어야 함만을 말합니다. 비처럼 내리는 사랑과 관심, 유무형의 사회적, 문화적, 교육적 수혜. 그것들이 자신을 적셔 마음과 반응할 때 자신을 좀 더 발전적으로 이끄는 공명이 일었으면 합니다. 나와 가깝고, 먼 사람들에게 긍정적인 마음의 파동을 보낼 수 있는 그런 공명 말입니다.

오늘 하루, 내가 낸 소리는 어떤 소리이고, 남은 시간 낼 소리는 어떤 소리일까요?

몽매한 가짜 꿈

아침나절까지만 해도 태풍의 여운이 남아 무겁게 드리운 먹장구름이 가득했었는데 바람 따라 날이 개더니 이제는 시야가 시원스레 트였습니다. 코로나에 더해 자연재해까지 겹쳤다면 너무 많은 사람이 큰 고통을 받았을 텐데 큰 피해 없이 태풍이 지나가 다행입니다. 이제는 가을 하면 떠오르는 탁 트인 높고 푸른 하늘과 피부에 와닿는 기분 좋은 바람, 한나절의 따뜻한 햇빛을 볼 수 있을까요? 내일은 오늘보다 더 가을다운 가을을 맞이할 수 있을 것 같습니다.

어젯밤 고 신영복 교수님의 책을 읽다 여러분과 나누고 싶은 문장을 발견해 여기 적어봅니다.

"우리는 흔히 그 사람을 알기 위하여, 그의 과거를 묻는 것 못지않게 그의 꿈을 물어봅니다. 그의 꿈을 물어 그 사람의 내면을 들여다볼 수 있기 때문입니다."[36]

맞는 말입니다. 한 사람이 품은 꿈에는 그가 살아온 지난 과거의 역사와 미래에 대한 삶의 지향과 그 태도가 응축되어 있다 할 수 있습니다. 해서 어떤 사람의 지금 현재의 모습을 이해하는데 그가 가진 꿈이 핵심 단서가

---

36) 신영복, 『더불어 숲』, 랜덤하우스 중앙, 2003. 231쪽.

될 수 있는 것입니다. 누군가를 만났을 때 그 사람의 과거를 속속들이 알 수는 없는 일입니다. 그럴 때 물어보세요. 그의 꿈에 대해서. 그러면 '아! 당신은 그런 색깔의 사람이군요.' 하고 짐작할 수 있을 겁니다.

신영복 교수님은 이어 이런 말을 합니다.

"꿈은 암흑을 요구하는 어둠의 언어입니다. 꿈이란 한 개를 보여줌으로써 수많은 것을 보지 못하게 하는 몽매(蒙昧)의 다른 이름이기도 합니다."[37]

'몽매'는 "어리석고 사리에 어둡다"는 의미의 말입니다. 왜 꿈을 '몽매'라 했을까요? 이는 꿈이 담고 있는 가치 또는 그 지향의 밝음과 어둠의 문제를 지적한 의미가 아닌가 합니다. 즉 자신이 어떤 꿈을 꿀 때 꿈이라는 '맹목'으로 자신의 삶을 소모시키거나 오직 자신의 꿈만을 앞세운 채 공동체가 나아가야 할 가치를 훼손시킨다면 이는 자신이 나아가야 할 올바른 삶이나 우리 공동체의 현실과 미래를 제대로 보지 못한 '몽매'라 할 수 있습니다. 그래서 모든 꿈이 다 똑같이 가치 있고, 소중한 건 아닙니다. 어떠한 꿈이 자신의 인간성을 파괴시키고, 우리 공동체의 현재와 미래를 위협한다면 그 꿈은 공감받고, 존중받을 수 없습니다.

교수님은 또한 이런 말로 쐐기를 박습니다.

"새로운 꿈을 설계하기 전에 가능하다면 모든 종류의 꿈에서 깨어나야 한다고 생각합니다. 꿈에서 깨어나는 일이 먼저라고 생각합니다."[38]

'모든 종류의 꿈'이란 개인만을 위한 욕망과 탐욕, 전도된 가치의 또 다른 이름입니다. 헛된 미망(迷妄)[39]에서 깨어나야 제대로 된 진짜 꿈, 즉 나를

---

37) 같은 책. 233쪽.

38) 같은 책. 234쪽.

39) 사리에 어두워 갈피를 잡지 못하고 헤매는 상태.

올바른 주체로 밀어 올리며 동시에 우리의 소중한 가치를 함께 담아낸 꿈을 꿀 수 있습니다.

그동안 우리 공동체에는 자기 앞만 보고 힘껏 달려온 사람들이 많았습니다. 그 결과 어느 정도는 개인의 성취를 이루기도 했고, 주변을 살찌우기도 했습니다. 하지만 그 과정에서 다른 사람들이 내미는 손을 외면하거나 애써 눈감은 채 제 욕심만을 채운 꿈들 또한 많았음을 부정하긴 어렵습니다.

현재의 내 꿈이 혹시 몽매해서, 잘못된 미망 위에 새로운 꿈을 설계하고 있어서 그 결과 우리 사회가 쌓아 올린 거대한 탐욕의 탑에 나의 꿈을 보태고 있지는 않은지 생각해 볼 일입니다.

어떤 꿈을 꾸어도 이상할 일 없는 젊음입니다. 몽매하지 않은 꿈, 꿈에서 깨어난 진짜 꿈을 꿀 수 있는 젊음이면 좋겠습니다. 더 가치 있는 삶의 길로 한 걸음 나아가기 위해.

무 새순

　　어제 늦게 비가 좀 잦아들고 해가 나길래 무씨를 뿌려놓은 주말농장에 가보았습니다. 요 며칠 비바람이 몰아쳐 순도 틔우지 못하고 녹아버리면 어쩌나 걱정했었는데 밭이랑을 따라 초록초록한 새순이 촘촘히 돋아나 있었습니다.

　주말농장을 일구며 매년 느끼는 거지만, 참 신비한 생명입니다. 쌀 알갱이보다 작은 씨앗인데 심은 후 한 주 정도만 지나면 기적 같은 일이 일어납니다. 아래로는 흙을 붙잡기 위해 깊게 뿌리를 내리고, 위로는 굳은 땅을 밀어 올리며 새순을 틔웁니다. 어디서 이런 힘이 나오는 걸까요? 비록 작디작은 씨앗과 새순이지만, 생명이 가진 가늠할 수 없는 힘과 잠재력 앞에 먹먹해질 뿐입니다.

　어제는 어린 딸을 데리고 함께 갔었는데 딸이 그러더군요.

　"아빠, 땅에 지진이 났어!"

　어린 딸의 눈에도 새순이 돋느라 이곳저곳 조금씩 갈라진 밭이랑의 모습이 신기했나 봅니다. 어린 생명이 성장하고자 사력을 다한 결과가 바로 새순이 일으킨 그 '지진'임을 알려주었습니다. 새순과 같아야 한다고 했습니다. 아마 그 의미를 다 이해할 순 없었겠지요. 그래도 어린 생명의 자람을 보며 모든 생명의 신비와 귀함을 생각했을 듯합니다.

돋아난 새순 사이사이를 솎아주었습니다. 아깝고 미안한 마음이 들긴 했지만, 그렇게 하지 않으면 갓 자라기 시작한 어린 무들끼리 서로 경쟁하느라 깊고 크게 자라지 못하기 때문에 눈 질끈 감고 과감하게 솎아냈습니다. 솎아낸 새순은 집으로 가져와 물에 깨끗이 씻어 반찬으로 만들었습니다. 약간 알싸한 맛이 도는 게 무순은 무순이구나 싶었습니다. 작은 새순엔 이미 온전한 무가 깃들어 있었습니다. 겉모습이 달라져도 한결같을 수밖에 없는 존재의 본질, 그 명확함을 새겼습니다.

내가 가진 본질은 무엇인가요? 아직 잘 모르겠다고요. 괜찮습니다. 비록 덩치가 크긴 하지만, 여러분은 아직 맹아(萌芽)인 씨앗이라 할 수 있으니까요. 충분히 자랄 수 있는 내외적 준비만 갖춰지면 금세 땅을 뚫고 하늘을 이고 올라갈 수 있을 겁니다. 차차 분명해지겠지요. 지나온 시간의 더께와 오늘의 삶, 살아갈 내일이 모여 쉬 변하지 않는 자기만의 본질이 만들어집니다. 그때까지 아주 긴 시간이 필요하진 않고, 보통 20대 중반 정도면 평생 품고 갈 자신만의 색깔이 도드라질 것입니다. 그때쯤이 되면 설령 자신은 모른다 해도 다른 사람이 나에 대해 이렇다저렇다 말할 때가 있을 것입니다. 나와 관계있는 타인의 시선에 비친 나의 모습, 그 시선에 곡해와 악의만 없다면 그것이 내가 가진 본질적 모습에 거의 닿아있다 보아도 무방하지 않을까요?

그때까지 어떤 본질을 가진 주체로 자신을 바로 세울 것인지는 오롯이 자신에게 달려있습니다. 경험하고, 배우고, 생각하는 시간들을 한 겹, 한 겹 쌓아야 합니다. 오늘 학교에 나와 공부를 하는 것도, 대학을 가겠다고 아등바등하는 것도, 풀 길 없는 고민에 몸부림치는 것도 모두 다 그 과정의 일부가 아닐까요?

📖 물을 주고, 솎아주기를 반복한 끝에 기대 이상의 무 수확을 했습니다. 수확한 무만으로 12월 김장을 해결했고, 심지어 지방에 계신 어머니께 보내드리고도 남아 겨울 동치미까지 담갔습니다. 덕분에 한동안 어깨를 으쓱거릴 수 있었습니다. 청양고추를 썰어 넣은 칼칼하고, 구수한 무시래기 된장국을 생각하니 속이 뜨뜻해지는 것 같습니다.

농사일에 뜻밖의 소질이 있는 걸까요? 그것보단 생명의 힘과 땅과 물, 바람과 공기의 조화 때문이겠지요.

자기소개서와 삶의 일치

　　　　　　'노력을 했습니다', '관심이 많았습니다', '참여했습니다', '느꼈습니다', '깨달았습니다', '생각을 했습니다', '알 수 있었습니다', '하게 되었습니다', '하고 싶습니다', '될 것입니다.'

　무슨 말을 이렇게 열거해 놓은 걸까요? 바로 학생부 종합전형에 도전하는 친구들이 쓴 자기소개서에서 많이 볼 수 있는 서술어 내용들입니다. 배워 잘 알고 있듯이 서술어는 주어의 동작, 작용, 상태, 성질 등을 표현하는 문장의 주요 부분입니다. 그래서 자기소개서에 쓰인 서술어들을 보면 주어인 '나'의 행위, 바람, 의도, 상태 등을 확인할 수 있습니다.

　여러분들은 위에 열거된 말들을 보며 어떤 생각이 드나요? 저는 우선 '간절함'을 떠올렸습니다. 자신을 설득력 있게 표현해 대학 관계자들의 마음을 조금이라도 자기 쪽으로 끌어당기고 싶은 간절함, 대학에 꼭 가야 한다는 간절함말입니다. 절실함을 갖고 정성을 다하려는 의지와 자세에 응원의 박수를 보냅니다. 그 간절한 뜻이 읽는 사람의 마음에 닿아 여러분을 향한 믿음의 파장을 일으킬 수 있었으면 하는 마음 저 역시 마찬가지입니다.

　또한, 여러분의 삶이 가진 '보람'도 읽을 수 있었습니다. 학교생활을 하는 동안 많은 시간과 노력을 기울여 자신의 꿈을 위해 공부하고, 활동한 과정이 없었다면 어떻게 저처럼 다양하고 많은 서술어를 쓸 수 있었겠습니까?

생활하는 순간순간에는 닥친 상황에 맞서느라 잘 몰랐을 수도 있습니다. 하지만 지금은 지난 3년을 돌아보는 때입니다. 생각보다 스스로 참 많은 것들을 해냈다는 대견함이 들지 않나요? 한 사람, 한 사람 자신이 이룬 삶의 보람과 가치에 대해 저마다 자부심을 가질 자격이 충분합니다.

그런데 말이죠. 많은 자기소개서를 읽는 내내 '간절함', '보람'과 대척점에 있는 또 다른 이면도 생각하지 않을 수 없었습니다. 솔직담백하지 않고, 잔뜩 힘이 들어간 문장들의 성찬과 많은 말로 자신을 과시하고자 하나 오히려 그 많음으로 인해 요란해진 이야기, 절제되지 못한 꾸밈말들과 끝맺지 못하고 이어지고 또 이어지며 지루해진 문장들의 행렬. 그 속에서 오히려 '허위'를 읽을 수 있었습니다.

실속 없이 겉으로 꾸미는 것은 자신이 실제 느끼고, 생각하고, 행동한 바가 아니기 때문에 금방 탄로가 나기 마련입니다. 더구나 한두 줄을 쓰는 것이 아니고 긴 글을 써야 하는 일이고, 자기 삶을 총체적으로 보여줘야 하는 글이라면 그 실체가 드러나지 않을 도리가 없습니다. 매의 눈으로 수많은 자기소개서를 읽어내는 평가자들의 눈에 그런 면이 거슬리지 않을 리 있겠습니까?

허위에 찬 자기소개서가 가진 더 심각한 문제는 어그러져 동떨어진 '괴리'에 있습니다. 글 속에 자신의 온전한 모습을 솔직하게 담지 않았기 때문에 쓰인 말들은 미래를 열어가는 진실된 약속이 되지 못하고, 이후 자신의 행동을 이끌거나 변화시킬 수 있는 힘이 없습니다. 삶의 총체를 담았다고 하는 자기소개서가 고작 이번 한 번 쓰고 마는 일회용품으로 전락할 수밖에 없는 일입니다.

이미 학교 문을 나선 많은 선배들도 그랬습니다. 대학에만 가면 왜들 그렇게 현실적이 되고 마는지, 또 작아지곤 하는지 안타까울 때가 많았습니다. 삶이란 생각한 대로 이루어지는 거잖아요. 그런데 그 생각이 애초부터 솔직한 것이 아니라면 어떻게 그걸 현실로 만들 수 있겠습니까? 그래서 작아졌던 겁니다. 이상과 꿈을 놓치고 허우적댔던 겁니다.

자기소개서에 담긴 바람이 진실이었으면 좋겠습니다. 그 바람에 대한 자기 확신이 튼튼했으면 좋겠습니다. 지난 삶에서 겪은 크고 작은 경험 속에서 소중한 가치를 발견하고, 그것을 온전히 귀하게 여길 수 있을 때 마침내 그 토대 위에 진짜 미래와 꿈을 세울 수 있습니다.

마지막으로 가장 중요한 건 자신이 세운 그 미래와 꿈에 대해 가슴 뛰는 기대와 열정을 잃지 않는 것입니다. 진짜 좋아하는 일을 하고 싶고, 만나길 고대한 사람을 보려고 하면 가슴이 두근거리면서 없는 힘도 막 생기잖아요. 기대와 열정이 있으면 바라는 일이 되고, 사람도 만나지고, 결국 삶이 영역이 확장될 수 있습니다. 한번 쓰고 버리는 일회용 말의 성찬이 아니라 그 내용을 온전히 자신의 것으로 일치시킬 수 있다면 삶을 보다 나은 방향으로 전진시킬 수 있을 것입니다.

대입이란 목표를 어서 뚫어버리고 싶죠? 자기소개서를 통해 자신이 가진 기대와 열정을 오롯이, 또 진심으로 전할 수만 있다면 대학에서 어찌 안 뽑을 수 있겠습니까? 그럼에도 안 뽑으면 그 대학만 두고두고 손해인 겁니다.

별빛

　　하늘 풍경이 그야말로 가을가을 했습니다. 푸르고 맑은 가을 주말, 처지가 수능 80일 남은 고3이라 마음 편히 야외로 나가긴 좀 찔렸겠죠? 창 너머로 비추어 오는 햇살 한 줌, 열린 문틈으로 들어오는 가을바람 한 조각. 잠시나마 마음 한쪽 내줄 여유 정도는 가져도 좋았을 것 같습니다. 아무리 수험생이지만, 공부! 공부! 공부만 하기엔 너무나 눈부시게 높은 날이었으니까요.

　지난 주말 밤, 걷힌 구름 사이로 그림처럼 빛나는 별빛을 보았습니다. 보았다기보다는 만났다고 해야 맞을까요? 여러분도 보았나요? '잊고 살았네…' 하는 생각이 들더라고요. '갑자기 없던 별이 생겨난 게 아니고 원래부터 늘 그 자리에 있던 별인데 오랫동안 찾지 않았구나!' 생각했습니다.

　길을 걸으며, 또 별을 보며 생각했습니다. 우리가 별을 찾지 않는 이유에 대해. 크게 두 가지 정도의 이유가 있는 것 같았습니다. 하나는 우리 마음에 여유와 이유가 없어 일부러 찾는 노력을 하지 않기 때문이고, 하나는 우리 사는 세상의 빛이 너무 많고 밝아 밤하늘의 별빛이 시선을 끌지 못하기 때문.

　우리의 시선과 별빛이 닿는 그 순간은 그야말로 찰나입니다. 우리의 이성으로 인지할 수 없는 우주의 무한한 시간과 공간을 건너 내가 선 바로 그 시간과 공간 속으로 들어오는 별빛, 그 별빛을 바라보는 순간의 운명 같은 조우. 우리와 별빛의 만남은 늘 찰나의 기적일 수밖에 없습니다. 기적적 만남은 자체로 소중한 인연이며, 의미를 가집니다. 그래서 옛사람들은 별빛을 바라보며 그토록 절절한 소망을 빌었던 걸까요? 생활에 바쁘고 지쳐 여유가 없다는 이유로 기적과 같은 만남을 외면한 건 아닌지 스스로 안타까웠습니다.

가까운 지상의 가로등, 상호 간판등과 네온사인, 헤드라이트 불빛은 강하고 자극적입니다. 우주 멀리서 힘껏 달려왔을 별빛은 너무 기진해진 나머지 왜소하게 흔들립니다. 문명이란 이름의 빛 공해는 어둠을 물리치며 별빛까지 덮어버립니다. 우리는 어둠을 가질 권리를 잃고 살아갑니다. 그리고 빛뿐만 아니라 가까운 시야 너머를 볼 수 없을 만큼 제 주변만을 살핀 채 사느라 결국 생각마저 협소해진 우리의 모습도 문제입니다.

이래저래 별빛이 깃들 마음자리를 잃고 살아가는 날들입니다. 한결같이 밤하늘에 빛나고 있는 별빛인데 마치 우리 세상에는 존재하지 않는 것처럼 인식하는 모순의 날들을 살아가고 있는 것 같습니다. 김춘수 시인의 시 「꽃」 잘 알죠? 비록 공부와 시험 때문에 가르치고, 배우긴 했어도 참 절창은 절창입니다.

내가 그의 이름을 불러 주기 전에는

그는 다만

하나의 몸짓에 지나지 않았다.

내가 그의 이름을 불러 주었을 때

그는 나에게로 와서

꽃이 되었다.

시인의 말처럼 우리는 '꽃'이 될 수 있는 존재를 의미 없는 '몸짓'으로 만들어가며 살고 있는지도 모르겠습니다. 바쁘고 힘들다는 이유로, 효율과 경쟁이라는 이유로 말이죠. 그런 이유들로 간단히 '의미 없음'으로 치부하고 마는 것이 비단 밤하늘의 별빛만은 아니겠지요. 때론 가까운 사람을, 때론 의미 있는 존재가 될 수도 있는 수많은 유형, 무형의 무수한 인연을….

가까이서 맴돌고 있는 기적 같은 만남, 그 만남은 '내가 그의 이름을 불러주어야' 보고, 느끼고, 마음에 닿아 의미가 될 수 있는 것이겠지요. 어두운 밤하늘 빛나는 별이 전해준 이야기였습니다.

코스모스
- 내 마음, 'cosmos'와 'chaos' 그 어디쯤

　　요즘 같은 계절에 우리 주변에서 흔히 볼 수 있는 가을 꽃 하면 어떤 꽃이 떠오르나요? 국화나 구절초도 있지만, 불어오는 가을바람에 한들한들거리는 코스모스가 우리에게 가장 친숙한 가을꽃이 아닐까요? 화려하지도, 그리 탐스럽지도 않게 그저 있는 듯 없는 듯 소박한 모습으로 등굣길, 산책길, 하천변 이곳저곳에 피어나 가을이 왔음을 증명하고 있습니다.

　코스모스가 너무 흔해 원래부터 우리나라에 자생해 왔던 꽃인 줄 아는 사람도 있지만, 그렇진 않습니다. 콜럼버스가 신대륙을 발견한 후 멕시코에서 자라고 있던 코스모스를 유럽에 가져갔고, 1910년대 한 선교사가 그 서양의 코스모스를 우리나라에 들여온 후 자라게 된 것입니다. 그러니 원산지는 멕시코라고 봐야겠죠. 지구 반 바퀴를 돌아온 지 채 백 년도 안 돼 마치 우리와 오래 함께한 재래종처럼 자기 자리를 잡고, 이제는 가을의 전령사 역할을 도맡아 하고 있으니 하늘하늘한 몸체와 다른 그 생명력과 끈질김이 새삼 새롭습니다.

　코스모스의 꽃말은 '순정(純情)', '진심(眞心)'입니다. 수줍은 모습으로 사랑하는 사람을 그리워하는 듯한 모습 때문에 붙여진 이름일까요? 바람결 따

라 이리저리 흔들리면서도 누군가를 향해 한결같이 웃는 듯한 그 모습에 잘 어울리는 꽃말입니다. 만약 여러분이 이 가을, 누군가에게 코스모스 한 송이를 따다 귓가에 꽂아준다면 소박하지만 의미 있는 '순정'과 '진심'의 징표가 될 수도 있을 것 같군요. 수능이 얼마 안 남았으니 올해 말고, 내년에 꼭 그렇게 해보세요. 작은 메모지에 코스모스의 꽃말까지 써 건네면 감동의 물결이 아주 그냥 넘실넘실 찰랑찰랑거리지 않겠습니까? 어찌 사랑이 이루어지지 않을 수 있겠나요? 오랜 경험에서 전해주는 비기(祕技)이니 다음에 꼭 좋은 인연 맺음으로 활용하기 바랍니다.

코스모스는 영어로 'cosmos'라 씁니다. 아는 사람도 있을 텐데요. 원래 'cosmos'는 그리스어 'kosmos'에 그 어원을 둔 말입니다. 기원전 5세기경 'kosmos'는 '질서', '장식', '조화' 등의 의미로 쓰였고, 현대에 와서는 '우주'의 의미로 쓰이고 있습니다. '질서'를 뜻했던 말이 어떻게 꽃 이름으로 쓰이게 됐는지는 알 수 없지만, 코스모스가 가진 그 균형성과 대칭성에 이유가 있지 않을까 짐작해 볼 따름입니다.

'cosmos'의 반대말은 그리스어(영어로도 마찬가지) 'chaos', 카오스입니다. 'chaos'는 '혼돈', '무질서'를 의미하는 말입니다. 균형 잡힌 우주 이전의 대혼돈 상태를 의미한다고 하니 그 말이 가진 막막함과 무질서함에 정신이 아득해집니다.

요즘 여러분의 마음은 'cosmos'인가요? 'chaos'인가요? 아니면 'cosmos'와 'chaos' 그 사이 어디쯤 있나요? 한 주 뒤 수시 원서 접수, 수능까지 남은 날 80일 남짓. 이런 상황에서 마음의 'cosmos'를 가질 수 있다면 대단한 강심장이거나 아니면 아예 마음이 떠버렸거나 둘 중 하나 아닐까요? 대개는 'chaos'에 가까운 'cosmos'거나 아니면 'chaos' 상태에 있지 않을까요?

어제 하루 저의 마음은 'chaos'였습니다. 몇 사람의 자기소개서를 보며 답답하기도 하고, 아득하기도 했습니다. 자기소개서 마무리 시간에 쫓긴다는 생각에 더 혼란스러웠던 것 같습니다. 냉정한 평정심을 잃지 않았어야 했는데 마음속 '무질서'와 '혼돈'이 겉으로 비어져 나와버리고 말았습니다. 한 달 넘는 긴 시간 동안 원하는 만큼 잘 써지지 않는 자기소개서 때문에 가장 힘들었을 사람은 정작 여러분들이었을 텐데 이런저런 말로 마음을 심란하게 한 것 같아 미안한 마음이 들었습니다.

길을 걸으며 정리되지 않은 생각을 한참 붙잡고 끙끙거렸습니다. 머리 무겁게 그러고 있는데 코스모스가 보이더군요. 군락을 이루지 못한 채 일부러 찾아보지 않으면 무심코 지나치기에 십상인 몇 떨기의 코스모스. 그 코스모스를 보며 'cosmos'와 'chaos'를 생각했습니다. '오늘 내 마음이 어디쯤이었는지', '내 생각과 말은 또 어디쯤에서 나온 것인지' 생각하며 차츰 혼란스러운 마음을 제자리로 돌려놓을 수 있었습니다.

요즘 불안하고, 혼란스럽죠? 등하굣길 수줍게 피어난 코스모스를 보며 자기 마음을 찬찬히 바라보세요. 지금 내 마음이 어디쯤 있는지, 내 마음을 어디에 두어야만 하는지.

다른 우회로는 없어

　　　　교육과정평가원 주관 9월 대학수학능력시험 모의평가(9월 모평)가 끝났습니다. 대수능으로 가는 길목에서 가장 중요한 의미를 가진 9월 모평, 마음의 부담이 적지 않았을 텐데 고생 많았습니다. 삶을 살아가며 만날 수밖에 없는 또 한 번의 부담스러운 시험이 이렇게 지나갔습니다. 지금은 아직 그 결과를 알 수 없으니 일단 잠시 마음의 짐을 내려놓아도 좋을 것 같습니다. 과거가 된 모평에 기꺼이 안녕을 고하면서.

　내일과 모레는 후배들 학력평가가 있어 고3이 원격가정학습을 하게 됐습니다. 그래서 가채점 결과는 월요일에 안내받을 수 있을 듯합니다. 가채점 결과를 바탕으로 각자의 입시 전략을 다시 점검해 봐야 할 겁니다. 경우에 따라선 입시 전략을 미세하게 조정해야 하는 경우가 생길지도 모르겠습니다.

　평가원 주관 모평은 대수능의 바로미터라고 하죠? 6월, 9월 두 번의 모평을 통해 실제 대수능의 문제 유형과 난이도 등을 예측해 볼 수 있습니다. 그래서 이번 9월 모평이 끝난 지금, 바로 해야 할 일은 다시 문제를 풀어보는 겁니다. 본인이 어떤 문제 유형에서 어려움을 겪었고, 또 어떤 실수를 했는지 확인해야 합니다. 나의 약점을 파악하고, 남은 80여 일 그것을 보완해 다시 같은 실수를 하지 말아야 하기 때문입니다.

또한, 전문가들과 언론에서 언급하는 이번 시험에 대한 평가도 확인해 볼 필요가 있습니다. 그동안 예측에서 빗나간 경우도 적지 않았지만, 그래도 목을 빼고 대수능만을 바라보고 있는 수험생들에게 전문가들의 9월 모평에 대한 평가와 12월 대수능 예측은 도움이 됩니다. 남은 시간 학습 측면에서 어떤 대비를 해야만 하고, 어떤 마음으로 대수능을 준비해야 하는지 알려주기 때문입니다. 예상할 수 있다면 그만큼 대비하기도 수월한 법입니다.

다음 주부터는 일반대학과 전문대학들의 수시 원서 접수가 시작됩니다. 고민을 정리한 채 원서 접수 날만을 기다리는 사람들도 있지만, 아직도 고민에 고민을 거듭하고 있는 사람들도 있습니다. 마지막 클릭을 할 때까지 혹시 자신이 잘못 알고 있는 것은 없는지, 제대로 준비한 게 맞는지 확인 또 확인해야 합니다.

자기소개서 작성도 아직 진행 중이고, 정시와 수시 수능 최저를 준비해야 하는 사람들의 긴 레이스도 남아있습니다. 앞으로 면접을 준비해야 하는 사람도 있을 테고, 적성고사와 논술, 미술과 체육 실기시험을 치르러 다녀야 하는 사람들도 있을 겁니다. 이 모든 일이 올해가 가기 전 늦가을과 초겨울에 닥칠 일들입니다. 머리, 손, 발바닥 모두에 땀이 날 정도로 바삐 할 일을 하다 보면 모든 일이 그렇듯 하나둘 정리가 되고 평온한 일상을 찾을 수 있게 될 것입니다.

오늘로 대수능까지 정확히 2개월 하고도 17일, 총 78일 남았습니다. '헉! 벌써.' 하는 사람도 있겠고, '아! 아직도.' 하는 사람도 있을 겁니다. 전자는 시간에 쫓기는 사람이고, 후자는 어서 빨리 끝나길 기대하는 사람입니다. 어쨌든 둘 모두에게 주어진 시간은 공평하고, 자신의 힘으로 변화 발전을 일으킬 가능성 또한 똑같이 주어져 있습니다. 계획과 실천 없이 '벌써'만 외치는 것도, '아직도'만 생각하는 것도 의미 없기는 매한가지입니다. 중요한 건 결국 남은 날을 '어떻게' 채울 것인지, '무엇을' 할 것인지가 아닐까요?

오늘까지 지나온 날을 어떠한 질로 보냈는지는 중요합니다. 과정이 곧 오늘의 실력이기 때문입니다. 하지만 지금 자신이 선 자리인 오늘 현재부터는 남은 날을 어떻게 보낼 것인지가 더욱 중요합니다. 지금부터 쏟는 자신의 힘과 열정이 입시의 마지막 순간을 좌우할 것이기 때문입니다.

합격과 불합격만 놓고 보면 종이 한 장 차이, 한 문제 차이라 했습니다. 이미 어느 정도 큰 범주가 정해진 상황에서 자기 실력보다 말도 안 되게 높게, 얼토당토않게 낮게 지원할 수험생이 어디 있겠습니까? 그래서 키 높이 고만고만한 수험생 집단에선 결국 한 문제가 실력이고, 그 한 문제가 결정적 열쇠일 수밖에 없습니다. 벌써부터 중심을 잡지 못하고, 힘을 슬슬 빼는 사람들이 보입니다. 그러면 결국 한 문제 싸움에서 패할 수밖에 없습니다. 혹시 다른 쉬운 우회로? 그런 길이 있겠습니까? 그런 길이 있었다면 13만 3천 명이나 되는 재수생이 올해 다시 대수능을 보겠다 도전하진 않았겠지요. 안타깝지만, 최소한 우리 사는 현재 대한민국 학교와 대학 입시에 우회로는 없습니다.

손흥민 선수의 포트트릭

　　비록 열광적인 축구 팬은 아니지만, 오늘 아침은 영국에서 들려온 손흥민 선수의 골 소식에 기쁜 마음으로 하루를 시작했습니다. 영국 프리미어리그(Premier League) 한 경기 4골(four trick)은 동양인 최초라고 하니 손흥민 선수가 사고 한번 제대로 친 것 같죠?**40** 4일 만의 월요일 등굣길인데다 해야 할 일도 많아 몸과 마음이 무거웠는데 한결 기분 전환이 되었습니다. 아마 여러분들도 마찬가지가 아니었을까요?

　　올 초 손흥민 선수의 책을 읽어보니 오늘의 손흥민 선수가 어느 날 갑자기 된 건 아니더라고요. 초등학교 때 본인의 의사로 축구를 하겠다고 한 순간부터 호랑이 같은 전직 축구선수 아버지(손웅정 전 프로축구 선수) 아래서 그야말로 이 악물고 훈련을 해야 했고, 고2 때 독일 프로축구 유소년 프로그램에 참가할 때는 아버지와 단둘이 지내며 물밀듯 밀려오는 외로움까지

---

40) 손흥민 선수는 해를 거듭하며 절정의 기량을 선보이고 있다. 2020년 12월 18일 국제축구연맹 풋볼 어워즈(The Best FIFA Football Awards 2020)에서 최고의 골을 기록한 선수에게 주어지는 푸스카스상을 수상했다. 푸스카스상을 수상하게 된 손흥민 선수의 골은 지난해 12월 번리전에서 약 70m를 질주하며 상대 선수 6명을 따돌린 뒤 페널티 지역까지 접근해 오른발 슈팅을 성공시킨 골이다. 손흥민 선수는 이 골로 인해 EPL '12월의 골,' BBC 올해의 골, EPL 사무국이 선정하는 2019-2020 시즌 '올해의 골' 등을 받았다. 2020-2021 시즌 리그 17골 득점, 2021-2022 시즌 리그에선 23골을 넣어 아시아 선수 최초로 영국 프리미어리그 득점왕(골든부츠)을 거머쥐었다. 2022 시즌이 개막된 현재 발롱도르 후보 30인에 이름을 올렸다.

견뎌내야 했습니다. 심지어 규정에 어긋나는 걸 알면서도 몰래 숙소에 밥솥을 감춰두고 한국식으로 밥을 지어 먹으며 생활했다 합니다. 아버지와 아들 둘이 물설고 낯선 독일 땅에서 몰래 밥을 지어 먹으며 얼마나 눈치가 보였겠습니까? 밥을 넘기며 얼마나 많은 다짐과 눈물의 대화를 나누었겠습니까? 생각하면 마음 아픈 일이나 그런 시간을 이겨냈기 때문에 월드클래스 반열에 오른 오늘의 손흥민 선수를 볼 수 있는 게 아닌가 싶습니다.

모든 성공한 사람들이 그렇듯 손흥민 선수 역시 악전고투를 벌인 자기만의 역사 위에 오늘의 금자탑을 쌓아올린 것이었습니다. '골! 골! 골! 골!' 그 화려한 스포트라이트 이면에 있는 땀과 눈물의 가치를 생각해야 합니다. 그럴 때 우리가 응원하는 손흥민 선수의 가치가 더 높이 평가될 수 있고, 손흥민 선수가 다소 부진하더라도 계속 믿고 응원하는 진정한 '찐팬'이 될 수 있을 겁니다.

드디어 이번 주 수요일부터 대입 수시 원서 접수를 시작합니다. 이번 주를 위해 정말 긴 시간을 달려왔죠? 정시 준비만 해온 사람들도 일부 있긴 했지만, 우리 반 대다수 친구들이 이번 수시 원서 접수를 위해 그동안 아등바등 공부하며 숨 가쁜 날들을 지내왔다 해도 과언이 아닙니다. 코로나 유행이라는 상황 속에서 많은 사람이 고3 걱정에 말을 보탰지만, 우리는 그런 걱정의 말들을 뒤로 두고 각자 제 역할을 해내기 위해 묵묵히 노력해 왔습니다.

결코 순탄한 과정은 아니었습니다. 쉬이 올라가지 않는 성적, 목표에 도달하지 못한 아쉬움에 조급함이 앞섰던 시간, 조금 알 것 같은데 자고 일어나면 또 할 것이 산처럼 쌓여있는 공부, 쉴 새 없이 몰아친 시험들, 비록 양적으로 많지는 않지만, 시간이 부족해 더 하기 힘들었던 온갖 활동, 들쭉

날쭉 널뛰었던 대입 및 고사 일정, 써도 써도 잘했다는 소리 한 번을 제대로 못 들은 자기소개서 쓰기, 일부러 말씀은 많이 하지 않으셨지만 이미 잘 알기에 더 부담스러운 부모님의 기대, 친구들과 나눈 걱정과 고민의 시간 또 그만큼 많은 충고와 격려의 시간… 이 모든 것들이 그동안 겪은 우리의 시간이고, 지나온 흔적입니다. 애 많이 썼습니다. 토닥토닥 어깨를 두드려 드립니다.

하지만, 아직 끝나지 않았습니다. 축구나 야구 경기 같은 스포츠가 그렇듯 입시 역시 끝날 때까지 끝난 게 아닙니다. 9회 말 투아웃, 후반전 추가 시간에 얼마든지 뒤집을 수도, 뒤집힐 수도 있습니다. 수시 지원 원서는 원서일 뿐 합격증이 아닙니다. 6개 대학을 지원했다고, 전문대를 수없이 많이 지원했다고 합격이 보장되는 건 아닙니다. 아직도 자기소개서 완결이 남았고, 면접, 논술, 대학별 실기, 적성고사 등이 줄줄이 사탕입니다. 당장 이번 한 주만 해도 자기소개서를 한두 번 더 검토해야 하고, 마지막 수시 지원 확인 상담도 해야 합니다. 저마다 지원 대학에 대한 정보를 꼼꼼하게 다시 확인하는 것도 소홀히 해선 안 되며, 지혜로운 원서 접수 전략도 가다듬어야 합니다.

손흥민 선수가 오늘 '포트트릭'을 할 수 있었던 이유 중 하나는 골대 앞 집중력이었습니다. 아무리 같은 팀 선수 해리 케인(Harry Kane)이 환상적인 어시스트를 했다 해도 손흥민 선수가 골대 앞에서 당황했다면, 자신에게 달려드는 수비수들과의 몸싸움에서 밀렸다면 '포트트릭'을 달성할 수도, 팬들의 환호를 받을 수도 없었을 겁니다.

지금부터 12월까지(정시의 경우 2월까지)는 여러분들 역시 멋진 골을 넣기 위해 막판 집중력을 발휘해 주어야 합니다. 저를 비롯해 여러분들을 지켜보고 있는 많은 팬은 여러분들이 골대를 향해 뛰어가는 모습을 숨죽여 지켜보고 있습니다. 기대에 찬 눈빛으로 여러분들의 모습을 바라보고 있습니다. 얼마 뒤 팬들의 기대가 환호로 바뀔지, 탄식으로 바뀔지는 아직 모르는 일입니다. 우리의 경기는 지금부터가 시작입니다.

추분, 수험생 건강 관리 십계명

오늘은 절기상 추분(秋分)[41]입니다. 추분은 연중 낮과 밤의 길이가 같아지는 날입니다. 어젯밤에 보니 요란하게 울어대던 가을벌레들의 볼륨이 눈에 띄게 줄었더라고요. 그래서 웬일인가 섭섭한 마음이 들었었는데 벌써 추분이 가까웠던 겁니다. 추분이 지나면 우렛소리 멈추고 벌레가 숨는다더니 작은 미물들이 먼저 일기의 변화를 알아채고 월동 준비를 시작했나 봅니다.

낮과 밤의 길이가 같아진 만큼 밤도 깊고, 낮도 짧지 않습니다. 그래서 그런지 낮과 밤의 기온 차가 크게 벌어지고 있습니다. 오늘만 해도 10도 정도나 차이가 나서 아침에는 다소 쌀쌀했지만, 낮 동안 활동을 할 땐 조금 덥게 느껴졌습니다. 여름 내내 기세를 떨친 더위와 습도에 적응했던 우리 몸은 아직 추위와 건조한 날씨에 대한 대비가 덜 돼있습니다. 하루 두 번 크게 변하는 온도는 우리 몸의 면역력을 떨어뜨리는 직접적 원인입니다. 면역력이 저하된 만큼 쉽게 감기에 걸릴 수 있는 날의 연속입니다. 부쩍 건조해진 날씨 탓에 벌써 비염으로 고생하는 사람들도 많습니다. 그래서 그런지 저도 지난 주말 쏟아지는 콧물과 눈 가려움 때문에 고생을 좀 했습니다. 조금 과장하면 땅바닥까지 콧물이 닿을 뻔했네요.

---

41) 24절기 중 열여섯 번째 절기.

이제는 점점 더 밤 길이는 길어지고, 낮 길이는 짧아질 일만 남았습니다. 깊어지는 가을 따라 평균 온도도 점점 내려갈 겁니다. 요즘처럼 계절이 바뀔 때는 부쩍 건강 관리에 더 신경을 써야 합니다. 막바지 수험 생활을 하다 보면 아무래도 신체활동을 줄여가는 대신 그 자리를 정신적 학습 노동으로 채우기 마련입니다. 공부해 봐서 잘 알겠지만 몇 시간만 집중하고 나면 기력도 떨어지고, 몸도 피곤해집니다. 적당히 피로를 풀어주지 못하거나 적절한 영양을 공급하지 못한 상태가 누적되다 보면 아무리 피가 끓고, 쇠도 삶아 먹을 수 있는 열아홉 나이라 해도 버틸 재간이 없습니다. 더군다나 지금은 수시 원서 접수가 코앞이라 정신적으로 예민해지고, 정시 준비하는 사람들의 체력도 많이 떨어질 때입니다.

오늘 점심때 축구 하느라 수업 시간에 늦은 사람들을 보니 일부 국가대표 선수급 체력을 가진 사람들도 있긴 한 것 같습니다만, 그런 사람들이라고 왜 대입 스트레스가 없겠습니까? 다들 막바지 수험 생활 동안 건강 관리 잘해서 자신이 원하는 만큼 뛰어나갔으면 좋겠습니다. 공부하고 싶은데 정작 체력 때문에, 병 때문에 하지 못한다면 그 역시 두고두고 억울한 일이 될 테니까요.

제가 생각하는 가을 환절기 수험생 건강 관리 십계명입니다. 스스로 잘 챙겨서 몸도 마음도 쌩쌩하게 지냈으면 합니다.

✏ 1. 따뜻한 물 자주자주 꿀꺽~ 다만 데지 않게 적당한 물 온도 확인 필수!

따뜻한 수분은 몸을 따뜻하게 유지할 수 있게 하고, 무엇보다 목 안의 습도를 유지해 감기를 예방해주지. 따뜻한 물을 마시려면 일단 보온병 하나는 있어야겠지. 부모님께 고3 딱지 앞세워 하나 장만해달라 하자. 자동차나 비행기 사달라 조르는 것도 아닌데 그 정도 못 해주시겠냐? 말년 병장 떨어지는 낙엽 조심하듯, 이맘때 수험생은 감기 조심이 지상 최고 미덕이여.

✏ 2. 겉옷 하나 넣고 다녀. 요새 가방도 가벼운데 그 정도 괜찮지?

아침엔 으시시 춥고 낮엔 또 겁나 덥지? 어느 장단에 춤을 춰야 하나 환장할 거 같아? 그냥 입고 벗기 편한 옷 하나 있으면 해결할 수 있어. 괜히 아침부터 덜덜 떨지 않아도 되잖아. 몸에 맞지 않아 꽉 끼긴 해도 교복 춘추복을 갖춰 입고 다니는 것도 괜찮을 듯.

✏ 3. 코로나의 교훈: 마스크 쓰고 다니니 병에 안 걸리네!

코로나 때문이 아니더라도 요즘 같은 환절기엔 마스크를 쓰고 다니면 좋아. 위생 관리에 도움이 되거든. 친구 녀석의 감기바이러스를 막는 데 탁월한 도움이 돼. 생각해 봐. 실제 올해 예년보다 병원 안 가지 않았어? 병원 가보면 사람들도 별로 없고. 환자 없는 의사 선생님들 생계 걱정하지 말고, 병치레하지 않게 마스크 잘 쓰고 다니자. 후유증까지 생각하면 코로나는 곧 재수로 가는 문 노크하는 꼴이다.

✎ 4. 아직 그럴 나이는 아니지만, 영양제나 비타민 꼬박꼬박 챙겨!

난데없이 울끈이 불끈이가 되기 위한 건 아니야. 울끈이 불끈이는 내년에 대학 가서, 아니면 군대 가서 실컷 만들어. 무리해서 공부하느라 불균형해질 수 있는 몸 상태의 균형을 유지하기 위함이야. 약 먹었다는 생각만으로도 건강해지는 것 같은 플라시보 효과(Placebo effect)도 있고 말야. 그렇다고 이 약, 저 약 아무거나 먹지는 말고. 꼭 의사 선생님이나 약사 선생님상담받고 복용하자.

✎ 5. 세끼 먹어! 지금이 한민족 역사 이래 가장 풍요로운 시대야! 굶지 마!

삼시 세끼를 꼬박꼬박 소고기에 전복, 낙지를 먹으란 말은 아니야. 괜히 고3 핑계로 어머니, 아버지 호주머니 털지 마라. 당이 떨어지면 두뇌 활동도 저하되니 식사를 꼭 챙기라는 거지. 밥 안 먹으면 졸리고, 집중도 덜 되는 건 다 과학적인 이유가 있어. 근데 점심 통 안 먹는 사람들은 뭐냐? 무상급식 세금 아깝다. 단군 조선 반만년 유구한 우리 민족 역사 이래 가장 풍요로운 시대야. 먹으며 공부하자고. 너네 안 먹으면 지하에서 조상님들 통곡하신다.

✎ 6. 잠자기 전에 스마트폰 좀 그만! 쯤! 쯤! 쯤~

잠잘 시간도 모자라지? 아니라고? 그럼, 그냥 망한 거. 꼭 잠자리에 누우면 스마트폰 더 하고 싶고, 고생한 자신에게 해도 괜찮다고 말하지? SNS

도 하고, 유튜브도 좀 보고. 그거 그거 폭망하는 지름길이다. 왜? 잠은 잠 대로 못 자, 잠 못 자면 낮엔 낮대로 피곤해. 그러니까 폭망이지. 몇 달만 자제해. 스마트해지는 대신 완전 헬~ 재수로 가지 않으려면.

✎ 7. 누가 자지 마라 했냐? 대신 낮에 말고 밤에 자라고

잠이 보약이란 말은 틀린 말이 아냐. 그렇다고 고3이 풀 취침하면 그것도 좀 모자란 인간이지? 몸에 무리가 되지 않을 만큼 적당한 수면 시간은 유지하자. 특히, 밤에 너무 적게 자서 벌건 대낮 동안 비몽사몽할 바에야 차라리 밤에 잘 자자고. 꿀잠은 건강 지킴의 보약!! 계획적인 쪽잠은 입시 성공의 비타민!

✎ 8. 잠잘 때 이불킥은 그만!

자다 보면 이불 다 걷어차고, 배 까고 자는 사람 꼭 있지? 그렇게 자고서도 병나지 않으면 괜찮은데 요즘같이 일교차가 클 땐 콧물, 기침, 인후통으로 바로 가는 직행 통로야. 괜히 기침해서 코로나로 의심받지 말고, 아침부터 자가진단에 체크 해야 하나 말아야 하나 고민하게 되지 말고, 차라리 잘 때 긴 팔을 입고 자는 것이 좋아. 아니면 보드랍고 따뜻한 재질의 수면 옷을 입고 자거나.

✏ 9. 규칙적 밀어내기 한판 승부의 승자는?

밀어내기 한판(응가) 승부에서 번번이 패하는 사람들 있지? 요즘 나도 그렇다. 근데 생각해 보면 규칙적 밀어내기 한판(응가)을 못하는 이유가 다 있지 않냐? 대개는 불규칙한 생활 패턴 때문이거나 무리한 먹거리 때문이지. 학교에서든 집에서든 처리할 건 확실하게 하자고. 수능 날이 하루하루 다가올수록 규칙적 배변 활동이 중요해질 거야. 한참 집중해서 수능 보는데 살살 신호 오기 시작하면 대략 난감이다. 응가 때문에 수능을 망칠 수는 없는 일 아니냐? 어디 가서 응가 때문에 수능 망쳤다 하면 모지리 소리 듣기 십상이여.

✏ 10. 낮 동안 볕 바라기 하고, 움직여!

무슨 드라큘라나 박쥐도 아니고 당최 움직이지 않으려는 사람들이 있어. 전생에 나무늘보거나 코알라였으려나? 요즘 햇볕 좋잖아. 밥 먹고 친구랑 운동장이라도 걸어봐. 생각보다 몸이 올라오는 걸 느낄 수 있을 테니. 그렇다고 아직 군대도 안 갔는데 군인마냥 빡씨게 전투 축구 하느라 몸 버리지는 말고. 비타민 D는 햇볕을 받아야 우리 몸에 만들어지는 거 알지? 비타민 D 부족해지면 우울해지고, 뼈 약해진다. 우울한 마음이 들면 무슨 공부가 눈에 들어오겠어?

태광샘의 수시 원서 접수 기본 전술

         "Alea iacta est/Alea jacta est(The die is cast)." BC 49
년 율리우스 카이사르(Gaius Julius Caesar)가 루비콘 강을 건너며 한 말입
니다. 우리말로 '주사위는 던져졌다!' 오늘부터 28일까지는 4년제 대학 수시
원서 접수 기간. 각자 가지고 있는 주사위를 던져야 하는 날입니다. 떨립니
까? 담담합니까? 크게 긴장할 필요도, 그렇다고 별일 아닌 것처럼 지나치게
무덤덤할 일도 아닙니다. 중요한 일을 앞두고 있을 때 가장 현명한 모습은
평정심과 냉정함을 유지하는 것입니다.

  자신에게 유리한 원서 접수를 하기 위해선 몇 가지 전술적 고려가 필요합
니다. 오늘은 그것에 대한 이야기를 해보죠.

태광샘이 생각하는 수시 원서 접수 기본 전술!

✏ 1. 너무 급하게 서두를 필요는 없어!

대개 대학별로 적으면 3일, 많으면 5일 정도 원서 접수를 해. 날짜의 여유
가 있으니 첫날부터 다 넣을 필요는 없어. 3일간 접수하는 학교는 이틀째에
일부 넣고, 나머지는 사흘째에 넣으면 될 것 같아. 5일간 접수하는 학교 역

시 이삼 일차 정도에 1~2개 넣고, 나머지는 접수 마지막 날 상황을 고려해 넣자고. 개인의 전반적인 원서 접수 라인업을 보고 넣어야 하기 때문에 하는 말이야. 1~2개 정도 일찍 넣어보라고 하는 건 접수 마지막 날 심장 벌렁거리며 이것저것 클릭하느라 당황하지 않기 위해서이기도 하고, 자신의 집 PC로 원서 접수가 잘 되는지 확인하기 위해서이기도 해.

✎ 2. 지원 대학 학과의 경쟁률 확인이 제일 중요!

가장 중요한 건 경쟁률! 입시에서 경쟁률이 곧 깡패일 수 있음. 경쟁률만 착하면 흐흐흐~! 작년에 이어 올해 역시 수험생 수가 대폭 감소한 거 알지? 작년 기준으로 올해 5만 명 정도가 줄었다고 하니 올해 입시를 치르게 된 게 대운을 타고났다 봐야 하나? 올해 고3 되게 낳아주신 부모님께 감사드려라. 수시 모집 인원은 거의 그대로인데 지원 수험생 수가 줄면 어떤 현상이 벌어질까? 소위 서울 하위권 대학과 경기도 및 지방 대학들의 지원자 수가 줄어들지 않겠어? 특히, 지방 대학은 올해 학생 모집에 심각한 위기를 겪는 학교들이 있을 거야. 조만간 문을 닫아야 하는 학교들이 늘어나겠지. 만약 경쟁률이 2점 중반 대 1 이하 정도로 형성될 경우 등록 미달이 될 가능성이 커. 합격생들이 여러 군데 추가 합격을 해서 상당수가 빠져나갈 것이고, 내가 지원자 중 최하위권이 아니라면 그냥 합격이 될 수도 있단 이야기지. 여기서 중요한 사실 하나! 근데 말야 운도 열심히 하는 사람에게만 따른다는 사실! 예전에 한번 이야기한 적 있지? 열심히 했는지 안 했는지는 하늘이 알아. 그래서 열심히 한 사람은 드라마틱하게 문 닫고 들어가고, 열심히 안 한 사람은 자기 앞에서 문이 꽝! 하고 닫히는 걸 보게 되는 거지. 그러니까 통곡의 벽 앞에 서고 싶지 않거들랑 열심히 해! 이것들아! 점심시간에 축구 하다 늦게 들어오지나 말고. 교실에서 삼삼오오 대동단결 게임이나 하고 있지 말고.

✏️ 3. 목표 대학들에 대한 일목요연한 표 정리 필요!

특히 경쟁률이 중요해 전략적 고려가 필요한 몇몇 우리 반 친구들에게 전술적으로 이미 지시한 사항이야. 자신이 지원하려는 목표 대학들 3년 동안 모집 인원, 경쟁률, 추가 합격 인원을 일단 먼저 표로 정리하고, 원서 접수 기간 공개되는 올해 일자별 경쟁률을 추가해 표 속에 써넣어. 하기 귀찮다고? 그럼 그냥 막 넣고 떨어져야지 별수 있냐? 노답이지. 추가 합격 인원 데이터를 보면 대강 그 과가 그 전형에서 최소 몇 명 정도 추가 합격하는지 알 수 있어. 거기다 올해 경쟁률을 예상해 보면 합리적인 선택을 할 수 있지. 몇 해 전 내신 7등급 게임돌이 한 녀석 지방대 사범대 보낼 때 그렇게 했었어. 걔 때문에 그다음 해 그 과는 '나도 갈 수 있겠는데.' 하고 착각한 애들이 몰려 경쟁률이 급상승했지. 아마 추풍낙엽으로 우수수 떨어졌을 거야. 쯧쯧! 경쟁률과 추가 합격 인원을 확인했어야지. 여하튼 너무 작지도 크지도 않은 달력 종이 정도에 표를 만들어 책상 위에 붙여놓으면 한눈에 보기 좋아. 보고만 있어도 뭐 좀 하는 것 같지 않겠어. 굉장히 과학적인 수시 지원을 하는 것 같은 뿌듯함이 들 거야. 물론 합격과 불합격은 나중 문제고. 중요한 건 역시 경쟁률 추이야. 경쟁률이 치솟지는 않는지, 떨어졌으면 얼마나 떨어졌는지 확인하자.

✏️ 4. 공개 경쟁률 확인 후 판단!
....

대학마다 공개하는 시간과 일자별 공개 횟수가 다르긴 하지만 거의 모든 학교가 실시간 경쟁률을 공개해. 세상 좋아졌지. 옛날 선생님, 엄마, 아빠 대학 갈 때는 일일이 대학에 가서 경쟁률을 확인해야 했어. 그래서 일가친척에 알바까지 동원해서 경쟁률 확인하러 다녔었어. 마감 시간 임박해 오토바이 아저씨들 날아다녔다. 지금은 상상도 힘든 전설의 입시 전쟁이었지. 원서접수 사이트나 해당 대학 홈피에 가면 실시간 경쟁률 확인할 수 있는데 그렇다고 24시간 내내 휴대전화만 들여다보고 있을 필요는 없어. 괜히 경쟁률 확인한다고 시간 낭비만 하는 꼴이야. 일단 매일 공개되는 마지막 경쟁률을 확인하고, 마지막 날에는 대학마다 12시, 1시, 2시, 3시 등 공개 시간이 다 다르기 때문에 해당 시간에 꼭 확인할 필요가 있어. 마지막 날 마지막 경쟁률 공개 후 최종 마감 시간까지는 그냥 깜깜이야. 그 시간에 어떤 친구들이 얼마나 접수했진 아무도 몰라. 경험에 의하면 서울 주요 대학을 목표로 잡고 있는 학생들 말고는 막판까지 쥐고 있다가 원서를 넣는 경우는 아주 많은 것 같지 않아. 그래서 우리 반은 마지막 공개 경쟁률을 잘 확인해서 원서를 넣길 더욱 권하는 거야. 참고로 ○○대, ㅁㅁ대 같은 일부 대학들은 오프라인 원서도 받기 때문에 온라인 접수 마감 후 최종 공개 경쟁률이 예상보다 출렁거릴 수 있어.

✏️ 5. 들뜨지 말 것!

원서 접수가 합격을 보장해 주는 건 아냐. 그런데 벌써부터 분위기가 하늘을 나는 사람들이 있어. 쉬는 시간마다 친구들하고 삼삼오오 사이좋게 모여 원서 접수 상황에 대한 이야기꽃을 피우고, 얼굴에 막 화색이 돌아. 좋냐? 벌써 그러면 어떻게 될까? 코로나 상황에서 어느 해보다 재수생 비율이 높은 올해 자칫 현역 고3의 수능 최저에 심각한 문제가 생길 수 있어. 괜히 겁주려고 하는 이야긴 아냐. 자기 목표를 다시 새기고, 좀 더 결의를 다질 필요가 있는 것 같아. 냉정하게 평정심을 유지하며 차질 없이 원서 접수를 하되 제 할 일은 끝까지 하잔 이야기지.

✏️ 6. 혹시 몰라 꼭 확인해야 할 것들

📖 개인 사진 파일 다 가져갔지? 수능 원서용으로 이마 까고 귀 보이게 찍느라 '누구지? 나 아닌 거 같은데…' 싶은 사람들도 있을 거야. 저장된 그 사진, 순수 천연의 네 모습 맞다. 아직 안 가져갔으면 지금이라도 저장해 가자.

📖 자신의 지원 전형에 대해 한 번 더 확인해라. 원래 계획했던 전형이 아니라 비슷한 이름의 다른 전형에 넣는 어이없는 실수는 없어야 하니까. 실수하면 나중에 창피해서 고개도 못 들 거야.[42]

---

42) 결국, 실제로 원서 접수 마친 후 잘못된 원서 접수 사례가 몇 건 나왔다. 수리 가형 최저 성적이 필요한 걸 모르고 접수한 경우, 최저가 있다는 사실을 놓치고 접수한 경우, 상담한 것과 다르게 넣었다가 경쟁률 폭탄 맞고 초장에 전사한 경우…. 다행히 다른 학교에 합격했기 망정이지 만약 그렇지 못했다면 두고두고 속이 쓰렸을 것이다.

📖 우리 학교는 어디? 서울 용문고등학교! 경기도 양평에 있는 용문고등학교 아니다. 경기 용문고등학교로 접수하면 그냥 똥 되는 겨. 아니면 접수하고 어찌 내 얼굴 보겠냐? 그냥 전학 가야지.

📖 개인 PC 상태 점검해 봐. 1∼2개 접수해 보면 알겠지? 만약 잘 안 되면 접수할 수 있는 PC에 대한 대책을 세워야 해. 작년 재작년에 꼭 막판 가서 PC 먹통 돼 못했다고 하는 사람들 있었어. 일단 마감 시간 넘으면 그걸로 끝이라 봐야 해. 대학에선 봐주는 거 없다.

📖 마지막 날 막판에 몰려 다 넣지는 마. 마감 시간은 다가오는데 한번에 4개, 5개 넣다 보면 똥줄 탈 수 있어. 그러니까 원서 하나당 넉넉하게 한 시간은 잡고 넣자.

📖 결재 수단 확인하고, 미리 준비하자. 보통 부모님 카드로 하고, 카드 비번을 알아두면 될 거야. 환불 계좌도 알아놓아야 하고. 그 외에도 몇 가지 결재 수단이 있어. 원서 접수 초반에 한 대학 넣어보면 감 올 거야.

📖 자소서 입력 마감 시간 넘기지 말자. 두 달째 영혼을 바쳐 쓰고, 수정한 자소서야. 그런데 애써 준비해 놓고 입력 마감 시간 넘겨서 제출을 못 하는 사태는 없어야겠지. 재작년 여러분 선배 중 한 명이 마감 임박해 복붙하다 잘 안 되는 바람에 결국 저장을 완벽하게 못 했고, 그냥 광탈한 적 있었어. 여유 있게 하자. 참고로 제출 후 잘 제출되었는지 꼭 다시 한 번 확인하고.

📖 보내야 할 서류 잘 보내라. 학교장 추천 전형, 사회적 배려 전형, 기회균형 전형, 국가보훈대상자 전형 등 특별한 전형으로 지원하는 사람들은 어떤 서류를 준비해야 하는지 이미 샘과 다 확인했지만, 그래도 다시 확인하고 미리 서류 준비하자. 언제까지 어떤 방식으로 보내야 하는지 잘 확인해서 실수 없이 꼭 보내자.

진인사대천명(盡人事待天命)이고 진열공대합격(盡熱工待合格)이다!

자! 이제 던지자! 주사위! Alea iacta est!

BTS의 UN 메시지

　　　　　어제 집에 가서 자신이 지원할 학교 지원 상황 확인해 봤죠? 경우에 따라 경쟁률이 올라간 학교 학과도 있고, 그 반대로 지지부진한 학교 학과도 있었을 겁니다. 아직은 향후 상황을 예측하긴 조심스럽습니다. 다만, 코로나 19 유행으로 불확실해진 사회적 분위기와 상황이 입시에도 영향을 미치지 않을 수는 없을 듯합니다.

　작년에 어렵게 대학에 들어갔지만, 코로나로 인해 올해 내내 사실상 소위 '사이버대학'을 다녀야 했던 재수생들의 불만족이 많은 인원의 재수로 이어졌습니다. 고3 현역들의 경우에는 확실하게 쌓지 못한 자기 실력과 제대로 하지 못한 비교과 활동에 대한 불안감 때문에 눈치 보기 수시 지원이 이어지지 않을까 예상합니다. 전반적으로 재수생들은 자신들이 수능과 비교과에서 현역보다 좀 더 낫다고 생각해 과감한 지원을 할 것 같고, 고3 현역들은 아무래도 안정적 지원을 더 많이 하지 않을까 생각하고 있습니다. 우리 반은 전반적인 성적대와 상황을 고려했을 때 큰 변수가 없으면 원래 계획대로 진행하는 것이 좋을 것 같습니다. 일단 상황을 지켜보며 오늘 한 군데 정도 지원하고, 앞으로 남은 기간 동안 차질 없이 모두 지원하도록 하자고요.

　수시 원서 접수 이야기는 이쯤 하고 화제를 좀 전환해 볼까요. BTS 이야깁니다. 어제 열린 제75차 유엔 보건안보우호국 그룹 고위급 회의에 특별연사로 초청된 BTS가 코로나로 위기에 처한 세계인들을 위해 연설을 했습니다. 2년 전에도 UN 총회장에서 연설했었는데 BTS를 향한 세계적 관심이 얼마나 높은지 알 만합니다. 국격을 높이고, 자부심을 갖게 해주는 BTS입니다.

소속사인 빅히트엔터테인먼트의 예상 상장 가치가 총 10조이고, 회사 가치의 8할을 BTS가 담당하고 있다고 하니 그럼, 한 명당 가치가 1조인가요? 대박! 이 시대를 살아가는 많은 사람에게, 특히 불안한 미래로 인해 힘들어하는 세계의 젊은이들에게 희망의 메시지를 전하는 BTS! 세계의 문화 아이콘이자, 삶의 긍정적 가치를 전파하고 있는 가장 빛나는 별이라 해도 과언이 아닌 것 같습니다. 훗날 오늘을 살았던 많은 세계인은 BTS와 그들의 음악을 기억할 것이고, 그들에게 받은 긍정적 영향과 가치를 소중하게 추억할 것입니다. 더 나아가 비틀즈, 퀸처럼 세대를 이어 기억에 남을 수 있었으면 좋겠습니다.

다시 어제 연설로 돌아와서요. 멤버들이 돌아가며 연설을 했는데 저는 그 중에 이런 말들이 인상적이었습니다.

"우리의 삶은 예측할 수 없는 만큼, 정해진 답도 없습니다. 저 또한 방향만 있고 뚜렷한 방식은 없는 상태에서, 나와 우리를 믿으며 최선을 다하고 순간을 즐기며 이 자리까지 왔으니까요."

— 제이홉

"미래에 대한 걱정, 끊임없는 노력, 다 중요하지만 가장 중요한 건 자기 자신을 아껴주고, 격려해 주고, 가장 즐겁게 해주는 일입니다. 모든 게 불확실한 세상일수록, 항상 '나', '너' 그리고 '우리'의 소중함을 잃지 말아야 합니다."

—진

"우리의 내일은 어둡고, 괴롭고, 힘들지 모릅니다. 우리는 걷다가 넘어지고 엎어질지도 모릅니다. 밤이 깊을수록 별빛은 더 빛납니다. 같이 가는 이 길에, 별이 보이지 않는다면 달빛에 의지하고, 달빛마저 없다면, 서로의 얼굴을 불빛 삼아 나아가 봅시다. … 언제나 깜깜한 밤이고 혼자인 것 같겠지만, 내일의 해가 뜨기 전 새벽이 가장 어둡습니다."

—RM

세 사람의 말에서 '나'와 '우리', '희망'을 읽었습니다. 힘든 상황일수록 자신에 대한 믿음을 잃지 말고, 옆에 있는 사람의 손을 잡고, 희망에 대한 기대를 버리지 말자는 이야기는 불확실한 미래와 목표 때문에 힘들어하는 여러분들도 꼭 귀담아들을 필요가 있는 말인 것 같습니다. 스스로 자신을 믿지 못하면 어떤 작은 일도 해낼 수 없습니다. 나 혼자 잘나 살아갈 수 있는 세상이 아니기 때문에 옆에 있는 사람에 대해 배려하고 공감할 수 있어야 합니다. 미래는 다를 수 있고, 달라야만 한다는 것에 대한 신념은 힘든 오늘을 견디게 해주는 닳지 않는 양식입니다.

'야심성유휘(夜深星逾輝, 밤이 깊을수록 별은 더욱 빛난다.)'이고, 'Hoc quoque transibit[호크 퀴퀘 트란시비트(이 또한 지나가리라)].'입니다. 자신과 삶, 세상에 대해 배배 꼬아 부정적으로 바라보는 사람들이 있습니다. 그런 사람은 스스로 자신의 정신과 삶을 갉아먹으며 옆에 있는 사람들도 함께 지치게 만듭니다. 그래서 그런 사람은 그 자신이 바로 늪 자체인 겁니다. 자신에 대한 긍정과 미래에 대한 낙관적 시각을 갖는 것은 자신의 정신을 강력한 철갑으로 무장하는 일이고, 좋은 사람들을 자기 주변으로 무한정 끌어들여 스스로 '인간 화수분'이 되는 길입니다.

십 년을 바치자는 말

어제, 졸업한 지 한참 된 한 친구가 대입 실기전형에 필요한 서류가 있다며 찾아왔습니다. 가끔 '잘 살고 있나?' 맘속으로 궁금했던 친구였기에 반가움이 남달랐습니다. 시간이 빨라 벌써 군대도 군악대 트럼펫병으로 다녀왔고, 지금은 서울 모 예술대에 다니는 중인데 연극영화 전공이 있는 4년제 종합대에 지원하기 위한 준비를 하고 있다 했습니다.

헤아려 보니 5년 전입니다. 고3이었던 그 친구는 학교 다니는 내내 연극부에서 자신의 열정을 바쳤고, 꿈을 이루기 위해 연극영화과 입시를 준비했었습니다. 참고로 당시 우리 학교 연극부 '너울망태'는 연극제에 나가기만 하면 상을 휩쓸어 올 정도로 실력을 인정받고 있는 서울 최고의 고등학교 연극동아리였습니다. 지금도 그렇지만 연극영화과 실기전형의 경우 경쟁률이 대단하기로 악명이 높습니다. 그래서 웬만한 실력으로는 합격 아니라 합격 문앞에 머리카락 한 올 닿기도 쉽지 않았고, 더더군다나 쟁쟁한 재수생들을 비롯해 이미 현장 경험을 쌓은 지원자들이 많아서 아무리 본인이 최선을 다한다 해도 그 결과를 낙관하기란 쉽지 않았습니다.

그래도 기대가 있었습니다. 그 친구도 그렇고 저도 그렇고. 다른 연극영화과 지원 학생들과 달리 본인이 원하는 연출 분야에 대한 관심과 실력이 남달랐고, 연기력 또한 이미 실력을 인정받고 있었기 때문입니다. 무엇보다 자기 삶에 대한 진지함과 책임감이 있는 친구였고, 본인이 희망하는 길을 가고자 하는 의지가 누구보다 강했던 사람이었기 때문입니다.

당시 그 친구 모둠 일기장에는 자신이 진학하길 희망한 서울 모 예술대의 입시를 준비하는 과정에서 느낀 설렘과 긴장의 말들이 가득했습니다. 자신이 보고 싶은 연극에 대한 즐거운 상상, 보고 온 연극에 대한 감동, 자신이 쓰고 있는 시나리오에 대한 이야기들도 많았고요. 누가 봐도 자나 깨나 앉으나 서나 연극과 극 연출만 생각하는 사람이라 생각할 수밖에 없을 정도로 그 열정과 애정이 대단했습니다.

이맘때쯤이었을까요? 그 친구와 입시 전망에 대한 이야기를 나누며 혹시 다 떨어지면 어떻게 할 건지 진지하게 물었던 적이 있습니다. 그 친구는 그래도 계속 연극을 할 것 같다고 하더군요. 저는 그것이 네가 행복할 수 있는 길이니 힘들더라도 꼭 그렇게 하라고 했습니다. 그리고 최소한 10년을 바칠 각오를 하자는 말도 했고요. 과거나 지금이나 그렇지만 화려한 무대나 조명과 달리 달리 연극영화계에서 청춘을 바친다는 건 어려운 일입니다. 벌이가 일정하지도, 많지도 않은데 밤낮 가리지 않고 연습은 해야 하고, 한 편의 극을 올리기 위해선 자신이 맡은 일 외에도 온갖 궂은일을 다 해야만 하는 열악한 환경 때문입니다.

10년을 바칠 각오를 하자는 게 '열정페이'로 청춘의 시간과 땀과 노력을 탈탈 소진시키라는 말은 아니었습니다. 개인적으로 '열정페이'를 은근히 당연시하는 조직 문화나 꼰대적 발상에 대해 경멸합니다. 청춘에게 유독 가혹한 일부 기성세대와 그들의 기득권이나 특권을 보장하는 사회 제도, 공감이 결여된 자아도취적 '나 때는' 문화는 변해야 한다고 생각합니다. 다만, 그 친구가 가려는 길의 현실이 얼마나 험난한지 알기도 했고, 그럼에도 그 친구가 가장 빛날 수 있는 길이 그 길임도 잘 알았기 때문에 그런 말을 했던 것입니다. 혹시 경제적 이유로 자신의 날개를 꺾진 않길 바랐습니다. 또 온갖 어려움을 딛고 10년 동안 자신의 길을 가면 분명히 그 길에서 함께 가는 사람들을 만날 것이고, 그 사람들 속에서 대체할 수 없는 자신만의 위치를 마련할 수 있을 것이라는 확신도 있었습니다.

물었습니다. 선생님과 이야기했던 10년을 바치자는 말 기억하냐고. 잊지 않고 있다 했습니다. 어떻게 잊을 수 있겠냐고 말하는 그 친구의 음성과 눈빛에서 5년 전과 다름없는 일관성과 진지함, 의지를 느낄 수 있었습니다. 그런 말을 남기고 돌아서 나가는 뒷모습을 보며 마음이 좀 그랬습니다. 뚜벅뚜벅 자기 길을 가는 제자의 모습이 대견하고 멋지기도 하면서 한편으론 안쓰럽기도 해 복잡한 마음이 들었습니다.

올해 24살이라고 하더군요. 당시 고3 때는 원했던 입시 목표를 끝내 이루지 못했지만, 그다음 해에 원했던 서울 모 예술대에 합격했고, 군대까지 다녀온 지금 학과 공연을 올리며 열심히 자기 길을 가고 있는 중이라 했습니다. 더 폭넓은 교육과 경험을 해보고 싶다는 말에 손을 붙잡아 주었습니다. 그리고 마음속으로 진심 어린 응원을 보냈습니다. '포기하지 말라고', '네가 가고 있는 길이 맞다고', '스스로 행복한 길을 가고 있으면 된 거라고.'

입시가 다 끝나면 연락 한번 해야겠습니다. 소주 한잔하자고.

수시 원서 접수 마지막 날

        대입 4년제 대학 수시 원서 접수 마감일입니다. 주말 동안 우리 학교 학생들이 주로 지원하는 학교의 경쟁률을 비롯해 전략적 고려가 필요한 몇몇 수도권 및 지방대학들의 경쟁률을 확인해 보았습니다. 가장 큰 특징은 전반적으로 예년 대비 경쟁률이 다소 하락했다는 것과 평균 점수가 낮았던 학과들의 경쟁률이 올라갔다는 겁니다. 예상했던 결과입니다. 주말 동안 성급하게 지원하지만 않았으면 오늘 남은 시간 마지막 공개 경쟁률까지 신중하게 지켜보고, 최종 결정하면 되겠습니다. 경쟁률 하락 현상이 있을 것 같아 마지막 날 대부분 접수하자고 했었는데 '에라 모르겠다' 하고 그냥 접수한 사람이 있지는 않겠죠?

  오늘로 수시 지원 마감을 하고 나면 이제 남은 건 자기소개서 업로드와 대학별 면접 등 각종 입시 일정, 그리고 대수능입니다. 자기소개서는 그동안 수없이 쓰고, 고치며 예리하게 가다듬었기 때문에 별문제 없이 잘 올릴 수 있을 거라 생각합니다. 학생부 종합전형 지원자들에게 자기소개서 준비를 본격적으로 하라고 할 때 우리 반 자소서는 1%여야 한다고 강조했었습니다. 공부 실력은 몰라도 자소서 때문에 감점되고, 떨어지는 일만은 없어야 한다고 했었습니다. 다행히 검토를 거듭하며 많이 좋아졌고, 여전히 약간의 아쉬움은 있지만, 그래도 대체로 많이 올라왔다 생각합니다. 4번 문항[43]이 있는 사람 중 일부가 아직 부족한 사람들이 있는데 그 사람들만 좀 더 열심히 고쳐 쓰면 될 것 같습니다. 어처구니없는 실수가 없도록 마감 시간에 너무 임박해 올리지 말고, 여유를 갖고 올리기 바랍니다.

면접의 경우 당장 바로 실시하지는 않기 때문에 아직 준비할 시간적 여유가 있습니다. 올해는 코로나 19로 인해 비대면 면접, 동영상 면접 등 면접의 방식이 많이 변했습니다. 지원한 대학마다 면접 방식의 차이가 있을 수 있기 때문에 우선 그것부터 점검해야 합니다. 그리고 연휴 기간 동안 각 대학의 예상 면접 내용을 분석해야 합니다. 대학에 따라 미리 면접 문항을 공개하는 학교, 비공개하는 학교, 조금 간단한 질문을 하는 학교, 좀 더 복잡한 질문을 하는 학교, 생활기록부 내용 기반 면접이 있는 학교, 그렇지 않은 학교 등 천차만별이기 때문에 각 대학 맞춤형으로 준비할 필요가 있습니다. 실전 면접 연습은 앞으로 저와 함께 차차 진행하면 됩니다.

면접 준비 초기 단계에서 중요한 건 일정, 방식, 과거 면접 내용, 예상 문항 내용 등을 확인하는 겁니다. 앞으로 저와 여러 친구와 함께 집단 및 개인 면접 연습을 하다 보면 면접의 기술적, 내용적 측면을 채워갈 수 있을 겁니다. 그렇게 한두 학교 면접을 다녀와 보면 더 이상 면접 연습이 필요 없을 정도로 '면접 머신'이 되어 있을 테고요. 모든 일이 그렇듯 면접 역시 처음이 낯설지 노력만 한다면 지금 여러분들이 생각하는 그 이상의 면접 실력을 보여줄 수 있습니다. 저와 함께 준비하는 과정이 처음엔 긴장되고 어색하겠지만, 잘 준비하면서 익숙해지자고요. 이제는 입시 도장 깨기 중 면접 깨기를 할 차례입니다.

---

43) 2021년 고3까지 4개 문항 5,000자, 2022년 고3은 3개 문항 3,100자를 작성했다. 당국은 2024년 대입(2023년 고3)부터 자기소개서를 폐지하기로 했다.

정시형 친구들과 수시 수능 최저가 걸려있는 사람들의 수능 시계가 본격적으로 돌아가고 있습니다. 이제는 대수능 날짜가 선명히 보입니다. 시간은 이 순간도 그날을 향해 째깍째깍 중단 없이 가고 있습니다. '지금부터 해봐야 얼마나 올라가겠어!' 하는 생각을 하고 있다면 그 사람의 결과는 보나 마나 기대에 미치지 못할 겁니다. '지금껏 해왔듯 아니 그것보다 좀 더 힘을 내서 한다면 분명히 점수를 올릴 수 있을 거야!'라고 생각해야 목표를 이룰 수 있습니다.

오래달리기를 하다 보면 마지막 골인 지점이 얼마 남지 않았을 때가 가장 힘든 법입니다. 숨은 턱에 차고, 심장은 터질 것 같지요. 그럴 때 다리에 힘을 풀고, 긴장을 늦추면 목표 기록에 도달할 수 없고, 심하면 그냥 넘어지고 말 수도 있습니다. 한 번 넘어지면 다시 일어나 달리는 건 거의 불가능합니다. 목표 지점을 앞두고 긴장을 내려놓으려는 자신을 다독이고, 더욱 힘을 줘 트랙을 박차야 합니다.

쓰러져 숨을 가다듬고 지나온 길을 떠올리는 건 목표 지점을 완전히 지난 뒤 해도 괜찮습니다. 아주 조금의 정신력 차이가 큰 결과의 변화를 가져옵니다. 여러 번 강조했듯 합격에 필요한 문제는 엄청나게 많은 수의 문제가 아닙니다. 막판에 가면 결국 한두 문제 싸움입니다. 그리고 그 한두 문제가 진짜 실력이고, 그 한두 문제 때문에 지금껏 달려온 것임을 잊지 말아야 합니다.

자소서, 면접, 대수능 준비 외에도 개인별로 해야 하는 적성고사, 실기고사, 논술 등의 일정이 남았습니다. 저마다 다른 입시 일정을 각자 정리하고, 자기 계획대로 하나하나 필요한 준비를 해나가야 합니다. 우리 반 대부분 지금껏 잘해왔습니다. 남은 시간도 서로 힘내자고 격려하고, 도와주며 다 함께 가자고요.

제 대학 시절, 술자리에서 취기가 올랐을 때 옆에 있는 소중한 친구들과
선후배들을 생각하며 다 함께 목청 높여 불렀던 「함께 가자 우리 이 길을」
이라는 노래가 있습니다. 오늘은 그 노랫말의 원작 시를 함께 읽으며 글을
마무리하겠습니다.

함께 가자 우리 이 길을

셋이라면 더욱 좋고 둘이라도 함께 가자.

앞서가며 나중에 오란 말일랑 하지 말자.

뒤에 남아 먼저 가란 말일랑 하지 말자.

둘이면 둘 셋이면 셋 어깨동무하고 가자.

투쟁 속에 동지 모아 손을 맞잡고 가자.

열이면 열 천이면 천 생사를 같이 하자.

둘이라도 떨어져서 가지 말자.

가로질러 들판 산이라면 어기여차 넘어주고,

사나운 파도 바다라면 어기여차 건너 주자.

고개 너머 마을에서 목마르면 쉬었다 가자.

서산 낙일 해 떨어진다 어서 가자 이 길을

해 떨어져 어두운 길

네가 넘어지면 내가 가서 일으켜 주고,

내가 넘어지면 네가 와서 일으켜 주고,

산 넘고 물 건너 언젠가는 가야 할 길 시련의 길 하얀 길

가로질러 들판 누군가는 이르러야 할 길

해방의 길 통일의 길 가시밭길 하얀 길

가다 못 가면 쉬었다 가자.

아픈 다리 서로 기대며.

— 김남주, 「함께 가자 우리 이 길을」

'외롭고, 높고, 쓸쓸한' 추석

八月ㅅ 보로믄, 아으 嘉俳나리마론

(8월 보름은 아아, 한가윗날이지마는)

니믈 뫼셔 녀곤, 오놀낤 嘉俳샷다

(임을 모시고 지내야만 오늘이 뜻있는 한가윗날입니다.)

아으 動動다리

고려가요 작품 「동동」의 8월령입니다. '嘉俳'는 한글 '가배'로 읽고, 오늘날의 추석을 일컫는 말입니다. 이미 고려가요에 '가배'라는 세시풍속이 등장할 만큼 추석은 우리 민족의 삶과 역사에서 중요하고, 의미 있는 명절이었습니다. 추석을 일컫는 말로는 '한가위', '가배', '중추절(仲秋節)' 등이 있습니다. '한가위'는 '크다'는 의미의 '한'과 '가운데'를 의미하는 '가위'라는 말을 합쳐 쓴 말로 가을 한가운데의 큰 날이라는 의미가 있습니다. '가배' 역시 '가운데'라는 의미가 있고, '중추절'의 '중추'는 가을을 셋으로 나눈 '조추(早秋), 중추(中秋), 종추(終秋)' 중 그 가운데인 8월 보름날의 의미가 있습니다. 그럼, '추석(秋夕)'은 어떤 의미가 있을까요? 한자어를 조금 아는 사람이면 금방 짐작했을 텐데요. 그대로 풀면 '가을 저녁'이고 조금 의역을 더하면 '둥근 달이 떠 풍광이 좋은 가을 저녁' 정도의 의미가 있다 하겠습니다. 설날과 더불어 가장 큰 명절인 추석, 이름에 담긴 의미를 안다면 좀 더 뜻깊을 수 있을 것 같아 그 해설을 해보았습니다.

어제에 이어 지금까지 온 신경을 집중해 원서 작성하랴, 자소서 쓰랴, 경쟁률 확인하랴, 막판까지 고민하랴, 서류 준비해서 내랴 다들 고생했습니다. 4월부터 준비해온 수시 원서 접수가 모두 끝났네요. 앞만 보고 달려온 시간이 지나자마자 내일부터 선물 같은 추석 연휴가 시작됩니다. 처지가 처지인지라 마냥 들뜰 수도, 쉴 수도 없는 연휴임을 잘 알고 있습니다. 제가 고3이었을 때도 추석 연휴가 그리 달갑지 않았습니다. 학교에서는 연휴 동안 추석날 하루를 제외하고 모두 반강제 자율학습을 했었고, 추석날조차 아침만 먹고 집을 나서 친구들과 같이 공부했던 기억이 납니다. 오랜만에 방문한 친척 어른들의 부담스러운 관심을 받기 전에 얼른 집을 나서는 것이 속 편한 일이었죠.

아마 여러분도 별반 다르지 않겠지요. '공부 열심히 하고 있냐? 이번에 수시 어디 썼냐? 수능 성적은 잘 나오냐? 어느 대학에 가려고 하냐? 올해 합격할 것 같냐? 나중에 뭐가 되려고 하냐?' 불편한 질문에 일일이 답을 하는 일은 참 뻘쭘한 일입니다. 나름 최선을 다한다 한 것 같은데 여전히 뭔가 부족한 게 있는 것 같고, 스스로 확신이 없는 상태에서 자신 있게 답을 하기란 참 어렵지요. 게다가 이미 대학을 다니고 있거나 나보다 공부를 더 잘하는 것 같은 사촌 형제나 동생들이라도 와있으면 마냥 마음이 편치 않을 수 있습니다. 부담될까 봐 일부러 티 나게 물어보지는 않으시겠지만, 그렇다고 슬쩍슬쩍 내비치는 기대와 걱정에 찬 말과 눈빛을 그저 그렇게 외면하고 앉아 있을 수만도 없는 노릇입니다.

그럼, 이번 추석 연휴 어떻게 해야 할까요? 차라리 조용히 혼자 공부하고, 이것저것 준비하는 게 나을 겁니다. 가뜩이나 원서 접수해 놓고 앞일이 어찌 될지 몰라 불안하기만 한데 이런저런 제삼자의 말들을 들일 마음자리가 있겠습니까? 조금 외롭고 쓸쓸한 추석을 보내는 일도 어쩌면 겪어야 할 삶의 한 과정인지 모릅니다. 다행인 건 나만 외롭고, 나만 쓸쓸한 건 아니란 사실입니다. 지금까지 함께 지낸 친구들도 마찬가지고, 전국 각지에 있는 모든 수험생이면 조금씩 정도의 차이는 있겠지만, 다들 마음 한구석 휑함이 있을 겁니다.

우리가 문제집을 통해 배워 익숙한 시인 백석은 작품 '흰 바람벽이 있어'에서 이렇게 외로움을 표현했습니다.

이 흰 바람벽엔
내 쓸쓸한 얼골을 쳐다보며
이러한 글자들이 지나간다
– 나는 이 세상에서 가난하고 외롭고 높고 쓸쓸하니 살어가도록
태어났다
그리고 이 세상을 살어가는데
내 가슴은 너무도 많이 뜨거운 것으로 호젓한 것으로 사랑으로 슬
픔으로 가득 찬다.

시인의 생각처럼 숙명적인 외로움까진 아니더라도 이번 추석엔 약간의 외로움쯤 감당할 필요가 있습니다.

조용히 혼자 마음을 가라앉힌 채 공부하다 보면 이런저런 생각이 들 겁니다. 뚜렷함의 정도 차이는 있겠지만, 지나온 길에 흘린 것들에 대한 후회

와 미련도 떠오를 테고, 앞으로 어떻게 해야 하나 하는 막막한 고민과 답답함도 있을 것입니다. 이런저런 상념에 맘이 복잡하거든 잠시 책을 덮고 가까운 공원에라도 나가보세요. 추석 보름달 빛을 따라 길을 걷다 보면 생각 정리가 좀 더 수월할 겁니다. 두 번 다시 오지 않을 고3 추석, 비록 조금 쓸쓸했지만, 그래도 보름달만큼 나를 채워갔던 소중한 시간으로 기억될 수 있었으면 좋겠습니다.

다시, 오랜만의 만남 그리고

　　　　　　14일만인가요? 개인 체험학습이 아니더라도 모두가 9월 30일부터는 안 나왔으니까 14일만이 맞는 것 같습니다. 그동안 대수능 시계도 쉼 없이 잘 돌아 이제는 51일밖에 남지 않았습니다. 이번 주 시험과 다음 주 성적 확인 기간이 지나면 또 남은 숫자가 확 줄어 30일대로 들어가 있을 것 같습니다. 또 어떤 당부를 더하는 것이 큰 의미가 없을 만큼 중요한 하루하루가 지나갔고, 또 앞으로 조금 더 지나갈 것입니다. 중요한 때를 중요하지 않게 보내는 어리석은 우를 범하지 않길 바랄 뿐입니다.

　날씨도 부쩍 추워졌습니다. 낮 기온도 9월만 못하고, 아침저녁 기온은 더 많이 떨어져 이제는 옷차림과 잠자리에 더 신경을 쓰지 않을 수 없는 날이 된 것입니다. 코로나 시국에 괜히 감기 걸려 눈치 보고, 공부 못해 손해 보지 말고 개인 건강 관리와 위생 관리를 더 열심히 해야 할 것 같습니다.

　올해 경험해 보니 마스크만 잘 쓰고 다녀도 감기에 덜 걸리고, 목병, 비염 등에도 도움이 되는 것 같습니다. 마스크에 더해 손까지 잘 씻으니 자잘한 병치레가 더 준 느낌이기도 하고요. 마스크 쓰기, 손 씻기, 옷 따뜻하게 입기만 잘 실천해도 수능 날 특별 교실에서 시험 치르는 영광은 안 누릴 수 있을 것 같습니다. 건강하게 나머지 수험 생활 잘하자고요.

📖 10월 중순을 넘어가며 안정적으로 관리되는 듯하던 코로나 19 국내 확진자 수가 늘어나기 시작했습니다. 그에 따라 고3은 10월 하순 중간고사를 치른 이후 서둘러 전면 원격수업 체제로 전환되었고, 이후 등교를 하지 못했습니다. 등교하지 못하는 기간 동안 면접이 있는 사람만 학교에 개별적으로 나와 면접 연습을 했고, 각자 자기 입시 일정에 맞춰 대학별 실기고사와 적성고사 등을 잘 치렀습니다.

개인별 입시 일정이 진행되는 와중에도 확진자 수 증가는 멈추지 않았습니다. 점점 그 수가 늘어나더니 일일 확진자가 400~500명이 넘어가는 가운데 수능일이 다가왔습니다. 학생들은 익숙한 자기 교실로 들어오지도 못한 채 워킹쓰루 방식으로 수험표를 받아 가야 했고, 저는 수능을 치르러 가야 하는 아이들에게 따뜻한 말 한마디 제대로 해줄 수 없어 마음이 짠했습니다. 긴장된 상황 속에서 12월 3일 2021 대학수학능력시험은 잘 끝났습니다.

우리 반 입시 결과는 10월 말부터 1단계나 최종 합격자 발표가 나기 시작해 예상했던 대로 순조로운 결과를 보이고 있습니다. 아마도 대개의 경우 곧 각자 노력했던 결과에 부합하거나 거의 근접한 목표를 이룰 수 있을 것입니다. 노력의 과정과 직결되는 입시 결과가 참 정직하다는 걸 새삼 느낍니다.

현재 확진자 수는 600, 700, 800, 900을 넘어 얼마 전 1,000을 넘기 시작했습니다. 정부는 수도권 거리 두기 단계를 2.5단계로 이미 격상시켰으며 마지막 3단계 격상이 가능함을 예고했습니다. 올해 내내 잘 견뎌냈던 고3 학생 중에도 코로나 19 감염자가 나왔습니다. 3학년 전체 학생과 3학년 전체 선생님들은 보건소 및 선별진료소에 가서 전수 검사를 받았고, 감염된 학생과 가까이 지낸 일부 학생들은 2주간 자가 격리 통보를 받았습니다.

코로나 19 상황이 한 치 앞을 내다보기 어려울 정도로 심각해지는 가운데 고3 학생들은 온라인으로 수능 성적표를 받았고, 졸업식마저 비대면 온라인 방식으로 치르게 되었습니다. 아이들과 헤어지는 마지막 순간을 제대로 나누지 못하는 것이 못내 아쉽습니다. 아이들 역시 변변한 졸업식 사진 한 장 남기지 못한 채 쫓겨나듯 학교를 떠나게 되었으니 참 기가 막힌 일입니다. 이 또한 코로나 시대의 비극인가 봅니다.

  하필 코로나 시대에 어쩌다 고3이 되었지만, 그래도 열아홉이 가진 순수와 열정으로 여기까지 왔습니다. 스무 살엔 코로나도, 마스크도 없이 빛나는 청춘의 삶으로 찬란할 수 있길 응원합니다.

〈부록〉

수능 날 돌발 상황 미리 보기

실제 수능 시험장에선 이런저런 예기치 못한 돌발 상황이 있을 수 있습니다. 여러분이라면 어떻게 할 건가요?

⚠️ 상황: 헐~ 늦잠 잤다.

✅ 해결 방법: 휴대전화 들고 112 누른 후 수험생임을 밝히고, 정중하게 태워줄 것을 부탁하자. 진짜 비상 상황이니까 침착 또 침착. 일부러 추억거리 남긴다고, 느긋하게 시간 보내다 봉사하시는 경찰관분들 곤란하게 하지는 말고. 그래 봤자 뉴스에 안 나온다. 분명 더 급한 녀석들이 있을 거거든. 여하튼 수단과 방법을 가리지 말고 입실 시간 내 골인해야 돼. 1분이라도 늦으면 닫힌 교문 구경만 실컷 하고, 그 날부로 메가로 갈까 대성으로 갈까 고민해야 돼.

⚠️ 상황: 왜 이렇게 긴장되고 비장하지? 좀 오반가?

✅ 해결 방법: "어마마마! 불초 소자! 다녀오겠나이다." (큰절). 뭐 드라마 찍는 것도 아니고, 너무 비장해지면 마음의 평정심을 잃는 수가 있어. 너도, 부모님도 비장해지면 안 돼. 부모님과 평소에 안 하던 비장한 포옹을 한다든가, 애잔한 마음으로 눈빛을 교환한다든가, 결의에 찬 눈물방울을 떨군다든가. 그런 건 시험 다 끝나고 집에서 많이 하자! 비장함이 긴장으로 연결되면 최악이야! 평상시처럼 씩씩하게! 알겠지?

⚠️ 상황: 아는 사람이 없어. 더 긴장 돼.

✅ 해결 방법: 수능 날 외로울까 봐 걱정이야? 세계 최고의 권위와 공정성을 자

랑하는 국가 고사 날 시험 보는 교실 안에 아는 친구가 없는 게 당연한 거야(나중에 실제 수험표를 받고 보니 수능 시험 전략상 제2외국어를 선택한 우리 반, 떼거지로 한 학교에서 시험을 보게 됨. 심지어 같은 반에서 여러 친구와 함께 시험을 봄. 마음만은 편했을 듯). 평소 친하게 지내지도 않았으면서 괜히 쉬는 시간마다 복도나 화장실에서 마주친 학교 친구랑 친한 척하지 말고, 그냥 공부하자. 공기마저 낯설다고? 그건 그냥 기분 탓이야. 질소 78%, 산소 21%, 수증기, 이산화탄소. 설마 학교 공기랑 시험장 공기가 다르겠어? 마음 편하게 심호흡! 흡~ 후~.

⚠ 상황: 난 안 먹어야 정신이 맑아지는데. 굶을까?

✅ 해결 방법: 포도당 섭취가 안 되면 뇌가 활성화되지 않는다는 과학적인 사실. 안 먹으면 배만 고플 거야. 쥐 죽은 듯 조용한 시험실에서 꼬르륵~ 꼬르륵~ 거리면 완전 쪽팔림. 그러니까 수능 날 아침을 잘 먹을 수 있게 지금부터 먹는 연습을 하자. 혹시 연습한답시고 아침부터 어머니한테 이거 먹고 싶다, 저거 먹고 싶다 하지 말고. 그러다 욕만 배부르게 먹는 수가 있어. 속 가벼운 음식 먹어라. 맵고 짠 건 안 돼. 설사하기 시작하면 볼 장 다 본 거다.

⚠ 상황: 휴대전화 낼까? 말까?

✅ 해결 방법: 휴대전화로 여기저기 연락해 조국을 구할 일도 아닌데 쓸데없는 힘 빼지 말고, 그냥 제출하자. 모든 전자기기는 사용 금지임. 배터리 빼놓으면 괜찮겠지 생각했다가 큰일 난다. 나도 모르게 실수로 휴대전화 켜지면 완전 대박 사건임. 몰래 사용하면 괜찮을까? 하늘이 알고, 땅이 안다. 적발되는 애들 대부분 몰래

갖고 있다 딴 수험생이 일러서 걸려. 공항 가면 보안요원이 검색대서 몸 스캔하는 장비 있지? 수능 날엔 그거 들고 계신 분들 복도마다 있어.

⚠️ 상황: 챙긴 필통이 어디 갔지?

✅ 해결 방법: 분명히 어젯밤에 챙긴 필통이 없어졌네. 걱정을 마시라. 대한민국에서 여러분을 위해 준비했다. 대수능 컴싸, 대수능 샤프! 샤프심도 넉넉하고, 심지어 꽁다리에 지우개도 있음. 수정 테이프는 감독관 선생님께 있기 때문에 언제든 달라 할 수 있으니 무엇이 걱정인가? 참고로 몇 년 전 수능 샤프심이 불량품이었는지 계속 부러지는 충격적인 사태가 있었고, 그런 일 이후로 불미스런 일은 없었어. 그러니 올해 수능도 걱정하지 마시라. 다 쓴 컴싸랑 샤프 잘 챙겨와서 내년에 수능 치를 동생이나 후배들에게 주면 좋아할 거야. 폭망했으면 그냥 조용히 자기 서랍에 고이 모셔놓도록 하고.

⚠️ 상황: 시험실 자리 찾아 앉았는데 책상은 흔들리고, 의자도 불편해. 어떡할까?

✅ 해결 방법: 평소 학교에선 책상이 흔들리건, 의자 등받이가 있건 없건 상관도 없이 공부하고, 편안하게 풀 취침도 했었는데 수능 날엔 희한하게 그것들이 거슬린다이~. 책상에 낙서 잔뜩 돼있으면 왠지 눈알이 빙빙 도는 것 같기도 하고. 그럴 땐 눈치 보지 말고, 그냥 바꿔달라고 해. 1교시 감독관 선생님이 조금 일찍 들어오실 거야. 그때 말씀드려. 책상 때문에 한 문제 더 틀리고, 갈 수 있는 학교 못 가는 기기묘묘한 상황 만들면 안 되니까. 꼴랑 책상 때문에 내 멘탈이 흔들려선 안 되니까 말이야.

⚠ **상황: 화장실 갔는데 다른 수험생들이 정답 이야기를 하고 있네. 근데, 내가 틀렸어. 헉~ 긴장감 급상승! 어떻게 해야 할까?**

✅ 해결 방법: 무시해. 내가 가는 길이 곧 진리요, 역사야. 신경 써봐야 다음 교시 시험 망함. 그리고 꼭 정답 맞혀 보고 난리부르쓰를 떠는 애들이 폭망한다. 그런 걸 설레발이라고 하지. 재미는반전에 있잖아. 채점하며 찾아올 스펙터클 서스펜스 대반전을 기대해. 얼른 화장실 볼일 보고, 다시 자리에 앉고, 공부하자. 그 잠깐 사이 본 게 나온다니까.

⚠ **상황: 난방기가 너무 세고, 소리가 커! 어떻게 할까?**

✅ 해결 방법: 감독관님에게 꺼달라고 해. 선생님이 한번은 수능 감독 갔다 자동으로 켜지게 되어있는 난방기 끄느라고 고생한 적 있어. 영어 듣기 끝날 때까지 꺼짐 버튼 쭈욱~ 누르고 있느라 손가락 나갈 뻔했다. 그래도 수험생이 우리 반 애들이라 생각하고 끝까지 눌렀다는 눈물겹고 감동적인 휴먼 스토리. 내가 이 정도로 니들을 생각한다. 그러니까 고만 자고 공부 좀 하자고. 이것들아!

⚠ **상황: 주변 다른 애가 코를 골고 자네! 어떻게 할까?**

✅ 해결 방법: 교실에서도 꼭 기차 화통 삶아 먹은 것처럼 코 고는 친구 있잖아. 막막~ 죽었나 확인하고 싶게 숨넘어가는 녀석도 있고. 그럴 때 어떻게 하나? 확~ 뒤통수를 날린다고? 맘은 이해가 되는 측면이 쬐끔 있지만, 수능 날 그러면 경찰 아저씨랑 같은 차 타고, 집에서 저녁 못 먹는다. 그러니까 감독관님에게 말해. 혼자

영웅적으로 해결한다고 정의의 죽빵 날리면 안 돼. 참을 필요도 없고. 말했다고 설마 때리기야 하겠어. 일단 시험 보는 동안 내가 살고 볼 일이야.

⚠ 상황: 주변 다른 수험생이 다리를 떨어 신경 쓰이네! 어떻게 할까?

✅ 해결 방법: 감독관님에게 말해. 시험 보는 중에 직접 그 학생에게 말하는 건 안 돼. 그 아이가 너 때문에 시험 망했다 하면 곤란해진다(원래 망했을 거면서). 딴 녀석이 떤 다리 때문에 내가 한 문제 틀린 것 같잖아. 그럼 환장한다. 재수가 낫겠어? 얼른 말 한마디 하는 것이 낫겠어?

⚠ 상황: 주변 다른 수험생이 볼펜이나 연필로 딱~딱~ 소리를 내네! 어떻게 할까?

✅ 해결 방법: 확~ 손가락을 그냥!? 워워~ 그것도 안 돼. 잘못하면 쉬는 시간에 경찰 아저씨랑 함께 시험본부 총책임자 선생님 만나야 하거든. 그냥 감독관 선생님께 부탁드려. 감독관님이 다~ 해결해 주실 거야. 감독관 선생님들의 가장 큰 역할은 너희들이 좋은 분위기에서 시험 잘 보게 하는 거야. 감독관 선생님들은 다 너희들이 당신 아들이고, 딸이고, 제자고, 조카라 여기셔. 쫌 감동이지? 감동 먹었구만. 울지 말고. 그렇다고 일면식도 없는 감독관 선생님에게 너무 편하게 앵기지는 말아라.

⚠ 상황: 쉬는 시간에 갑자기 고사본부에서 방송으로 나를 찾네! 헐~ 어떻게 할까?

✅ 해결 방법: 뭔가 실수한 것이 있는 거야. 엄청난 문제가 있는 건 아닐 테니 쫄지 말고 다녀와. 학교에서 모의고사 볼 때는 이름 안 쓰고, 필적확인란 안 써도 그냥 넘어가지? 근데 실제 수능에선 안 돼. 심지어 문제지에도 다 작성하게 돼있어. 감독관 선생님이 안내하는 대로 쓸 것 제대로 쓰면 삭막한 고사본부 구경할 일 없을 거야.

⚠️ **상황: 시험 중에 감독관 선생님께서 계속 내 옆자리에만 있는 것 같네! 어떻게 할까?**

✅ 해결 방법: 정중하게 이동을 부탁드려. 이동해 주실 거야. '이 녀석이 괘씸하네'라고 생각할 감독관 선생님은 없으니 걱정하지 마. 감독관 선생님들도 사람이라 장시간 서있는 거 진짜 힘들어. 역도 선수급 허벅지가 아니면 말이야. 그래서 한군데 계속 서있을 수도 없고, 그렇다고 계속 돌아다닐 수도 없어. 어쩌다 자기 옆에 좀 더 있게 된 상황이니까 잘 말씀드려.

⚠️ **상황: 내 자리에 햇볕이 너무 많이 들어와! 어떻게 할까?**

✅ 해결 방법: 커튼을 쳐달라고 말해. 입은 뒀다 뭐 할 거야. 어떤 가수가 그랬잖아. 말하는 대로 될 수 있다고.

⚠️ **상황: 1교시 국어 영역 너무 어려워! 멘탈이 나갈 것 같네. 어떡하지?**

✅ 해결 방법: 물론 수능 출제하는 평가원 입장에서야 난이도 조절 적절히 한다고 하지. 근데 그게 말이야, 출제를 하다 보면 예상과 달리 어려워지는 수가 있어.

그분들도 일부러 그러는 건 아니야. 일단 1교시가 어려웠다 하면 정신 바짝 차려야 해. 호랑이한테 물려가도 어떻게 해야 산다? 정신 차려야 사는 거야. 심호흡하고, 나만 어렵지 않았을 거야 주문 넣고. 2교시 준비에 집중해. 1교시 잔상이 다음 시간까지 남아선 안 돼. 그리고 항상 생각해. 시험은 얼마든지 어려울 수 있다고.

⚠ 상황: 어! 잘 모르겠어. 어떡하지?

✅ 해결 방법: 사실 그간 정말 많은 시험 치러봤잖아. 그때마다 다 아는 문제였어? 그건 아니잖아. 분명 어제 본 건데 갑자기 기억이 안 나기도 하고, 처음 본 것 같기도 하고. 실제 수능시험 중에 예상과 달리 모르는 문제나 예매한 문제가 나왔을 때 어떻게 할까? 미리 나만의 대처법이나 규칙을 생각하고 있을 필요가 있어. 그럴 경우 어떻게 마음 관리를 할 건지, 해당 문제를 어떻게 처리할 건지 생각해보란 이야기지. 참고로 정말 어려운 문제라면 나면 어렵겠어? 나랑 비슷한 실력의 다른 녀석들로 다 어려울 거야.

⚠ 상황: 시험 보는데 갑자기 급똥 비상! 어떻게 할까? 화장실 갔는데 휴지가 없네. 어쩌지?

✅ 해결 방법: 예상치 못한 응가의 습격은 수능 최대의 적이라 할 수 있지. 다행히 평소 괄약근 조절 전지훈련을 국대급으로 잘한 사람은 괜찮겠지만, 대부분은 응가 앞에 겸손해야 할 거야. 지장이 있을 만큼 마려우면 화장실에 가되, 시간 안배를 더 잘해야 해. 집에서 쌀 때처럼 세월아 네월아 하면 진짜 내년까지 공부하며 세월 보내야 한다. 그리고 비상용 휴지 몇 칸 정도는 호주머니에 가지고 있어야겠지.

⚠ 상황: 시험 보는데 헐~~ 갑자기 너무 졸려! 어떻게 할까?

✓ 해결 방법: 자면 완전 망한 거야. 1초라도 꾸벅하는 순간 일단 옐로카드야. 바로 12월 재수종합반 조기 개강으로 달려가야 하는 상황일 수 있다는 거지. 차라리 잠깐 화장실에 다녀오겠다고 해. 가서 찬물로 시원하게 세수하고 정신 차리자. 시국이 뭔 시국인데 졸고 있게 생겼냐?

⚠ 상황: 정신없이 풀다 보니 시간 체크를 잘못했어. 어쩌지?

✓ 해결 방법: 완전 비상이지. 망했다 생각하면 진짜 망하니까 정신 바짝 차리고, 침착함 유지하고, 풀 수 있는 것부터 빨리 풀어야 해. 마킹 하는 거 놓치는 사람 꼭 있어. 매년 너희 선배 중에도 있었어. 내가 올해 그 주인공이 돼 후배들 입에 전설처럼 오르내릴 필요 없다아~.

⚠ 상황: 수능 시험 당일 어떤 식단을 준비할까?

✓ 해결 방법: 평소 안 먹던 것 먹지 말고. 괜히 영양 보충한다고 소고기, 튀김, 수육, 생선회, 초밥, 탕수육 같은 음식 과하게 도시락으로 싸 와 먹으면 똥~만 나온다. 그리고 수능도 똥 돼. 평소 먹던 거로 가볍게 먹자. 배부르면 졸린 거 5교시 때 많이 졸아봐서 잘 알잖아. 딴 건 몰라도 우리가 겁나 졸아본 프로슬리퍼로서 수능 날만은 졸지 않게 적당히 먹자.

⚠️ 상황: 점심시간, 쉬는 시간에 무엇을 해야 할까?

✅ 해결 방법: 평소에 하지도 않던 특별한 일을 일부러 하지는 말자. 아침, 쉬는 시간, 점심시간에 잠깐 보는 내용이 수능에 반드시 나온다. 이건 실제 경험담이야. 그러니까 괜히 친구들하고 잡담하지 말고, 잠자고 있지 말고, 공부하자. 잠깐 본 문제지, 요약지에서 기가 막히게 나온다. 비나이다! 비나이다! 찍신 강림 염원하지 말고, 노력을 해. 끝까지. 하늘이 너를 버리지 않으~리! 뭐 버려도 어쩔 수 없고. 평소 안 하고, 수능 날도 안 하면 당연히 버리지 안 버리겠어?

⚠️ 상황: 와~! 시험 끝! 왜 안 내보내 주지?

✅ 해결 방법: 시험실별로 문제지와 답안지 수량 확인 등을 마치고, 개인 소지품 지급까지 끝나야 나갈 수 있어. 수능이 끝나길 최소한 1년, 길게는 3년을 기다렸는데 5분을 못 기다리겠냐? 감독관이 나가라고 할 때까지 인상 쓰지 말고, 그냥 기다려. 기다린 자에게 복이 있나니는 무슨, 그냥 얌전히 주마등처럼 스쳐 지나가는 지난 시절 회상하고, 그간 고생하신 부모님께 어떤 감동 멘트 날릴지 생각이나 하고, 가르쳐주신 선생님들께 마음으로 하트나 날려. 그리고 당장 밤부터 어떻게 빡쎄게 놀다 지쳐 잠들 건지 계획하고.

아마 실력대로 결과야 나오겠지만, 그래도 착한 사람 한 문제 더 맞히길 응원할게! 파이팅!

2022년 가을, 공을 차며 뛰는 아이들의 얼굴이 가을감 익듯 익어갑니다. 마스크를 벗은 아이들이 흘리는 땀방울은 예나 다름없는 건강함의 증거입니다. 그래서 축제, 체육대회같이 낯설어진 익숙함을 되돌리기 위한 설렘도, 저마다 짊어진 입시의 무게를 버텨내고 있는 고3 아이들의 긴장도 다시 일어서는 청춘의 가을 약속입니다. 대개 그러했듯 아이들 스스로 감당한 삶의 길 위에 이유 있는 의미들이 소복소복할 것입니다.

끝.